知乎
有问题 就会有答案

U0526894

看到希望的森林

马家辉 著

群言出版社
QUNYAN PRESS
·北京·

图书在版编目（CIP）数据

看到希望的森林 / 马家辉著． -- 北京：群言出版社，2023.6
ISBN 978-7-5193-0834-6

Ⅰ．①看… Ⅱ．①马… Ⅲ．①人生哲学－通俗读物 Ⅳ．① B821-49

中国国家版本馆 CIP 数据核字（2023）第 071629 号

责任编辑：陈　芳
版式设计：刘宇宁
封面设计：尚燕平

出版发行：群言出版社
地　　址：北京市东城区东厂胡同北巷1号（100006）
网　　址：www.qypublish.com（官网书城）
电子信箱：qunyancbs@126.com
联系电话：010-65267783　65263836
法律顾问：北京法政安邦律师事务所
经　　销：全国新华书店

印　　刷：三河市兴博印务有限公司
版　　次：2023年6月第1版　2023年6月第1次印刷
开　　本：880mm×1230mm　1/32
印　　张：9.5
字　　数：219千字
书　　号：ISBN 978-7-5193-0834-6
定　　价：59.80元

【版权所有，侵权必究】

如有印装质量问题，请与本社发行部联系调换，电话：010-65263836

还愿之书,可用之书
——写在『马家辉向大师借智慧』三本书出版前

大概十六七岁的时候吧,我买了一套三册的《大人物的小故事》,一读再读。四十多年过去了,这套书至今仍然留在家里书架上。

这套书分门别类地简述了古今中外的科学家、军事家、思想家、艺术家、政治家等的行谊和妙语,点破他们如何用幽默化解尴尬,用智慧扭转逆境,用坚忍面对挫败,诸如此类。这些材料现下在网上皆可轻松地读到,但在20世纪70年代后期,能把这么博杂的故事集合,并用这么简洁的文笔阐述,对成长中的读者来说是非常大的功德养分。书里的大人物都是我的"老师",在摸索前行的日子里,每当遭遇现实的不堪,我都会想起他们的吉光片羽,由此取得激励,从而有了更强大的力量。

多年以后,我读阿城的散文,他忆述年轻时读荷兰裔作家房龙(Hendrik

Willem Van Loon）的通俗著作，例如《人类的故事》和《宽容》，眼界大开，通识拓阔，他觉得自己"欠了房龙一本书"，有机会要写书向房龙致敬；多年以后，阿城终于写了《常识与通识》，还了所"欠"，对新一代的年轻读者也深具启蒙之功。

阿城的书债感慨亦是我对《大人物的小故事》的感慨。这些年来，我一直想用浅显的语言说说名人生平，目的无他，只是渴望对年轻人有所鼓励和启发。谁的生命没有困顿、挫败、低潮呢？你绝非例外，而既然曾经有人用如彼或如此的方式应对，你亦不妨试试，尽管大家的处境不同、背景有异，能力亦不太一样，但，读读吧，想想吧，他人的经验对你或许终究会有或大或小的参考价值。若能写出一本"可用之书"，我将心满意足，觉得是还了《大人物的小故事》之债。

《大人物的小故事》编著者是周增祥先生。

周增祥，1923年出生于上海，1998年逝世于台北。我在网上找到这样一段哀伤的文字："出身于书香门第，自幼喜爱艺文，因值战乱，一生尝遍辛酸拂逆，中年又得一智障儿，幸而从书本寻求慰藉，并从事励志写作。"

我暗暗好奇：当年在书桌前、在灯光下，周先生编撰一本又一本的励志书籍，固然是为了启蒙读者，但必同时有自我勉励的幽微意思吧？环境是困难的，日子是困顿的，可是，在费劲搜集、爬梳、阐述名人故事的过程中，我猜想周先生的灵魂能够暂时脱离颠沛的现实，先于读者从文字中寻得撑持，在帮助读者以前，这些书先帮助了他。我不禁替周先生感到一阵苦涩的高兴。

出版"马家辉向大师借智慧"系列这三本书之于我是圆一个夙

愿，还了所"欠"，希望你不仅喜欢，更觉得有用，如同当年我对周先生的书。

是为前言。

注记：这三本书源起于我在"知乎"上的一档语音节目《马家辉年课：向百位大师借人生智慧》。把声音转化为文字，需要做大量的资料修订、增补、查考的工作。我非常感谢"知乎"的工作团队，不可不记，不该不记。

看到希望的森林

目录
Contents

○ 篇章一　**建树·广阔** /001

金庸（上）：少年金庸的阅读养成 /002
金庸（中）：报人金庸的草创艰辛 /012
金庸（下）：金庸文学的通关密码 /022
梅兰芳：逆风而上的争气大师 /031
伯格曼：重量级的电影诗人 /041
费里尼：我已无话好说了 /051
贝利：用想象力踢成球神 /061
胡迪尼：用身体器官表演魔术 /070

○ 篇章二　**铁血·希望** /079

甘地（上）：忘了自己是个糟老头 /080
甘地（下）：谁杀死了甘地 /089
俾斯麦：铁和血能够解决问题 /098
钱德勒：冷硬的英雄 /109
劳伦斯：不妥协的理想主义者 /118
卡斯特罗：是赢了还是输了？ /128
山崎丰子：反战五十年如一日 /138
奥本海默：佛系原子弹之父 /150

○ 篇章三　开拓·千古　　/ 159

特斯拉： 再忍忍，可能会改变世界 / 160
高锟： 有他，才有上网这回事 / 170
瓦特： 一千年后人们会记得我 / 180
贝尔： 不是第一，又如何？ / 187

○ 篇章四　天禀·流传　　/ 195

阿加莎·克里斯蒂： 神秘的十一天 / 196
聂鲁达： 机场不准用他的名字 / 206
达·芬奇： 比天才更天才 / 216
米开朗琪罗： 他很丑，但他很伟大 / 224
拉斐尔： 短命的画圣 / 232
李斯特： 音乐就是我的生命 / 239
莫奈： 印象派的诞生 / 247
莫扎特： 天才的抉择 / 254
凡·高： 成功的失败者 / 262
狄更斯： 通过作品不断成长 / 270
大仲马： 破产的基度山伯爵 / 278
马奈： 只能专注一件事情 / 285

The Answer to Life

篇章一

建树·广阔

当他们到了攻击你、批判你的时候,就是你力量大到让他们恐惧的时候。

金庸（上）：少年金庸的阅读养成

金庸先生的武侠小说，影响了好几代华人读者的阅读品味，都是大家的集体回忆。从他的作品陆续在报纸连载，出版成书，至今已经过了60多年。假如我们以十年为一代的话，那真的影响了五六代的华人读者。

我十来岁的时候开始读金庸，读得如痴如醉。我还记得当时班上有几个发小，他们其他科目都读得不好，只有中文还稍稍不错，没有其他理由，就是因为他们爱读金庸。阅读金庸的小说，通常可以学到两件事情，一个是中文，另外一个是历史。这种情况到了今天还是一样，我的一些朋友家的小孩到了十来岁，特别是男生，如果中文不好，对中文不感兴趣，朋友就会引导他们读金庸。也可能是从玩金庸小说相关的手游开始，接着看翻拍的电视剧，最后读书。一般读完金庸，他们对中文和历史就都感兴趣了。甚至有些年轻人，看得着迷了，还想自己写一些武侠小说。

我碰到过一些年轻人，他们说自己受金庸启发也写了武侠小说。我每次反问他们：那你读过除了金庸以外的什么武侠小说吗？或者说读过其他的书吗，古典小说或者西方小说？他们通常都哑口无言，回答不出来。我就会提醒他们：你们别忘了，金庸是非常聪明的人，可是他在文学素养方面的养成，也是下了很大的苦功的。他从小就爱好读书，那个时代没有电视、电影，有时候甚至连收音机也听不到，他就只能在书中寻求快乐。他就好像练武功一样，把书中种种看到的，放在心里、脑海里，然后跟着书本上的师父学习这些功夫，慢慢融会贯通，最后用自己的聪明才智将这些武功爆发出来。若是不读书，又该怎么写呢？那些年轻人都没办法回答我的问题，他们就是懒惰，没有耐心去读书。说是我的偏见也好，经验也好，但总归我想说的是，**没有耐心读书的人是写不出小说的。**

金庸先生的生平大家应该是耳熟能详了。他1924年出生，2018年去世，算起来活了94岁。他是浙江海宁人，小时候家里都叫他查良镛。他的家庭大家都了解，家族出了很多文人，我们熟悉的徐志摩就是他的表哥。他的家族除了盛产文人，还出了不少政客、学问家，不知道是祖宅风水好，还是家风好。

金庸读小学、中学时都不太顺利，甚至被退过学，20岁的时候，他在重庆的中央政治大学读外交专业，因为投诉校内学生国民党员的不良行为，反而被退学了。后来他就在中央图书馆工作，读了很多书。1945年，抗战胜利后他回到乡下，接着又去杭州当记者，他一辈子好学，后来还跑到上海东吴大学法学院研读国际法课程，1948年顺利毕业。毕业之后他又去香港从事电影工作，写剧本当编剧。他曾经还在《大公报》做编译工作，后来随着他小说的发表，他也就成名了，成了我们现在了解的大作家。他除了是文学上的大师，也是关心时势的政客，他曾发表多条政治主张，参与政治建设意见讨论。20世纪80年代，他是香港基本法草拟委员会的成员，对于香港的前途、未来的安排，他发表了很多重要的意见，是超重量级的 KOL(关键意见领袖)。后来他身体不好了，但还在坚持读书，继续学习。他先去英国的剑桥大学攻读硕士与博士学位，后来又去了北大读博士，但好像没有正式毕业。2018 年，他因肝癌去世。这大概就是他整个生命的历程，我们这一节先谈金庸 18 岁以前文学素养的养成。从这方面来谈金庸的人还比较少。

　　金庸是如何开启武侠小说写作生涯的呢？就像我们一开始说的，他是先经过大量的阅读。他读过很多的书，中文的、英文的，翻译的、原文的，他都读。在他广泛阅读的书籍之中，他特别偏好侠义方面的书。有人考据过，金庸读的第一本武侠小说是《荒江女侠》，小说作者是顾明道。这本小说写的是什么呢？就是写方玉琴父亲被人杀了，她要报仇，就去昆仑山跟着白眉道人学武功。后来学成下山，一路行侠仗义，却遭遇危险。危难之际有一位男子相救于她，那个人正是她的同门师兄岳剑秋。故事这样一路发展下来，有侠客的豪情，有报仇的痛快，有恣意驰骋江湖的自由自在。就这样，武侠的种子就在小小的金庸心中种下来了，后来他很多小说里面所强调的侠义、情爱，都可以在《荒江女侠》里面找到对照的影子。

　　长大一些后，金庸开始阅读更多的小说，但不论是武侠小说，还是奇侠小说，反正都是有武、有侠、有爱的。像他读过的《江湖奇侠传》，作者就是大名鼎鼎的平江不肖生。《江湖奇侠传》里面不仅有武侠，还有很多神神怪怪。后来《江湖奇侠传》被改编成电影了，大名鼎鼎的《火烧红莲寺》就是被改编的其中一部。

　　金庸慢慢长大后，身体很差，就不喜欢运动了。他爸妈经常带他到外面去，让他放风筝，多走路，可是他总是随便敷衍一下，就回家读书了，主要还是读小说。他又读了还珠楼主的书，还珠楼主最著名的小说是《蜀山剑侠传》，这本书也对金庸产生了很大的影响。

除了这些武侠小说，金庸也会读古典文学。他尤其喜欢《西游记》《水浒传》《三国演义》，《七侠五义》《岳飞传》这类小说他也很爱读。他读完还会自己改编剧情，把故事讲给他的弟弟妹妹，或是他家的小丫头和工人听。说到丫头很有意思，他家有一个丫头，叫月云，与他差不多年纪，是来照顾他的。但是月云个子比小金庸还小，刚来他家的时候，还瘦得要死。金庸的妈妈就给他解释，这个小姑娘是穷人家的孩子，吃不饱，所以很瘦。正因为这样，虽然她来我们家打工，但我们不能欺负她，要好好跟她相处。月云本名叫学云，刚来到金庸家时，金庸爸爸一听这名字，就觉得不妥，因为用他们海宁那边的话来读，"学云"听起来像岳飞的儿子"岳云"，所以就把"学云"改成"月云"。后来月云就留下来照顾金庸，一直与金庸关系都蛮好的。二人两小无猜，至于其中有没有暧昧的感情，这得要问金庸本人才知道，可是也无从得知了。

金庸看了书，就给月云讲《西游记》的故事。月云一边听，一边反驳。她觉得，怎么可能呢？猴子只会爬树，怎么会飞到天上翻跟头？而且猴子不会讲话的，更不会用棍子打人。当金庸向她讲到猪八戒的时候，她就说，猪蠢死了，怎么能打架呢。金庸心里觉得，她才蠢呢。因为月云总是反驳，金庸便不再同她讲故事了。其实他与月云之间有很多有趣的小事，例如月云曾经打破了金庸很喜欢的几个小玩具，金庸就凶了她一下，没想到月云一下就哭了，金庸看到后很心疼。后来有一次金庸拿到一块小点心，就剥了一半拿去给月云吃。月云一看到金庸的手伸过来，就害怕，以为金庸要打她。其实不是的，金庸对她是很好的。

家学对一个人的成长是很重要的。金庸小时候，看到他祖父——他祖父是当官的，很好的官——与别人下棋，身后还挂了一副对联，写着"人心无算处，国手有输时"。这就是说，再怎么厉害的大国手也有输的时候，因为最难算的是对手的心。小金庸看到，也不知道当下的他懂不懂，反正就记在心里了。

小金庸在书本的滋养下，慢慢成长。他涉猎的书越来越广泛，"鸳鸯蝴蝶派"的小说，巴金的三部曲，他通通都看了。其中巴金的《家》对小金庸影响很深，这部小说谈论了很多关于地主家庭中的工人、穷人的故事，读完后他不断反思自己跟下人之间的关系。之前小金庸总觉得丫头月云长得丑，本来对她没有很暖的，在读了巴金的书之后，他就开始学习如何平等对人，就更不会去骂月云了。这体现的就是文学作品对为人处世的影响。

随着金庸慢慢成长，他开始阅读翻译小说，如《小妇人》《妻子》《高老头》《巴黎圣母院》《悲惨世界》等。他最喜欢的是《三侠剑》。后来有人考据，他的某些小说与《三侠剑》和《基度山伯爵》在情节、氛围、人物的关系等方面都有所联系。

上了初中以后，金庸的读书生涯就变得不太顺利，不过好在最后结果是不错的，算是先挫败后成功。他读初中时，碰到了好的老师与校长。他的一位数学老师章克标，曾留学日本，也与鲁迅有过交往，是真正的知识分子。后来金庸去了嘉兴读书，遇到了章克标。章克标与学生相处，完全没架子，他教导学生时，总是言传身教，非常受学生们敬重。当时很多知识分子，都在日本留过学，校长张印通也不例外。张印通很幽默，也很有担当，对学生们总是特别照顾。日本人侵略中国时，嘉兴中学的学生，包括那时只有14岁的金庸，为了逃避战乱，都成了流亡学生。张印通带着学生一路流亡，一直走到丽水才停下来。在丽水湖旁，临时教育厅成立了。1938年，嘉兴中学联合当时一起流亡的其他学校成立了浙江省立联合中学，分有初中部、高中部、示范部。金庸就在这边过着既痛苦又快乐的读书生活。痛苦是因为逃难导致的生活物资匮乏，快乐是因为可以纯粹地读书。逃难时，很多老师把原来学校图书馆的书能带多少带多少。后来学生们住在新的学校，没有电灯，仅靠着油灯、蜡烛，还有后来的煤气灯照明，阅读着老师从战火中抢救出来的书。金庸与一些同学特别用功，从早到晚都在读书。有时候老师同他们讲国家被入侵的悲惨事情时，老师哭了，金庸和其他同学也一起跟着哭。

金庸的先祖当官时曾受过文字狱，而金庸读书的时候，也曾受过两次所谓的文字狱。前文提到的金庸的数学老师章克标，他曾写过一本书叫《算学的故事》，很受欢迎，是学生从小学升初中考试很重要的参考书。金庸在初中的时候，就和两个要好的同学商量，他们计划也编写一本书，教小学生如何投考初中，如何准备考试，怎样答题才能拿到高分等等。他们找章克标做指导，金庸自己当主编，没过几个月，书就编好了。他们找到丽水当地的一家书店，希望能帮他们出版。虽然当时金庸几人还是初出茅庐的小毛头，但是书店觉得书中文字不错，是一部适合给投考初中的学生看的工具书，也就答应出版了。

金庸很高兴，可是还没高兴太久就发生不好的事情了。学校新来的训育主任，很暴力，很嚣张，金庸和同学们都看他很不爽。于是金庸就写信骂他,还把信件给同学们传阅,后来有人把信件抄了出来,一时间信件内容广为流传。如果当时有网络,估计这封讽刺信很快就变成阅读量10w+的热帖了。训育主任得知以后,要把他开除。当时本就是流亡之际,突然被学校开除了,金庸哪儿有面子回家?好在体谅学生的好校长张印通为他求了情,让他逃过一劫。张印通的心地很好,对学生非常负责,当时在流亡的途中,一度有人和他说,不如算了吧,就原地解散,让学生们自己回到乡下,自生自灭。可是张印通拍着胸脯说,**只要有我张印通在,我就要对学生负责,坚持到底!** 最后他把学生带到丽水,一个都没有丢,是位很好的校长。

  张印通知道,金庸是个人才,所以就替他求情,最后幸好他避过一劫,学校将处分由开除改为退学。虽然从结果来看开除和退学可能一样,都是要离开学校,可是本质上还是有轻重的区别。开除是很严重的处罚,学生一旦被开除,就再也没有学籍了,很难再翻身;而退学虽然也是离开学校,却是出于自愿,在这种情况下,其他学校还有办法接收你。简而言之,能否成功转学是很重要的事。后来金庸很幸运,通过张印通找朋友推荐,他成功转进了衢州中学。

  很多年后,张印通校长已经不在了,金庸又回到嘉兴中学,捐资为张印通立了一座铜像,铜像基座上写着"**敬爱的张印通校长,学生金庸敬题**",其实他应该用回他的本名查良镛。他很念旧,又在母校题了字,最后一句是"**感怀昔日情,恩德何敢忘**"。

  少年金庸转到衢州中学接着读书,后来升入大学,他仍保持阅读的习惯。除了看已被译成中文的小说,他还会攻读英文原版书籍,比如狄更斯的《圣诞颂歌》。他看这些故事看得很着迷,并开始对外面的世界充满想象与期待。他后来报考外交系，在报社里做翻译，种种初衷都是源于阅读小说时对世界的想象。除此之外，原版书籍的阅读也奠定了他的外语能力。他读高中时，就开始写文章，那时他的笔名叫查理，处女作叫作《一事能狂便少年》。这部作品主要讲的是，少年轻狂之事。开篇是：**去年，我的一位好友被训育主任叫到房里去，大大的教训了一顿。训到末了，训育主任对他说："你真是狂得可以！"** 书名取自王国维先生的一句话"四时可爱唯春日，一事能狂便少年"，金庸就借题发挥了一通，说年轻人轻狂是正常的，训育主任并不算什么。一个人不管是不是年轻人，都要有这种轻狂之心，这样才能勇于探索世界，发明创造，改革进取。文章最后一段还说，**我们要求许许多多的，像法国大革命时代一般志士追求自由的狂。** 金庸认为一个人产生对于艺术，对于事业的狂热，是非常应该有的，是特别好的事。

这篇文章登在《东南日报》的副刊上，被很多同学看到并流传开来，在校园引起不小的轰动。因为文章不同凡响，副刊主编陈向平还与金庸见面并聊天，这给了金庸很大的鼓励，也对于后来金庸用笔打开他的江湖产生了非常积极的作用。就这样过了一段时间的高中生活，又一位训育主任出现了。训育主任很嚣张，无故开除一些学生，因此学生群情激愤，开始闹学潮。当时的学校不得了，学生要罢课，学校害怕就报了警，衢州的警备司令部竟然还派了军队进驻学校。金庸当时也积极参与学潮，还被拉入了黑名单。因为不是领头人，所以逃过了被开除的命运。不过其中也有校长陈博文的照顾，否则金庸会不会被开除就很难说了。

金庸这时候又在《东南日报》的副刊发表了文章，副标题叫

"读李清照词偶感"。文章引用了宋朝词人李清照的名句"人比黄花瘦",也是借题发挥,感叹中国文化的精华与糟粕之处。比方说他认为中国文化就是装,总以权威压制年轻人。金庸旁征博引,文章中不但引用李清照的句子,还引用了易卜生的话"世界上最有力量的人,正是最孤独的人",他请大家不要怕被孤立,受欺负也要坚强地忍受。这是金庸血气方刚之处,也是对时代环境的抗争。金庸始终坚持着这一份抗争的精神,高中毕业后,他去重庆读书,因为看不过学生中国民党分子做一些不堪之事,就去投诉,结果却被开除了。虽然偶有挫败,但就是因为他这种敢言直言的性格,加上他充实的大脑,犀利的文笔,后来才能够闯出他的江湖。

我见过金庸十来次,他真的很聪明,不论多久以前,谁说过什么话,哪一本书写过什么,他都记得住。加上他本身个子不高,头很大,整张脸是正方形的,总会觉得这个人有点像外星人。这是说他不像普通人,是位奇人,所以他才能够写出这样的小说,创出这样的事业。但不论是先天聪明也好,后天机遇也罢,一个人若想获得这样的成功,除了依靠命运垂怜以外,最重要的还是要努力。我们从少年金庸文学基本功的养成,还有性格的塑造,都可以看到他上进的心,这也是我们要向他学习的地方。

我们讲完少年金庸,下一节就讲一讲金庸的作品是如何影响全球华人的。

阅读小彩蛋

最后再读一下金庸那篇"人比黄花瘦"的最后一段:"坚强地忍受吧,我们不要怨叹与诉苦。如果你还能够思想,能够行动,你所说的不幸实在是对真正不幸的侮辱。"

金庸（中）：报人金庸的草创艰辛

我们这一节继续谈金庸先生。严格来说金庸有三重身份：一个是文学金庸。他用全球华人的共同语言写小说，作品的影响非常大。第二个就是政治金庸。所谓政治不是说他直接去参与政治活动，而是指他发表了很多关于中国甚至关于全世界的公共事务的一些看法，而且写得非常到位，有些还非常有争议性，甚至引起过好多场的政治界的笔战。1967 年，香港出现一些混乱的情况，当时金庸被社会上的部分激进分子列为暗杀目标，好在没有发生实质性的伤害，他就继续发挥他在公共事务、政治事务等方面的舆论影响力。到了 80 年代，他作为香港基本法草委会的成员，对香港的未来发表了很多看法与意见，很有影响力。而政治金庸之所以有那么大的影响力，其中一个关键的因素，就与他办报分不开，所以他的第三重身份就是报人金庸。"报"指的就是办报纸，他主要创办了《明报》，在香港也叫作《日月报》。"明"，明白的明，拆开就是日和月，很巧妙。明报也被称为日月神教，而在《明报》工作的人就被叫作日月教的教徒。《明报》自 1959 年创办以来，培养了一代又一代的香港报人。所谓香港报人，刚开始其实许多报人也都是从内地来的，后来几经发展，才逐渐以香港本地报人为主。这些报人，先是在香港受到训练，后来慢慢发挥影响力。由此可见，报人金庸是很重要的一个角色。到了1992年，金庸把《明报》卖掉了，1994年正式与报纸脱离所有关系，这对他来说是件很挫败的事情，至于为什么，暂时按下不表，稍后再谈。

我们看金庸要看三个方面，而这一节我们主要谈报人金庸。很多朋友都知道《明报》非常有影响力，到现在还经常被评为最有公信力的香港报纸。据说在很长一段时间里，内地很多不同层级的领导，每天都会看《明报》上的消息与社论。因为很多的特别评论都是由金庸先生亲自撰写的，领导们做决策的时候可以参考他的观点。关于《明报》的历史，很多人都写文章梳理过，甚至还有人专门为此写过学术论文。曾经在《明报》工作，为金庸当过中文秘书的张圭阳先生，他在香港大学读博士的时候，就特别写了篇论文，谈论金庸与报纸的关系。后来他又把论文改写了，出了本书，叫《金庸与〈明报〉传奇》，书中有很多真实的材料，便于我们了解那段过往。而我自己也在1997年担任《明报》的副总编辑，算是借职务之便，听前辈们说过不少关于《明报》办报时的故事。

先从《明报》的创办谈起。当时是1959年，金庸已经开始在《大公报》《新晚报》上面连载武侠小说了。小说很受欢迎，有很多人追着读，读得如痴如醉。他想着中国人宁为鸡首，莫为牛后，就打算自立门户，创办属于自己的刊物。最开始他并不是想办报纸，而是想出版一本杂志。他的杂志名字还与我有点关系，什么关系呢？都有一个"马"字，我看到"马"这个字眼睛就发亮了。他想办一本杂志叫作《野马》，听名字就可以想象到，这本杂志里一定是什么内容都有的，不论是通俗小说、经典文学，还是时事政论，通通包含在内。有了想法后，他就开始筹备杂志《野马》，准备在1959年的5月出版，出版社的社址定在尖沙咀弥敦道。出版社主要成员有三位：金庸和他很重要的搭档沈宝新先生，还有潘粤生先生，他们三人从前都是《大公报》《新晚报》的同事。出版社的地方很小，大概只有12平方米，刚刚放得下四张书桌，三剑侠一人一张，加上一位校对。他们准备出一本8开纸大小的十日刊，十天出一次，里面除了小说，也包含其他软性文章、评论文章，什么都有，他们都计划好了。因为潘粤生没什么钱，所以股东主要是两位，金庸和沈宝新。金庸负责主编，而沈宝新头脑灵活，是很聪明的生意人，就负责发行、出版、广告、行政等工作。

　　金庸三人筹办了三个月，并经常同报贩交流，获取建议。那时候没有网络，大家都是通过报贩在路上买报纸杂志。报贩们对报纸杂志的销售很有心得，给金庸他们提了不少建议与意见。其中就有人觉得，既然金庸你的小说这么受欢迎，受人追捧，那为什么只出十日刊呢？有钱赚到尽。不如出个报纸吧，每天收钱不是更好吗？金庸听后，就与沈宝新商量，最后他们在出刊前的两个月改了方向，出版内容从出十天一本的刊物变成报纸了。报纸内容准备以金庸的武侠小说为主，再加上些其他新闻。总体来说，只是一份小报，不仅版面小，而且内容趋向也比较软性。内容版式定下来后，他们就想，这份报纸叫什么好呢？难道要叫《野马日报》？怪怪的，不太像报纸的名字，那怎么办呢？香港人都喜欢饮茶，所以三人常常一边饮茶一边商量。有一次饮茶的时候，金庸想到香港有一份报纸叫作《晨报》，很成功，很出名，就提议他们报纸的名字也只挑一个字。大家想了一下，后来广东人潘粤生——一听就是在广州出生——就说不如用"明"这个字，明报，明辨是非，聪明。办报的人聪明，读报的人也聪明。可是金庸与沈宝新担心，"明"可能被理解为明日黄花，好像报纸一出来，内容就过气了，不够新。潘粤生就说，不会不会，《明报》一听，就是明明白白，聪明伶俐的意思。金庸和沈宝新是老板股东，二人思虑片刻，一拍桌子，当即决定了采用"明报"这个名字。就这样，匆忙之间，明报诞生了。

其实《明报》这个名字以前也不是没有过的，据说在40年代的苏州，就有苏州《明报》，1945年北平也有过一份《明报》。这个字，潘粤生当然不是抄的，虽然不确定他知不知道别处也办过《明报》，不过想来应该是知道的，毕竟他们都是在报业工作过的人，但是这个"明"字的确很好，大家又喜欢这个名字，所以就这样办起来了。

《明报》出来后，他们几个人当然都很累。但当时除了他们三人之外，还有一个人很辛苦，很重要，是谁呢？就是金庸当时的太太，朱太太，他的第二任太太。他第一任太太姓杜，据金庸本人说，二人离婚的主要原因是，女方家庭背景很好，所以总是有一点看不上他，嫌弃他穷，久而久之，矛盾无法调和，二人就离婚了。后来他就和这位朱玫小姐结婚，金庸比她大了11岁。朱太太为什么重要呢？因为她在家庭和事业上都给金庸提供了极大的支持。朱太太先后生了四个小孩，两男两女。她每天要带小孩，操持家务，煮饭煲汤。为了金庸工作时可以吃得更好，她甚至每天将饭菜从九龙那边送到港岛，当时没有地铁，多累啊。更厉害的是，她每天将饭菜送过去以后，还留在报社里面工作，参与了采访等工作。她以查社长夫妇、查夫人的名义，还参与创办《明报·晚报》等活动。

但可惜的是，金庸后来有了新女朋友，也就是第三任太太，因此他与朱玫闹得不太愉快，最后就离婚了。第三任太太姓林，当时她在餐厅做服务员，也不太知道金庸是何许人。她非常善良，看金庸总是愁眉苦脸坐在咖啡厅里面写东西，就很同情他，想帮助他，或者至少鼓励他。她不知道金庸那时候已经蛮有钱了。后来金庸要离婚，朱玫同意了，但她要求必须分钱，分家产，林小姐也不要再生小孩，小孩只能是他们生的两男两女。当时大概就是这种情况。

言归正传，报纸办起来了，在 1959 年终于出刊了，一出刊就很受欢迎。股东主要就是金庸和沈宝新，本来还有一位姓郭的先生，后来金庸从他手中买回了他的股份，因为觉得郭先生背后可能有其他的不明来历的钱，金庸不放心。报纸内容方面以金庸、沈宝新为主，潘粤生在编辑方面出了很大的力，朱太太的后援也发挥了非常关键的作用。创刊号出来，全版 12 栏，每栏有 10 个五号字直排，一出来上面就写着：第一号，今天出纸一张，零售价港币一角；督印人，就是出版人沈宝新，地址在尖沙咀弥敦道文逊大厦 408 室，电话 69014。在 1959 年，香港的电话号码只有五位数字，而现在是八位数字。如今文逊大厦 408 室，应该是改建成其他建筑了，不然的话变成一个纪念馆也蛮有意思的。

大家都知道这份报纸主要以金庸的小说作为主打，在创刊号 1959 年 5 月 20 号发行出来之后，我们看到版面上印着什么呢？是一张外国女明星穿着泳装的照片，由此你就可以明白我为什么说他们是走软性的路线了。那创刊号的第一则新闻是什么呢？是谈中国社会的，还算是比较正面。标题是改写了美国的 *Outlook*（《展望》）杂志上的一篇文章，叫作《一个美国人在中国，地球上四分之一人口的真相》。听起来好像有爆料，但其实是在谈论中国发展面对的困难、挑战与成就，当时新中国刚好建立十年，正在找寻向前走的道路。左侧版面中间是刚才提到的泳装美女图，中间的头版写着，**香港床位住客50万**，副标题是《**上床闺女下床寡佬**》，什么意思呢？就是说香港居住环境很差，一直以来不断有人因为不同的原因来香港，大家常常住得很辛苦。很多人穷到只能租一张上下铺的床位，所以有些地方的床位住客，会出现上铺住了女生，黄花闺女，而下铺住了男人，单身寡佬的现象。其实标题既是描述现实的悲哀，也是暗藏暧昧的成分。读报的人一看到上面是女生，下面是男生，就觉得有戏了，很多联想就出来了。版面的下方是一篇小文章，银色消息。什么意思呢？银色说的是大银幕，银色消息就是指电影、综艺、娱乐新闻，简单来说就是刊登了几篇电影公司的活动消息。所以我们看到，整个报纸内容的趋向就是软性的，了解一份产品，一定要先确定它的市场位置再谈其他。

报纸翻过来是第二版，上面登了六篇文章。重要的香港南来作家高雄，用笔名写了篇《香港靓女日记》，文章讲述的是在香港发生的男女爱情故事。同类型的还有一篇叫《夏恋》。除了爱情小说、推理小说，翻译小说也包含其中。有一篇翻译小说叫《不穿衣服的女郎》，讲的是侦探故事，很好玩的，标题也很符合市民口味。第三版是小说版，金庸的《神雕侠侣》当然是放在最上通栏的位置，然后再来三篇武侠小说，接着就是一篇写明清的历史小说。除了几篇原创小说，这一版还有一幅连环图，画的是武侠小说《双雄争霸》的内容。法国作家雨果的一篇文章，《疯狂的大炮》也被翻译刊登了上来。

他们的报纸就是在这种情况下做起来的，很不容易，他们甚至还要亲自去处理排版、印刷、发行这些琐碎的事情。那时候金庸忙着整理文字部分，沈宝新就去打点生产线上的各个环节。他每天晚上都要跑进排版房、印刷厂好几次，不断给人敬烟。他总是用广东话对那些排版印刷工人说"吸烟吸烟"，让他们好好地赶时间。因为报纸讲究时效性，一定要在半夜三点以前印好，送到报纸的批发商手上，才能卖的。过了时间，批发商就不收报纸，那就惨了，出版社将会血本无归。沈宝新还要去拉广告，忙得要死。

前文提到的张圭阳先生曾经总结，《明报》从创刊号到第 17 号，都算是小型报。作为小型报，它有几个特色。第一个特色当然就是主打金庸的武侠小说。第二个特色是强调名牌效应，报纸请了当时著名的专栏作家，例如高雄先生，他的笔名叫三叔，或是三苏。他在当时文坛是很重要的，写了很多文章。第三个特点，是加强对演艺界娱乐新闻、八卦新闻的报道。第四点是刊登西方好莱坞电影明星的性感照片。最后一点就是它用香港人的口味来抓新闻，像前文创刊号讲的《上床闺女下床寡佬》。报纸中甚至把一些字词用粤语写出来，比方说《明报》将会报出大批精彩杰嘢。"嘢"就是东西，意思就是说《明报》会报出更多精彩劲爆的材料。

《明报》刚开始并没有很重视社会评论，到后期才慢慢出现评论文章的。除此之外，很重要的《明报》副刊，也是慢慢发展出来的。这种副刊文化来自上海，但是在香港却发展出另外一个方向。报社找不同的人来写专栏，百花齐放，真的非常自由。金庸曾经亲自指出副刊选稿的标准，用了 24 个字"新奇有趣首选，事实胜于雄辩，不喜长吁短叹，自吹吹人投篮"。"投篮"就是说把投来的稿纸捏成纸球，好像打篮球一样，丢进垃圾桶。假如胡乱吹捧自己，或者吹捧朋友，那稿件就会被投篮，即退稿了。

金庸很喜欢下手谕，他总是把指令或者他的原则写下来，关于选定哪种稿子，他就给编辑写了五字真言，"**短趣近物图**"。"短"就是文字要短，不要啰唆；"趣"就是要有趣、活泼、轻松；"近"指的是时间要新鲜，空间要离得近，要写香港、内地的故事，不要写离生活太遥远的故事，否则读者不感兴趣；"物"，就是言之有物，不可以无病呻吟；"图"，说的是报纸要配图片，不管漫画还是照片，都要好看，才有视觉效果。这就是"短趣近物图"五字真言的含义。

后来他也办过很多副刊，这些副刊一般刊登的都是专门邀请来的作者的文章，几乎都是大咖。但有的时候，这些大咖文字会被编辑过度修改，而且改得不是很好，金庸就向《明报》的行政委员会发出董事长意见，他强调只在下面四种情况下，编辑才可以改动专栏作者的文稿。哪四种呢？第一种是有明显的错字、别字、事实错误可以改；第二种是有法律问题，有被控告诽谤的危险的时候可以改；第三种是文章中有对任何人、任何公司指名道姓地攻击可以改；第四种，不论中外，若羞辱了国家元首，那也是可以改的。

对金庸来说，《明报》是他一辈子的心血，可是很不幸，他没有找到一位靠谱的接班人。到了90年代后期，他因为年纪太大，就要隐退了，开始物色接班人。他找到了于品海，觉得他做事认真，虽然背后的财力有点来路不明，但还是可以信赖。那时金庸是金大侠，于品海就被人称作于小侠。金庸对他进行了很正式的观察和考验，还邀请他一家人去旅行。这是金庸的一贯考核方法，他看重谁，总是和对方一家去旅行，他很懂得在旅行途中观察人品、待人接物的态度等等。金庸观察了很久，决定信任他，把《明报》卖给他。甚至在于品海钱不够时，金庸还把自己的钱借给他。金庸是真的把于品海当作儿子，当作接班人。可是很不幸，金庸看走了眼，于品海在接手《明报》之后，被曝出他很早以前在加拿大犯法惹下官司，不是很踏实。后来于品海也败走《明报》，他把《明报》卖给了马来西亚的富商张晓卿先生，这就是第三代《明报》了。

  这就是金庸创办《明报》的故事。我们从中可以学到很重要的道理，就是做事真的要全心全意，发挥自己的所长。金庸就是个文人，那他就写小说、评论，其他出版的事情就交给他旁边的人——沈宝新。并且金庸还很会用人，作为总编辑和董事长，就像大将军一样，总能将报界写作人才以高薪挖来，放在最对、最准确的位置上，然后培训他、栽培他、鼓励他、支持他，使他成为报社真正的中流砥柱。所以即便薪水很低，大家还都以在《明报》工作为荣。金庸有自信说，**你跟着我金庸做事是荣耀**。金庸认为，《明报》就像少林寺一样，大家一起习武，最后习得一身好武艺，薪水低一点又有什么关系呢？我也曾经是《明报》人，我始终以《明报》人这个身份为荣。怀念金庸。

阅读小彩蛋

最后再来重复一遍金庸的五字真言吧,很简单,"短趣近物图",这就是金庸办报的故事。

金庸（下）：金庸文学的通关密码

我们这一节继续谈金庸先生。第一篇谈的是少年金庸，讲述他从小孩成长为 18 岁的青年人。重点介绍了他的阅读趣味，他的文学成长，看了什么书，经历了怎样的求学经历，是什么在他心中奠定了对于中国文化的价值观，又是怎样埋下心中对于武侠世界的向往的种子，成为他后来书写几十部精彩武侠小说的驱动力。第二篇，我们谈的是报人金庸，关于他开创《明报》所经历的挑战、困难和考量，还有他处理编辑事务的一些原则和判定标准。

这一节我们谈文学金庸，聊一聊他的作品。我记得，大概 30 年前，台湾一家出版社一次性出了金庸的全部小说，包装很漂亮，是精装典藏版，就叫"典藏金庸"。当时买书还送书架和高仿的对联，就是那幅我们常听说的"飞雪连天射白鹿，笑书神侠倚碧鸳"，此外还送一把刀，是屠龙刀的模型。我那时买了，好像花了两万多块台币，相当于我一个多月的薪水。买了之后一直放在家里供奉着，后来我去美国读博士班，走以前就把它寄放在朋友家，说好我学成回来之后再把它拿走。那时是 80 年代，还没有手机和网络，几度辗转之后，我慢慢地就与那位朋友失去联络，找不到他了。而那套"典藏金庸"也已经在人家那里放了三十年，就算找到那位朋友了，我也不好意思再向人家要回来。现在想想真的应该厚着脸皮要回来，因为书真的很漂亮，并且已经绝版了。那副对联，出版社也把它裱得非常漂亮。

当时台湾卖书流行直销，就是推销员会直接上门来推销，比如他会说，**我有一套《中国山河全集》，是图片集，你要买吗，一万块**。我还记得听朋友说，有业务员去卖金庸小说，结果对方平时不读书，嫌书太厚，拒绝了。业务员就说，**等一下，你先别拒绝我，你先听我读金庸小说的前二十页给你听，你听完再决定买还是不买**。这是好招数。因为一翻开金庸小说前二十页，往往就停不下来了，会一头栽进去。这个业务员很聪明，他就好像钓鱼一样，先让读者上钩，吞下了那一颗鱼饵，只能被他牵着走了。从这个小故事也可以反映出金庸小说的文字魅力。

对我个人来说，我十多岁开始读金庸。当时家里很小，只有四五十平方米，却住了八九口人。家里还经常开几桌麻将，你可以想象，人来人往，吵吵闹闹。我一个孤独的青年人，就蹲在小房间的墙角读金庸，一读就感觉好像进入了电影画面，身边的种种吵闹的人声、笑声，麻将的啪啪声，全部消退，完全听不到了，我被金庸小说带进了一个江湖里面。江湖里有时候是沙漠，有时候是高山，有时候是古代的城镇，我与东邪西毒交往，而不是和来我家打麻将的叔叔阿姨打招呼。他带我远离了吵闹的现实世界，进入了他的江湖。而在那个江湖里面，我也学会了种种情义，学会了那些真真假假的历史，很有意思。金庸作品的确是很有魅力的，所以能够成为全球华人的共同语言。

当然，这是我们喜欢读金庸作品的人的看法，并不一定每个人都是这样。任何作品，不管是所谓的通俗文学还是经典著作，都可以有不同的解读角度。有人就从女性主义的角度来解读金庸作品，说小说里面的男人，总是大男子主义，有一些直男癌。他们都要女人听话，对自己好，围绕着自己。韦小宝是最有代表性的，陈家洛、杨过、郭靖或多或少也都是这样子。当然，还有人从大传统、大道德的观点来看，也觉得不满意。例如香港非常重要的作家黄碧云，她在30年前就写过一篇文章，痛批金庸的《书剑恩仇录》。那时候许鞍华在拍《书剑恩仇录》，黄碧云知道后很不满，写了一千多字的批评话。文章主要的说法就是，她不明白这本书有什么好看，又有什么翻拍成电影、电视剧的价值。她认为全书只暴露了作者以及读者的大汉心态，整个故事非常单薄，就是在强调汉是忠的，满是奸的，所以应该反清扶汉。在她看来，忠奸分明是狭隘的、狂热的、幼稚的。她还说，整本书说的只不过就是忠孝节义，并将其归为至高无上的纲领，所有人物都只用这一套简单幼稚的标准来衡量评判。所以，小说鼓吹的是封建意识，是在加强传统对个人的压迫。这是黄碧云的看法。

很奇怪，我的看法刚好相反。坦白说，不管是写小说也好，读小说也好，真的就那么简单吗？假如真就这么简单的话，那直接挑明汉满不两立，忠孝节义的标准就好了。可是那样写出来的东西真的会好看吗？简单的标准，几句话就交代完，那么人物的性格、遭遇，以及剧情，又怎么避免平面化呢？假如真就这么简单，金庸作品又怎么会那么流行，被那么多人追读，感动了一代又一代的华人读者，其中一定有其他的理由。就算金庸真的是想表达忠孝节义，可读者阅读的过程中,让他们真正感动的地方真就只是忠孝节义吗?我是很怀疑的。

好了,先说忠孝节义,这在金庸的作品中很难绕开。金庸小说是建立在真实历史背景下的虚构故事。而且既然是写封建年代,那就要写礼义廉耻,这就是封建年代人的想法,我们不能用今天的眼光来看。金庸从小家训就很严,他祖父是当官的,家族出了很多文人政客,家训第一条就是,治家先言而后教,行敦亲睦劝善归过。第二条是兄弟同忾,要和谐,衣不求美,食不求甘。第三条是要求他们言语要温文、动容。就是说表情、神态要谨慎,要责己严,待人以亲等等。这都是传统的价值观。

金庸后来还替自己的小说写过序,在修订版里面,他的序是这样说的:"我希望传达的主旨,是:爱护尊重自己的国家民族,也尊重别人的国家民族;和平友好,互相帮助;重视正义和是非,反对损人利己;注重信义,歌颂纯真的爱情和友谊;歌颂奋不顾身地为了正义而奋斗;轻视争权夺利、自私可鄙的思想和行为。"这是什么意思?据金庸自己说,小说中他想表达的就是这些价值观。虽然这些价值观看起来是在讲"忠孝节义",可里面有一些看起来自相矛盾,实则更为辩证的看法,不能仅仅用"忠孝节义"四个字来网罗。就像他提出要尊重自己的国家民族,也要尊重别人的国家民族,可万一两方面有争执,我们到底尊重谁呢?还有,在为了所谓正义而奋斗的时候,却与爱情、友谊产生矛盾,那又该怎么办呢?在江湖行走的时候,人们一方面会受限于门派甚至是国家的大道德、大传统;另外一方面,还会考虑到个人的情爱、信义。这些往往不是那么和谐,而是冲突的。而几乎所有金庸小说里面的人物——不管好人坏人，都常常被放在这种两难的困局里，需要做出选择。用心理学的说法，在这种两难的处境下，个人就会产生种种焦虑的情绪，需要找寻疏解，如果处理不当，甚至会被逼得发疯，最后落得悲惨的结局。也正是这种两难的困局所引发的戏剧张力才是小说最动人的地方。大家面对这种困局会产生不同的张力，从而提出不同的解决方案。有人坚持，有人后悔，有人走向命运的另一条道路，也有人选择飘然而去，离开江湖。就像韦小宝说的，老子不干了，要脱离这个江湖，脱离这个台面。有些大侠到最后一边走、一边放歌、狂饮。有些人面对困局很不屑地冷笑，一方面瞧不起这个江湖，另外一方面其实是瞧不起这个外面的条条框框，不明白为什么要逼着自己做选择。

从这个角度看，金庸作品动人的力量往往不是忠孝节义，不是简单的黑白分明的价值标准，刚好相反，那种两难困局所引发的心理焦虑和冲突才是最动人的地方。倒过来看其实是在讽刺，金庸用或明或暗的手法反讽所谓的大道德、大传统。门派也好，名利也好，荣耀也好，他在讽刺这种虚假、不合理，甚至荒唐，逼迫人们在困局面前做出选择的规则。金庸用他笔下人物的故事告诉了我们，这个大传统、大道德之所以成立，是因为我们接受了它们，并让它们成立。相反，只要我们不认同，拒绝，或者说逃离这些大道理，它们就不能成立，在我们的身上就发挥不了作用。所以我经常觉得，金庸小说里面虽然是在谈到这些所谓的忠孝节义的封建标准，但是他真正想表达的是个人主义。他的故事也是在说，人在这个大道理下是否应该选择，如何选择？我们要用什么方法来回应，才能摆脱个人与这些大道理之间的关系？

我年纪大了再读金庸，和年轻时候阅读有不同的感觉。年轻时比较喜欢《神雕侠侣》等作品里面的情爱，尤其是两难下的情爱选择。我越大越喜欢《鹿鼎记》里的韦小宝。不是因为韦小宝有八九个老婆，也不是因为韦小宝滑头世故，而是因为在韦小宝的眼中，世界上是没有绝对的坏，绝对的恶，绝对的坏人的。不管是什么样的人，韦小宝总是能够体谅，明白，或者努力去了解一个人为什么会做出"坏"的决定。然后他就会找一个两全其美的方案，解决两人的问题。他本身是青楼出来的小孩，是最庸俗的市井之徒，因缘际会，得到皇帝的垂青。后来他能神奇地摆平各种事情，既是因为他黑白两道通吃，有着很深的影响力，更是因为在两难困局面前，他总是努力把大家都安顿好。

两难困局这个概念很重要，自孔子、孟子以来，中国人总是强调鱼与熊掌不可兼得，忠孝难两全。两难的选择、挣扎，始终是中国传统文化里面一个强健的焦虑。这种焦虑一路下来，到韦小宝这里还是存在的，但他选定了往大家都好的这个方向来努力。所以我年纪越大，越认同韦小宝这一方面的努力和苦心。当然，这是我的看法。这个看法很少被喜爱金庸作品的读者谈论到，是被忽略的，我觉得值得大家好好去思考。全球华人共同语言的关键秘密在于，我们对于大传统、大道德都有怀疑、不满，对于两难困局都会产生焦虑，而金庸的小说为我们提供了疏解方法，我觉得这就是金庸作品的通关密码。

金庸作品是有的谈的。任何作品，越流行越容易引起争论，越争论越有的谈。简·奥斯汀、莎士比亚、狄更斯等人的很多作品，在当时都被认为是流行的，通俗的，可是后来也成了经典。好的作品总要有一段漫长的时间，让大家不停地讨论。时间隔得远了，读者与金庸不再是同代人了，心里种种有形无形的压力、关系，能够放下来，这时才能够周严地、全面地、深入地、公道地来谈论金庸的作品。

说起这个，我想起一件挺讽刺的事。我虽没有亲眼见过，但是听说原先一些在台湾大学教书的老夫子，经常批评学生，说他们不应该偷看这些怪力乱神、武侠小说。可是实际上他们自己也经常躲在家里，甚至在课堂上偷看金庸、梁羽生的武侠小说，像《蜀山剑侠传》之类的。他们就把这些书夹在《论语》后面，趁学生写作业或是温习功课的时候，就自己躲起来看。我听一位老师说，当年他去拜访他的一位老师，去他家里请教问题时，发现原来不让他们看金庸的老师，在家里也收集了很多金庸小说，而且这些书一看就是翻到烂了，不知道看了几遍。我们现在肯定不会说这老夫子道貌岸然，假正经，相反我们只会同情他，思考到底是什么样的社会情境压力、文化压力，让他明明喜欢看却不敢说好，甚至不敢让别人知道他在阅读武侠小说。我们要从慈悲的角度看，或是说从做学问思考的角度看，为什么会有这种人情压力、社会气氛压力，为什么这个老夫子要压抑自己的嗜好，甚至扭曲他对金庸小说、武侠小说的看法。这才是有启发性的疑问，而不是一味地谴责他道貌岸然，虚伪。那没有意思，我从来不喜欢谴责。我最喜欢谴责，最常谴责的只是我自己，我不喜欢骂别人。

金庸先生真是奇人，我一见到他，就知道他不是普通人。他的头很大，很聪明，话不多，眼睛眨来眨去，讲话思考非常准确。

这里说个小八卦，我们知道，金庸先生与他第二任太太有两个儿子，两个女儿。他年轻的时候去算命，算命先生看了一下，批他命中有一子。金庸当时很不服气，心想，怎么会只有一子？不灵的，我明明有两个儿子。后来过了若干年，大儿子在英国上吊自杀。这个时候，金庸才恍然大悟，觉得这是命中注定。当时算命先生说他命中有一子，原来是到生命的最后只有一个儿子。中国传统的看法，是要有儿子送终。虽然他原来有两个儿子，但其实一个已算不得是他的儿子。大儿子去世后，他很快也就去了。至于大儿子上吊的原因，江湖上也有不同的说法，有的说因为他受不了爸妈离婚。他的母亲朱玫和金庸一起打下《明报》的江山，最后却离婚了，离婚离得不愉快，作为儿子的他看不开，很难过，就自杀了。这是一种说法，当然也还有其他的说法。

人生真的无常，命中无常，生命无常。金庸先生一辈子做了很多伟大的事业，活到 94 岁。他 90 岁的时候，神志还蛮清醒，常与人聊天，听别人讲世界上的事情，或是各种有趣的文学历史事件，他都听得津津有味，并且能够很清楚地回应。可是，过世前的几年情况就急转直下，照顾起来也比较辛苦了。后来，据看望他的亲人说，他最后是含笑而去的。他一边听着远方亲人的电话，嘴角还带着笑容，就过去了。

金庸这个名字在中国当代文学史上一定是一个非常重要的名字，而且一定会被我们一谈再谈的。谈到这里，我真的好想去找到我 30 年前的同事，就算花钱也要想办法从他手上弄回那一副对联，和那一套典藏的金庸全集，你们说有什么好的方法？给我个建议吧。

阅读小彩蛋

金庸那一副对联"飞雪连天射白鹿,笑书神侠倚碧鸳"非常了不起,完全把他的作品表达了出来,也很有意境。假如有轮回,金庸先生再投胎,不知道会不会成为另外一位金庸。希望他会吧,再写出几十部精彩的小说,让不同世代的华人读者看得如痴如醉。

梅兰芳：逆风而上的争气大师

大概三年前的一个下午，一个朋友把我从香港"勾引"到深圳吃喝玩乐，颓废了一个下午。还好晚上蛮有意思的，我们坐在一家徽式的老房子里面聊天，喝点红酒，无所不谈。老房子是朋友去安徽农村买下来的，后来把它拆散，再把拆下来的所有配件运到深圳，在高楼大厦的下面重建了这座老房子。我们坐在里面很诡异，有种后现代时空穿越的感觉。

当天晚上在老房子里面认识了一位女士。别误会，现在不是讲我的浪漫史，而是讲我的感动史。这一位女士已有 80 多岁的高龄，很健谈，精神很好。她以前是从事传统戏曲艺术的，唱安徽的地方戏。她从小学戏，经历了种种的苦难，好不容易熬到今天，有了一番地位成就。

这位老太太说，她刚开始学戏的时候，戏曲行当在当时那个年代还是被大家瞧不起，很低下的。她就告诉自己：没关系，行低人不低。行当可能低下，但我的品格不低下。我尊重自己，有自己的追求，干好手头的事情，最后总能做出一番成就，至少没有任何能够让人家瞧不起的地方。这位老太太说的行低人不低，把我深深地感动了。

不仅是艺术，什么岗位都是如此。你的岗位可能不重要，你也不一定是决策者，不一定是高层，但只要明白行低人不低，做好自己，就有机会创造自己的成就，不被人家瞧不起，这样才能睡得安稳，睡得快乐。

在这一切的原则背后有两个字，那就是要"争气"。自己争气，做好自己。说到"争气"，我就想到一位人物，梅兰芳。

"争气"让我们中国有了梅兰芳，有了他的故事，有了他的传奇，有了他的贡献。梅兰芳是家喻户晓的中国艺术家、京剧表演大师。他的故事我们应该听过很多，其中他8岁开始学唱《二进宫》时候的故事尤为出名。

梅兰芳1894年出生在北京，当时清朝还没有灭亡。他8岁的时候开始学《二进宫》，当时教他的老师教来教去都觉得不满意，认为他不可能学得好，就抛下一句狠话转身离开了。"祖师爷不赏你这碗饭吃。"这句话就是说他注定不是唱戏的这块材料，别浪费时间了。这句话说得很伤人，假如梅兰芳玻璃心一点的话很可能就放弃了，可是他不是，他很坚强。

老师转身走了之后，他有机会跟了另外一位吴菱仙老师学习。这位老师脾气很好，学生打瞌睡、犯错了，他也不会打骂，只是轻轻推学生一下，再眼睛一瞪。对某些小孩来说，这种教育的方式是他们能接受的，也是真正受用的，不然的话可能越打骂越反叛，越抗拒。

吴菱仙对梅兰芳特别好，为什么呢？因为吴菱仙曾经受过梅兰芳祖父的恩惠。他祖父也是唱旦角的，长得比梅兰芳还漂亮，而且是班主。祖父从江苏那边带着戏班来到北京，很有名也很有钱，不过后来破落了。吴菱仙跟着他祖父唱戏的时候，家里环境不好，梅兰芳的祖父对他有过恩惠，吴菱仙因此对梅兰芳非常照顾。

生命就是这样子的，永远不知道你现在这一秒钟所做的任何微不足道的好事，可能你自己都记不住，但是在未来的某一瞬间，或许真的会有好报。不是说什么很玄妙的因果，而是你永远想不到生命会碰撞出怎样的关系。

吴菱仙非常用心地教导梅兰芳，把他调教了出来。梅兰芳自己也很争气，据他回忆录里面说：**从前的老师说我没资格唱戏，那我偏要唱，而且还要唱好。我要用功，以勤补拙。**像他踩着高跷（京剧中的跷功）练脚步的时候，本来在平常地方就很容易跌倒，但他还要给自己加大难度，不仅在平常的地方踩，还在结了冰的湖上面踩。

我们可以想象，从高跷上掉下来，全身真的没有一处不受伤，老师吴菱仙看了都心疼，劝他说，休息几天再练吧，至少别在冰湖上面踩。可梅兰芳偏不听，他说假如没有练好的话，会被人家瞧不起的，那他这辈子活下来也没什么意思。

就是因为他不想被别人瞧不起，一直很争气，才有了后来的梅兰芳。梅兰芳一路走下来，对于京剧艺术的编曲、演出、改良各个方面都做了新的尝试，每一次尝试都在"争气"。

他被人家批评的时候，心里就想着：不行，我不服，我要争气。人家说不好，一定是有理由的，我一定要知道批评我的这个理由，加以改进，这样就没有了说"不好"的基础，也就再也没办法说"不好"了。

他总是收到很多梅粉的来信，但凡是夸怎么样好的，他都不在意。相反，他会把重点放在那些批评信上，甚至他还会要求与提出批评意见的粉丝见面，邀请他们当面来指导自己。尽管对方有时候只是票友，而非专业人士，他也无所谓，只要从那边学本领就好。

梅兰芳还不断改良传统的京剧艺术，把它们改成新的现代剧，表现当下流行的议题，或者是让演员们穿上现代的服装，以现代的造型登台演出。梅兰芳不断进行新的尝试，用他的争气，替他的行当打出一条新路。

每当梅兰芳觉得有些地方做得不好，或是做错了的时候，他也不会完全坚持自己的想法，而是会马上退回来。我觉得这样才能看出一个人的性格。"争气"不是闭上眼睛，咬紧牙，一味地往前冲，而是把最终效果设定成目标，思考如何去做才能达到最终效果，这才是"争气"的精神。不然的话，"争气"就不是"争气"，而是变成冲动了。

到了50年代之后，梅兰芳编的最后一出京剧《穆桂英挂帅》，蕴藏着他欣赏完豫剧之后的领悟和创新融合的精神。

其中的故事是这样的，梅兰芳在看完豫剧之后，就跟旁边的学生说，自己演了一辈子的穆桂英，演的始终都是她年轻时候的样子。现在看到豫剧里面的老年模样的穆桂英老当益壮，很感动，觉得京戏里的穆桂英也可以是老的，毕竟是人都是会老的。

他在讲这番话的时候，已经50多岁了，心里和老年穆桂英产生了强烈共鸣。他回到家就编了一出京戏《穆桂英挂帅》，演老年版的穆桂英。艺术上成功是一回事，他身上的这种争气，这种不断进步、不断做到最好的精神更值得我们学习。他不仅年轻的时候是这样，老了也是这样。

这种争气的精神也可以从他访问美国、日本、苏联的演出中看到，尤其是访问美国的时候，他的精神表现得格外突出。那时候是30年代，美国邀请他去演出，可是临到演出，邀请方突然打退堂鼓了，给他发电报说因为美国经济衰退萧条，暂时无法提供金钱资助，假若前来，需要梅兰芳自己多准备点钱。

梅兰芳看完后，随即就把电报撕掉丢进垃圾桶。当时他几乎倾家荡产，筹了十万银圆，坚持去美国演出，好在演出大获成功。他为了迎合外国观众的口味，对京剧做出了改良，选择多演打戏，少些说唱。他还花了好多钱，找人把京戏的歌曲写成西方人看得懂的音谱曲谱，又把京戏所用的服装、行当、乐器全都画出来，用英文、德文等好几国语言来描述解释。

梅兰芳是如此认真，他在这种争气精神的引领下，一直往前走，无论哪个阶段，他都是京剧行当的领头人。十几岁成名之后，他就一路领着他的班子往前走。他就是京戏，京戏就是他。

他在戏曲中也曾经受过挫折。日本人侵略中国的时候，梅兰芳整整有八年没唱戏。他先是在上海，后为躲避战乱，辗转去了香港，为了不被日本人强迫回到上海，他还特意留了小胡子。当时香港蛮多民国的名流，不管是文化界、政界还是艺术界的，日本人都要强迫他们回到上海，受汪伪政府领导，从而利用他们的名声，造成大家都很团结的假象。

在香港待了一段时间之后，梅兰芳也没办法完全躲开日本人，只好回到上海，继续留着胡子装病。他说不唱，就是不唱，不为日本人和汪伪政权来粉饰太平。

梅兰芳这一段日子很穷，因为他没有收入还要养着戏班子，怎么办呢？他就画画。这其实也源自他在其他方面的"争气"精神。之前他自己已经在表演艺术行当有所成就，但他仍积极和一些艺术家交往、求教，例如他就和齐白石学画画。虽然当时只是想修身养性，没有打算以此挣钱，但到了这个时候就发挥了作用，他画画卖的钱可以继续养着自己的家人和戏班。

有一个江湖传闻，说梅兰芳的书法写得不怎么样，画也不怎么样，可是当时他有一个大的买主，是谁呢？是杜月笙。杜月笙当时一段时间在香港，一段时间在重庆。当知道了梅兰芳缺钱用，他就对他上海的手下说，梅老板的画跟书法你就高价买了吧。这简直帮了梅兰芳大忙，因此他也有了钱养他的戏班。

梅兰芳不断地拒绝日本人演出的邀请。在中国赶走日本人之后，我们可以想象他是多么激动，因为终于可以演出了。其实当时那几年他还是可以去重庆演出的，但是考虑到还有很多人要跟着他吃饭，终究是不忍心丢下他们，也就没有去了。

抗战胜利后，他重出江湖，继续在舞台上面发光发热。抗战胜利时，梅兰芳已经 50 岁出头，算是中老年人了，可是他还是非常优雅。他是做艺术的，老去之后仍然很美，很优雅。那个笑容，那个眼神，都美得让人失语——难怪梅兰芳去日本演出的时候，日本人宣传他是亚洲第一美男。

梅兰芳究竟美在哪里？我觉得分为两个部分，第一个是眼睛，他的眼神很迷离朦胧。不管男女，有一种眼睛很漂亮，就是眼白多，黑眼珠少，好像沾不到边，像一颗黑珠子悬在白色的天空上面。这样的眼睛很勾人，很诱惑的，好像有话要与对视者说。梅兰芳就是这种风情万种的眼睛。

还有一个特点，男人特别不容易有的，就是嘴巴迷人。他嘴形好看，下唇稍厚，上唇略薄，加上整张脸的弧度很好看，就显得格外迷人。假如一张脸太长，就会变成男生的俊朗，而他的脸不太长，让人觉得这是张女生的脸。这种美是取决于眼睛和嘴巴的基因，我们可以上网找一下梅兰芳的祖父梅巧玲的照片来看，祖孙二人一样美，甚至祖父梅巧玲更美。

梅兰芳的父亲也是唱戏的，也很美，可是很不幸，在梅兰芳4岁时他父亲就去世了。怎么去世的？据说就是因为太美了，很多公子爷爷找他喝酒聊天，最后他因为身体不好，积痨成疾，得肺病去世了。

这种美也遗传到梅兰芳身上。他不仅是中国美男子，亚洲美男子，更重要的是，他连老去都还是美男，这才是本领。年轻小鲜肉各有各的美态，可是老去时，到了50多岁，甚至是60多岁，大家还是觉得他很美很优雅，这才是真正的美男子。他一笑人们就觉得春天来了，他的眼睛会说话，嘴角上有春天，不管是男是女，一看到他眼睛都离不开他。

梅兰芳娶了一个又一个的老婆。他第一任老婆是王明华，第一个平妻是福芝芳。平妻就是不受法律保护的外室，家庭地位和妻子差不多。福芝芳很厉害，既管家，也管着梅兰芳。我们都知道梅兰芳与孟小冬的故事。孟小冬就是由梅兰芳身边的智囊、好朋友，齐如山那一群人给他牵线介绍的。

后来他们难舍难离，也结了婚，可是福芝芳来吵吵闹闹的时候，需要选择的时候，也是梅党，特别是齐如山给梅兰芳的意见，说：畹华——畹华是梅兰芳的字——福芝芳、孟小冬两个人，一个是需

037

要你去照顾的,就是孟小冬,一个是当你越来越老,她会懂得照顾你的福芝芳,你选谁?

梅兰芳最后选择了福芝芳,把孟小冬气得不行,据说她丢下狠话:从今要么不唱戏,再唱戏肯定比梅兰芳强;要么不嫁人,再嫁的人也肯定比梅兰芳好。之后她嫁给了杜月笙,虽然是落难中的杜月笙,但孟小冬也算是践了自己的豪语。

在爱情关系方面,梅兰芳争气吗?很难说。他最爱的是孟小冬,因为总是得不到的东西才是最爱。但他爱孟小冬,不表示他完全不爱福芝芳。

爱是一回事,能够长期相处生活是另一回事。所以很难说他在爱情方面争不争气。如果是为了未来有个人来照顾他,那也算是争气的一种表现,这就要看从何种角度来评断了。

梅兰芳一路走来是幸运的,抗战期间所有中国人都在吃苦,他也熬过来了。后来他还幸运地躲开了文化灾难。我们都知道 20 世纪 60 年代对于传统艺术、传统文化造成了很大的破坏,幸好在 1961 年,他就因生病去世了,也没有折腾太久,不算痛苦。这就是梅兰芳的故事,希望我们可以从中懂得"争气"。

阅读小彩蛋

最后来分享张爱玲《小团圆》里面的一段话，大概是说看到一个男人，长着胡子，好像逃命似的，神情不太好，写的就是梅兰芳。

珍珠港后的日本船，很小，在船阑干边狭窄的过道里遇见一行人，众星捧月般地围着个中年男子迎面走来，这人高个子，白净的方脸，细细的两撇小胡子，西装虽然合身，像借来的，倒像化装逃命似的，一副避人的神气，仿佛深恐被人占了便宜去，尽管前呼后拥有人护送，内中还有日本官员与船长之类穿制服的。她不由得注意他，后来才听见说梅兰芳在船上。

这形容的就是梅兰芳，回上海时，张爱玲与他在同一条船上，不是约定，就是凑巧。因为张爱玲抗战的时候也是先留在香港，后来再回到上海。这一段蛮有意思的，后来有人考据说，梅兰芳并没有坐船走，而是搭乘飞机走的。所以说小说还是小说，不过这是另外的话题了。

　　我们看梅兰芳,重点不在于他是坐船还是坐飞机从香港回上海,而在于他从 7 岁到 67 岁,一辈子都是那么争气,这就是我们该学习的地方。

伯格曼：重量级的电影诗人

2018年，中国台湾第55届金马奖，展出了一个非常重量级的专题——伯格曼的专题。英格玛·伯格曼，是瑞典的电影大师。

有人说如果自人类有电影以来，就有导演排行榜的话，他一定是第一名。他是1918年出生的，2018年恰逢他的诞辰100年，故金马奖推出这次的特别专题。这已经是金马奖第三次推出伯格曼的专题了，以前还推出过两次。

为什么金马奖会不厌其烦、不嫌重复地来纪念伯格曼呢？因为金马奖是电影爱好者、电影工作者所看重的颁奖评奖活动，所以它在电影界影响力巨大，同时也要肩负对大师致敬的社会责任。而这一位电影大师伯格曼可谓相当重要，重要的人就值得三次，可能还有五次、八次、十次这样纪念下去。

他怎么重要呢？采访所有喜欢电影的人，不是指那种喜欢买张票进电影院看得开开心心的"爱看电影"的人，而是指把电影作为一个艺术门类来看的人，他们很难说不喜欢伯格曼，或者说很难不被伯格曼的电影深深地打动。就算不是他全部的电影，电影中的部分片段也会让观影者一辈子难忘。而所有的电影工作者，包括李安、伍迪·艾伦，全都深深地受他影响。

这里我们不讲电影，只谈人物，所以只能简单地说，他拍了几十部电影，部部经典。但他不仅是电影导演，他还是歌剧、舞台剧、电视剧的导演、编剧。值得一提的是，几乎绝大部分他拍的作品，都是他自己编的。

他很奇怪，一方面每部作品他都拍得很慢，很慎重，非常专注，可是就他生平所创作的作品数量来说，还是蛮多的，有超过 40 部的电影，还有几十部的舞台剧、歌剧，以及十多部电视剧。

他的电影作品有什么特点呢？从内容上看，他处理的是人在被孤立、孤绝中如何做选择，以及这种选择与人性的关系在哪里，这是伯格曼电影一个永恒的主题。

当我们坐在电影院看着大银幕的时候，其实我们是在面对自己，面对古往今来所有的人，不管有钱没钱，是草根还是富二代，不管是什么性别，什么国别，所有人都要面对并思考同样的问题：人存在的意义是什么？我们有什么权力来界定自己的意义？我们应该如何来对意义负责？诸如此类。

他的这些主题，又是如何通过电影艺术来打动我们，并让我们欣赏的呢？王晶是香港导演，《赌神》《澳门风云》都是他的作品。但是坦白讲，虽然王晶的电影也会告诉观众人是孤立的，人是迷惘的，人要做选择，可是总令人有隔靴搔痒之感。

可是伯格曼讨论这些主题的时候，就好像一根针，或是一柄锤子，打在人们心里、脑海里，让观众整个人都震了一下，以至于电影探讨的问题他们难以忘记，不得不想，不得不面对。

他通过怎样的电影手法表达思想呢？其中一个很重要的技法就

是光影。虽然他早期很多电影都是黑白的，但是电影中的每一帧，观众都能感觉到光影的变化，黑白的对比，明暗的转换。除了巧用光影技法，伯格曼的运镜也很讲究，演员与镜头位置的切换总是处理得很巧妙。

有人这样形容他的作品：**电影中每一个片段，每一个底片都是诗的文字，诗的语言**。他总以诗一样的语言讲述故事情节、人物对白，并把观众带入沉思之中，他被称为电影界的影像诗人。

我们常用作者论来谈论电影，说电影导演就像一位作家，每部作品都有它的主题、母题、手法、风格。而伯格曼就是作者论里面一位超重量级的作家，他曾以导演的身份提名诺贝尔文学奖。

伯格曼是瑞典人，1918年出生，2007年去世，活到89岁。他父亲是位虔诚的、专业的牧师，母亲是护士。我们可以马上想到，这是一对严厉与温柔的组合，对孩童时期的伯格曼来说的确是这样。

他父亲是欧洲的牧师，很严厉，很有权威。伯格曼受这种家庭气氛影响很深，让他觉得人都是复杂的。伯格曼有一部回忆录，由几篇长文章组成，中文翻译为《魔灯》，蛮有意思的，这本书我是很久以前看的，现在拿出来重读，同样觉得很动人。

在回忆录中他讲到，他到了八九岁的时候，就已经对信仰破灭了。因为他看到父亲作为牧师面对公众慈悲庄重的一面，也看到他在家里对老婆、小孩严厉苛责的一面。从他孩童的角度来看，父亲是没有慈悲的，总是很严厉，好像还有些言行不一。

比方说父亲会告诉大家，其实他们都有罪，需要向自己告解他们的罪，父亲会代替上帝责备并原谅他们，往往大家被责备之后还会感谢父亲。可是作为小孩的他，对此充满了困扰。因为他看到父亲自己做了错事,并没有对谁忏悔。或许父亲会悄悄地对他的神告解,可是真的会被神责备吗?并没有。

小伯格曼常常疑惑,觉得自己孤立无援,不过幸好他的身边还有母亲。我们讲过很多艺术家,都有蛮深的恋母情结。伯格曼在回忆录《魔灯》里面的第一章和最后一章都在讲他的母亲。他也很坦然,说自己一辈子其实都在追求母爱,希望母亲的爱能够继续给他温暖。

他有一段写得蛮动人的,他想象自己老了,像几十年前一样,回到母亲的身边。就像小时候一样和母亲坐在一起,伸手去抱母亲。

他还问母亲,说:妈妈,为什么你要离开我,我们不能继续做朋友吗?我们这种关系为什么要改变呢?为什么我一定要成长呢?又为什么你能容忍父亲,还能够接受他对你做出种种粗暴的行为呢?甚至他还说:在你死掉之后,我看了你的日记,看到你心中的痛苦、纠结,这些你为什么不早点对我说呢?我们可以想象到伯格曼在写这本回忆录时的痛苦,很可能是一边写一边哭。

他八九岁的时候信仰破灭,长大之后他又找到了新的信仰——影像。长大之后他在斯德哥尔摩大学读文学和艺术史,更加明确了这种信仰的具体表现形式,就是电影。他变成狂热的电影迷,整天在大学的电影院看各种电影。

如果要为伯格曼成为影像的信徒追溯源头,那应该是源于他八九岁的时候找到的一盏魔灯——小小的走马灯。只要转动它,它就会显现出很多不同的影像和故事,文字里的童话故事就此出现在眼前,这让他对影像深深地着迷。

他在回忆录里面总结,电影对他来说,不仅仅是一种记录,更多的是一种梦幻。我们可以在这个梦幻的空间里面怡然自得，不必向任何人解释说明。最重要的是投入这个梦幻的世界里面，就可以用一生的经历去轻敲那梦幻世界之门，反复进入到神秘的境地，把他看到的美好与大家分享。

在伯格曼看来，电影是梦幻，电影是音乐。可能其他艺术领域的人会不服气，但伯格曼坚持说，没有其他的艺术形式能够像电影这样，超越一般的感觉，直接触及我们的情感，深入我们的灵魂世界。

看电影的时候，我们的视觉神经被轻轻地触动，获得一种振动的效果。每秒钟 24 格的画面，彼此之间是一片黑暗，可是我们的眼睛却感觉不出画格之间的短暂黑暗，只能看到连续的影像。如此一来，影像就把我们勾住，又像漩涡一样，不断波动着，把我们带进梦幻的世界中。

无声或者有声的影子，在伯格曼 9 岁的时候，不知不觉将他带进一个神秘的世界。看着闪烁不定的影像，仿佛今天的我们也可以听到百年前放映机的声音。他这么专注，这么投入，天才地书写着电影的历史。伯格曼就是电影，电影就是伯格曼。电影成就了他，他也影响了无数的电影人。

伯格曼一辈子拍了很多电影，拿奖无数，现在人们能说出来的有名的国际大奖、艺术大奖、终身成就奖都有他的份，都有他的名字。

伯格曼有很多经典的代表作，像《秋天奏鸣曲》，还有我年轻的时候看过的《第七封印》，真的非常好看，一定要看。《野草莓》《冬之光》，还有他的晚期的电影《芬妮和亚历山大》，都是非常动人的。

你不一定要从头到尾看伯格曼电影，可以随时进入，随时暂停，不论停在哪一帧，它的画面都是非常震撼的。我们年轻的时候在电影院看是没有办法随时停止，后来有了放映机才可以，现在有了网络更可以反复重看，或是放大每一张画面，来欣赏他的构图。

前文提到他的电影一直在强调所谓疏离、孤绝的感觉，就是从电影的每一张画面里传达出来的。

假如一个人不看伯格曼的作品，很难说他是喜欢电影的人。如果看不懂伯格曼作品，这很正常，我们可以批评，但还是要有理有据。伯格曼的电影刚出来的时候，欧洲的主流意见是持负面评价的。他们认为电影是拍给普罗大众看的，而伯格曼的作品都太深奥了。现在看来这些评论是有些无端指责的意思，电影应该是拍给谁看都可以的，不论是大众还是小众，导演可以自由发挥，不需要拘泥于特定的观众，等于是导演们拿着笔，想写什么都可以。

可是当有人把电影、影像作为一个艺术门类来处理的时候，已经超越了故事是否高深的层次，而是开始思考，如何用光影效果把观众拉进他所创造的世界，面对他要传达的主题。

我们常说，假如交了一个男朋友或者女朋友，想看看他的人品、修养、品位如何，比较常见的是可以通过和他打麻将，赌钱，观察他的脾气、EQ（情商）、IQ（智商）、修养如何。或者也可以去旅行，一起出门五天、七天，看看对方在旅途之中如何表现，有没有品味，如何安排参观的旅游点，懂不懂安排吃喝，有没有很小气，面对迷路会不会焦虑等等，这些方法都是很好的，都可以让我们决定值不值得跟一个人认真、长期地交往。

测试人品、品味还有一种方法，就是可以带着男朋友或女朋友看一场伯格曼的电影，看他会不会在中途睡觉，或者听听他在看完之后有什么样的评论。不是要他马上说好喜欢，那可能是假的，乱说的，人云亦云的。而是要听一下他对伯格曼这位电影诗人，关于影像构图、光影主题的反应如何，这样你就看得出来这个人的品位如何了。

　　伯格曼倒也不在意公众如何看他，他就是他，始终沉浸在他的电影世界中。一直到了挺大的年龄，才出了点事，对他打击蛮大的。可以想象一个沉浸在艺术中的人，面对现实世界的打击，心理素质不会那么强，自然是受到了暴击。

　　这个打击是什么呢？1976年，他58岁的时候被税务局抓去询问，怀疑他有偷税漏税的行为，还把他关了一阵。这把他吓得要死，后来他在回忆录里面说，这件事完全是因为他的律师不尽责而导致的。他作为艺术家，财务都是交由专门的律师处理的，他只负责签名，根本没有试图或者说真的获得什么好处。这件事把他吓坏了，吓得他离开了瑞典，跑去欧洲其他国家，例如德国慕尼黑，躲了几年。几年来他停掉了绝大多数的电影工作，只做了一些很小规模的事情。

　　后来瑞典有人说：这几年，好像有八九年之久，伯格曼没有回到瑞典来拍片，我们有1000万克朗的经济损失，也让无数的人失去了他们应该有的工作。可见伯格曼的地位有多重要，他一个人几乎占据瑞典电影产业中的绝大部分。

　　伯格曼离开瑞典之后，还得了抑郁症。他在回忆录里描写了自己抑郁症的情况，他说白天还好，还可以靠看书、写作来占据自己的精神，可是他在很久以前就知道，自己体内始终住着一个恶魔，逼着他不得不去看人性的阴暗面。这也是为什么他常在电影里面，表达并探讨这类主题。

他逃亡的时候，心中的恶魔就逃了出来，不断地嘲弄他、调侃他，让他感觉无比委屈。尤其是到晚上，恶魔就像一只很黑的大鸟，不断地跳到他的肩膀上面，用嘴巴啄他的额头、耳朵，还有眼睛等等。真的非常可怕，后来他只能靠吃药来熬过这段时间。

他也尝试用爱情治愈自己，一辈子结了五次婚，外遇无数，爱情从未间断过。他和其中四位太太生了小孩，也和合作的女演员有私生子。有意思的是，他交往过的人年纪都与他差了一截。

他终于从税务的阴影中熬过来了，过了十年，回瑞典重新投入他的工作。经过这件事情的打击，他的电影好像又多了一层味道。他以前探讨人性的黑暗和孤立无助，总是有死神的出现。比如《第七封印》，还有其他很多电影，它们在讲述人面对死亡，或是人与人之间的不信任的问题时，都更青睐于让主人公自己面对。经过这件事情，他在电影中表达的情感变成了一个人遇到问题，不管怎么面对、选择，到最后总是无能为力。这里的无能为力不一定是因为死亡等客观因素，而更多的是对感情的失望。因为最终会发现，别人和自己一样阴暗。人们经常以爱之名，互相伤害。好像我们越信任，越有爱，就越无法脱离爱，注定在爱和伤害里面沉沦，一直走下去。这就是后来他拍的电影所突出的主题。

人真的很奇怪，不管年轻的时候怎样孤僻、傲慢，可是一旦老了，身上父辈的关怀就会流露出来，想着去提拔新人。伯格曼在晚年的时候培养了一支团队，因为他是光影大师，所以他团队里面的很多人，不管是平面摄影还是影像电影摄影，后来都受他影响，在电影界把他的技巧风格发扬光大。

这样一位电影大师，难怪金马奖会三度做他的专题。所有的电影网站、国内外的电影媒体，都在这次专题中，重新检视伯格曼，一些国际电影导演也谈论了伯格曼如何影响了他们。一位导演就说，伯格曼让他看见人性深处的邪恶，这种邪恶我们无法回避，只能面对。用我的语言解读就是伯格曼把邪恶安顿了下来。我特别喜欢"安顿"两个字，人生的苦、人生的险恶，很难真正把它解决掉。我们解决不了，无法克服，就只能把它们安顿，用佛家的语言来说就是"无常"。

当一位大师能够影响其他那么多大师的时候，我们就知道这一位大师真的是大师中的大师。

对我们来说，还是要尽快抓男朋友或是女朋友去看伯格曼的电影。建议先从《第七封印》看起，因为这个电影最难懂，但视角很震撼——黑白的影像，很阴暗，好像要把观众拉进地狱里面。看完赶紧让他发表评论，这样就看得出他的水平如何了。

阅读小彩蛋

好了,最后分享一段《第七封印》里面的台词,是关于爱的,爱很无奈,里面充满了痛苦,可是也是我们唯一的救赎。

爱是所有瘟疫中最为黑暗的。假如一个人可以为爱而死,那么它还会有些乐趣,可是人们几乎都可以在爱的创伤中痊愈。如果在这个不完美的世界一切都是不完美的,爱是完全不完美中最为完美的。

我们喜欢电影的人真的太喜欢伯格曼了,希望你也一样。

费里尼：我已无话好说了

我总是觉得意大利语很性感。意大利人讲话，不论男女，都喜欢把双手举起来，在半空之中不断画圆圈，动来动去的，基本上就是手舞足蹈的样子。所以配合着他们那种意大利腔，念这位大师的名字，Federico Fellini，真是很诱惑，好像在勾引你的耳朵一样。费德里科·费里尼，就算你没看过他的电影，也一定听过他的名字。

费里尼1920年出生在意大利的里米尼市，"里米"在意大利语中很常见。他十多岁时去了罗马，当时不曾想到，这段经历将成为未来自己电影很重要的主调。他从故乡逃离，来到罗马，可是又时时刻刻想着重回故乡。对他来说，罗马、故乡，是分不开的两样东西，它们象征着阴暗与光明。

有人说费里尼和瑞典的伯格曼、苏联时期的塔可夫斯基是全世界现代电影艺术的"圣三位一体"，就是说他们三位是超级大师，在电影界有着神圣不可侵犯的地位。

他十多岁逃离故乡之后，在罗马和弟弟一起参加了一个组织。以华人视角来看，可能会有点瞧不起他，可是从欧洲人的思考习惯来说，这并没有什么。为什么这么说呢？因为他参加的这个组织是青年法西斯的团体。不过这并不是出于他的自愿，而是在当时每一个人都被迫参加。20到40年代，法西斯统治着意大利，他们还与德国纳粹合作，打响了第二次世界大战。在组织里，费里尼小朋友对待任务是能糊弄就糊弄。操练时他乱举手，喊口号又不按要求，能迟到就迟到，能早退就早退，每天省下时间回家自娱自乐。他会画画，编故事，或者演戏给自己看。这三者的本质是一样的，都是费里尼唯一的嗜好——想象。想象会创造一个世界，在这个世界里面他就是造物主。他既是导演，也是演员，还是观众。这完全满足了他个人的想象和趣味，让他沉醉在其中。他一直到老都非常喜欢画画和写作。他写过好几本散文，还有一本回忆录叫作《小丑的流浪：费里尼自传》，很好看，主要是写自己的成长，和自己看世界的方法。他说：**我从小对任何游戏都不感兴趣，唯一喜欢的是把一些有色彩的东西，在我的剪贴本上面贴起来，替它们编成一个故事。**所谓有颜色的东西，基本上就是他自己画的图，他编成一个故事往往还不满足，还要自己演。那时他会把一块布披在身上，脸上贴着胡子演戏，可见从小他就对编故事有种强烈的向往。

　　他家里蛮有钱的，他父亲是白手起家的商人，到处做生意，但有一点很糟糕，用现代年轻人的话来说就是渣男，有家有妻子小孩，可是还在外面拈花惹草，甚至还酗酒。费里尼长大之后就去罗马闯荡了，他很清楚地知道自己是个文青，所以开始坚持写作，并在一些周刊上投稿。人家看他写的那些散文很有趣很有意思，就找他来当编剧，他就这样踏入了电影界。他编的剧都蛮受观众欢迎、导演喜欢的，监制人也满意。因为故事很曲折，而且也充满了想象，所以他很快成为著名编剧了。通常路子就是这样，著名编剧总是很快转型成导演，他也不例外。像许多导演一样，他的第一部作品惨败。1950 年，他 30 岁，他和电影界的一位朋友合作拍了一部片子，中文名叫《卖艺春秋》，讲街头流浪的吉卜赛人的故事。电影很不卖座，他还欠了一屁股债，后来花了十年时间才还清了这些债务。

可是没有关系，他才气纵横，想象力丰富，总是会成功的。过了几年又拍了一部电影，很叫座，后来也成了经典，中文翻译为《大路》，其实意大利语直译是《公路》。和第一部作品一样，这一部也是讲流浪的人，关于大力士、壮汉、吉卜赛女郎，还有小孩，很伤感的故事。

小孩这个意象经常在费里尼的电影里面出现，这与他个人经历有关系，我们等一下再讲。先讲费里尼，在 1954 年那部大获成功的电影《大路》上映之后，他继续拍了不少作品。其中比较关键的，让他真的成为超大师的电影，有 1960 年的《甜蜜的生活》。《甜蜜的生活》讲述了一位狗仔记者，去上流社会，在七天七夜之间看到种种的阴暗、离奇、堕落的生活。我们今天常说的"狗仔队"一词就是起源于意大利文 paparazzi，在 20 世纪 50 年代左右开始流行，并慢慢普及的。费里尼的另外一部作品也是经典中的经典，不管重复看多少遍都是好的，这部作品就是《八部半》，是他 1963 年拍的片子。在拍《八部半》的时候，费里尼陷入了他整个导演生涯的最低潮，那时他情绪很不稳定，患有躁郁症，有时候抑郁，有时候狂躁，常常在拍片的时候六亲不认。有一部分导演的确是这样的，工作的时候喜欢骂他的团队，要求很高。但是听说当代导演侯孝贤人很好，是个君子，拍片的时候很温和。费里尼还不只这样，他整个人陷入了黑暗，他在散文里说，拍完一天的片子，在就要离开片场，踏出门之前，他觉得整个天空突然变暗了，不断地压下来，压在他的胸口上面。他双腿发软，动都不能动，根本就回不了家。后来稍稍休息一下，自己勉强重新站了起来，在朋友帮忙下回到了家，然后就躺下来，什么都不想做。据说他甚至有过好几次想自杀的念头，不过并没有真的付诸行动，后来他活到 73 岁，在 1993 年去世。

《八部半》可以说是他的巅峰之作，开创了一个电影艺术语言新的表达方法。我们听《八部半》这个电影名字很奇怪，是个数字，其实这是代表费里尼自己拍的第八部半电影，因为之前已经拍了七部半。在拍这部电影的时候他一直没有灵感，不知道怎么拍，怎么表达，怎么讲故事。那时候他对心理分析很有兴趣，不断去研究，去思考。后来他就想通了，决定就拍自己的故事。虽然之前很多电影的男主人公及其经历，都跟他的生平和想法有关系，但是这一部联系得更彻底，几乎全是拍他自己。男主人公就是一位拍不出电影的导演，他遇到种种离奇的事情，永远分不清哪一个镜头是自己真实的情况，哪个又是他的梦。比方说他会突然飞上半空，可是又被人家抓住他的脚，用一条绳子拉回来。走在城市里面，他会突然碰到马戏团，小丑、巨人全部出来。这些电影语言，电影的意象后来被伍迪·艾伦、马丁·斯科塞斯等人全部领悟、学习了。台湾地区去世的导演杨德昌是从计算机领域半路转行来拍电影的，他一直很烦恼，不知道怎么拍，也不知道怎么应用电影语言。后来他在美国的艺术电影院看《八部半》，他看得睡着了，再看第二遍还是睡着了，他不服气，反反复复看到第七遍、第八遍的时候，突然就从昏昏欲睡的感觉中清醒过来，他觉得看懂了！原来电影是要这样拍，电影语言是可以这样解放开来的，可以把个人心里最隐秘的自我，用离奇的电影语言表达出来。真亦假时假亦真，人会飞是假的，走在路上碰到一匹马却可能是真的，真真假假纠缠在一起，表达的是感觉，是与世界的关系。费里尼从刚出道的时候，不管是编辑还是拍片，都是"新写实主义"。新写实，不是刻意去描述外面的社会，而是把自己心中的感觉，通过影像来表达，这就是真实的。费里尼说过一句话，**影像的真实才是唯一的真实**，这也呼应了高达所说，**电影就是真实**。电影是 24 格的真实，影像上面的真实就是真实。

我们去看费里尼的各种电影，有几个关键词可以掌握，第一个当然是梦，各种的梦境。他受心理分析学派的影响，通过梦境来寻找与表达真实的自我。他觉得梦境对人来说就是最真实的，而通过影像表现梦境，就是双重的真实了。所以费里尼说，每次有人问梦是黑白还是彩色的，他都认为这并不是一个好问题。对做梦的人来说，即便梦是黑白的，但他仍可以感觉到颜色。费里尼说，做梦的人可以看到红色的草坪，绿色的马，黄色的天空，这不是愚蠢的事，而是人受到启发之后，感情澎湃，折射在梦里面的一种影像，它的颜色根本不受现实世界所限制，那是做梦者心中的颜色。

第二个关键词就是马戏团。他的许多电影中都出现了马戏团、空中飞人等形象。特别是小丑，在他近乎八成的电影里都出现了，因为费里尼觉得小丑这个影像是很有它的文化意义的，它是对于我们一般社会所说的规律、文明的一个调侃，一个反讽。当然这有它的文化背景，在意大利那个年代路边到处都有马戏团，玩杂耍的，甚至一些木偶戏里面都有小丑这种角色。对费里尼来说，小丑代表什么呢？是刚好相对一般所谓文明的理性、规律，它代表着兽性，还代表了 childish（孩子气），innocent（纯真）。不论是愚蠢、天真、纯真，还是被捉弄的时候那种可笑又很滑稽的一面，大家总归想通过取笑小丑而肯定自己。可是，在费里尼电影剧情或镜头里面，小丑通常是哀怨的，有着很悲哀的眼睛，为什么呢？因为费里尼希望大家可以通过他的电影，看见小丑身上的自己，看到我们自以为的文明理性，但其实不是，我们在很多方面就像这个小丑，甚至还不如它，或者说小丑根本就是我们自己的影子，永远都在。费里尼说，小丑怎么可能会死掉？这不可能的，影子会死掉吗？影子死不了的。有我们才有小丑，因为小丑就是我们。当然这也和前文说的梦一样，在心理学里面也能找到它的根源。

  第三个关键词，就是焦虑。他对女性的焦虑，对性欲的焦虑，在很多电影里面，都可见一斑。比如在他后期的电影中，甚至会出现小孩抱着一位很成熟女人超大的胸脯的画面。费里尼在散文里面谈过，他小时候在意大利那种宗教气氛很浓的地方成长，性欲方面受到了严格的限制，可是同时他也有一些不足为外人道，不能公开表白的欲望，或者说不伦的想法，这些他都一直埋藏在心底，希望通过电影来表达。他焦虑的不仅是女性、性欲，还对是否应该坚持守卫道德，或是跟随着人性放纵自己充满焦虑。除此之外，他对于事业也有着一定程度的焦虑与思考。《八部半》就是他思考的答案，也是缓解他事业焦虑的一部分。《八部半》是成功的、完美的、圆满的解决方案，同时也成为电影史里面经典中的经典，获了许多奖，票房也很好。他一直以来就是艺术家，一直逼着自己再做突破。可是，突破不是完全变更风格，而是在原有的基础上挖掘更深层次的东西。他的电影还是一样的风格：梦，马戏团，人性的挣扎，还有罗马种种荒谬的事情，但是在《八部半》之后的电影里，他又加了一个很重要的元素，就是前世今生的轮回。有来生，有超能力，有神，那种神不一定是我们认知中的上帝，而是有一种超自然的力量，有时候好像是神，有时候又好像是鬼和邪魔。

第四个关键字就是小孩。很多电影，特别是我们前文所说的《大路》那部电影，小孩作为温情的所在，一再出现，是解决生命焦虑的方案。小孩是很关键的形象，而且通常也和小丑一样很哀伤。这可能与费里尼的不幸有关。他结婚很早，23 岁就和太太茱莉艾塔·玛西娜结婚了。婚后太太很快就怀孕了，可是很不幸，流产了。没过多久，太太又怀孕并生了个小孩，可是没几个月小孩就夭折了，这些对夫妻俩来说都是很大的伤痛。后来在回忆录《费里尼论费里尼》里面他也稍稍提到：我刻意不提的，这么多年来我嘴巴不提，写文章也不提，因为每一次提到都好像加深了我这些已经不存在的小孩的真实感。我不行，不能面对这种真实感，我不能去谈论他们，我只能通过电影、影像来表露我对于小孩的重视，对于孩子的价值的肯定。有人说小孩的意象，也代表着费里尼本身充满了童真，永远用小孩的眼光来看这个世界，因为费里尼说过眼睛是瞎的、是盲目的，我们必须用心去看世界，而小孩的心是最纯净、明亮的，所以他这辈子拍的电影都要求自己用小孩的眼睛来看这个世界。

《八部半》算是他的高峰，之后他继续拍电影，可是有蛮多都没有很卖座，为什么呢？因为他越拍越深，不断挖掘自己内心最真实的想法，拍出来的内容除了他自己没有人能看懂。有人讽刺说费里尼是模仿费里尼最厉害的专家，或是说费里尼是费里尼的头牌粉丝，每一部电影，不管是风格还是里面想表达的内容，都和"我"有关。并且后期他电影的镜头越来越支离破碎，越来越不可理解，到后来很多制片人都不敢接他的案子,因为怕在电影市场上面不成功,所以他老人家抑郁症也发作得越来越厉害。在费里尼名成利就的过程中,他和他父亲一样,也有过很多花花草草。他太太很辛苦,不过守得云开见月明,还是与他相伴 50 年,看着老公拿了四次奥斯卡的最佳外语片奖项。第五次是在 1993 年,他拿到了终身成就奖,上网可以找到那个片段,很感人的。当时他出来领奖,就开玩笑说,**假如我能够提名另外一位重要的电影人获得终身成就,我会提名谁呢?** Giulietta Masina(茱莉艾塔·玛西娜),我的太太。他太太坐在台下一直哭,费里尼就对着他台下的太太说,Please stop crying,不要哭了。很感人,也很有意思。那时候感觉这一对结婚 50 年的夫妻,共同分享荣誉,也一起承受 50 年来的种种苦难。在荣耀的时刻,费里尼最关心的是和太太共同分享这份快乐,所以他会说,别哭了,今天应该笑的。这句话我一直记得,非常动人。

费里尼晚年拍戏量比较少,就重拾他年轻时候的嗜好,画画,还有写作。前文讲到 1993 年他捧起了他的第五座奥斯卡奖杯,终身成就奖,之后没多久,同一年内他就去世了。去世的前一天就是他和他太太结婚 50 周年的纪念日。又过了半年左右,他太太因肺癌去世。我觉得这对夫妻真的一辈子都紧紧在一起,二人的生命用一种奇妙的方式来结合。费里尼很不懂理财,拍戏以来全部收入都是由他老婆来管着,老婆每天发零用钱给他。费里尼本身基本不带钱,除了每天老婆放在餐桌上面的零用钱,老婆说这是唯一能够让他避免破产的方法,因为他太不懂理财了。这种夫妻用咱们中国人的说法就是一种很深的缘分,好像谁都离不开谁。这就是费里尼这位电影大师的故事。后来他去世的时候,在意大利罗马举行了国葬,为了纪念他，还有一条道路是用他的名字命名的。

  建议大家去看看他的电影，不要从《八部半》看起，那太深奥和抽象了，不如从《大路》看起吧，看看那个大力士，那个吉卜赛女郎，那个小孩，都很动人。特别是最后小孩吹起一支小号的那个画面，一定会看哭的，我年轻的时候看着就哭了。

阅读小彩蛋

费里尼不管写文章还是拍电影，好像都带有很浓厚的自传成分，可是其实大部分都是编的，只不过是他的想象而已，是真是假很难辨别。费里尼自己倒讲过这样一段话，他说："我几乎捏造了一切，捏造了一段童年，一个名人（就是他自己），某些怀旧，一些梦，一些记忆，就是为了享有叙述他们的乐趣，在我看来叙述这个事情是唯一值得参与的游戏。"我很喜欢这段话。不愧是费里尼，有人称他为梦的创造者，他的作品值得一看再看，看一百遍，看一千遍，都还觉得是有趣的梦。

贝利：用想象力踢成球神

每隔四年，一旦到了世界杯的年份，有一个名字就会出现在全世界人的嘴巴、脑海里面，这个人就是巴西足球大师贝利。

不仅是巴西，应该说是人类足球大师贝利。在中国香港他被翻译为比利，香港人比较现实，讲究竞争，整天想着比赛，所以用了"比赛"的"比"字。内地人有时候比较温柔敦厚，所以就用了"宝贝"的"贝"，"贝壳"的"贝"，凸显珍贵。从一个中文名字的翻译，我们就能看出一个地方的整体情绪状态。

贝利先生在人类足球史上创下各种奇迹，简直把运动体育变成了一种艺术的表演，关于他的故事，每个人都听太多，看太多了。

他在足球上面的成就也对我有深远的影响。我记得小时候，大概是十一二岁，新闻中介绍了这位贝利先生，并反复重播他各种厉害的进球片段，那种感觉，那种冲击，让我目瞪口呆。比方说有一球，几乎是他从自己这一边的龙门口盘球往前过的，盘过了对方八九个人，最后把球踢进对方的龙门，神乎其技。

当时贝利已经被称为球王，就像周星驰电影《少林足球》里边讲的那样，只不过电影里的角色是假的，而贝利却是真的。受到贝利这样的足球技术的鼓舞，我的很多同龄男孩子都苦练球技，立志以后要成为贝利，要踢得像他这么好，做个职业足球运动员。

我呢，恰好相反，觉得人家都踢得这么好了，我这辈子都赶不上了，就算给我装两只隐形电动滑轮，都跑不了这么快。贝利让我改变了人生方向，决定放弃足球，改做其他事情。后来也想过打篮球，可是我个子不够高，只有173cm，还是算了。

贝利对我的影响除了让我放弃足球，还有什么呢？后来，看他的传记、回忆录，和关于他的纪录片，我发现了一个可以向他学习的重点，那就是想象力。可能许多人没办法把想象力与体育运动联系在一起，可是贝利就告诉大家，运动是需要想象力的。

贝利在他的回忆录里面多次说过：**凭借对足球的热爱，我愿意付出一切来研究。我有一点别人没有的、容易忽略的秘籍，就是想象力。**

贝利把想象力大胆运用在足球运动里面，普通人踢不出的技法，只不过是他们没有想象出来。而贝利不一样，他凭借着想象的勇气，突破了很多技术难关。原来球还可以这样来盘，竟然还有这样带球过人的方式，从这个角度启动脚来踢球竟有如此奇效，这一切全凭他敢想象。

许多比赛开始以前，他会先预判对方马上会采用怎样的打法，然后思考自己有没有可能出奇制胜。有的时候，他把主意向他的队友和教练提出，他们都不同意，还会笑他说"这样不可能做到，你真是异想天开"，有点瞧不起他。

可是，贝利相信自己，只要想象得出来的事情，理论上都可以做到。就像当年没有飞机的时候，有人说他要做一架机器，飞到天空，大家一定会笑话他，并说这是不可能的。结果飞机被发明出来，人类真的可以飞起来了。人类在天空飞行愿望的实现，不是从技术开始的，而是从想象"我能够飞"这一句话开始的。

贝利很有信心和勇气去实现自己的想象力。他的想象力好像一把火，把他的足球技法发挥出了十倍、百倍的力量，让他本来就很好的足球技法变得潜力十足，他也因此成为最后的贝利。

当然，贝利的故事还要从他小时候开始说起，贝利踢椰子壳的故事，我们可能都听过，这个故事有很多版本，一种说他踢的是椰壳，一种说是猪蹄。

贝利 1940 年出生在巴西，是穷人家小孩，当时那个地方大家都很爱踢足球，他也不例外，从小就跟兄弟们在路上组成球队，踢来踢去。可是穷小孩没有球，怎么办呢？他们就在垃圾桶捡垃圾来踢，有时候是一些废纸，把它团成球，有时候是一个空的椰子壳，有时候只是猪骨头。

话说有一天他在踢"足球"——我们假设是椰子壳，有位职业足球教练经过，觉得这小孩还不错，踢得很好，就是挺可怜，没有足球，于是走过去和他们聊天。那人笑着问他：小孩，你怎么踢着空椰子壳？通常在这种情况下，小孩的回应都是:没钱，有什么踢什么。可是贝利不是，他非常认真地对那位陌生男人说：先生，这不是椰子壳，这是足球。那个男人就说：这明明是椰子壳。那时候贝利大概七八岁，他非常坚定地说：不，先生，你错了，我踢的就是足球。

这就是想象力，而且他有勇气相信自己的想象力。你可以负面地说这是自欺欺人、自我催眠，但从正面来说，他相信自己，他想象他踢的是足球，那就真的是足球。

那位陌生男子被他这种想象力和勇气感动了，就买了一个真的足球送给他。从此，贝利如虎添翼，自我训练出一身好本领。

这个故事还没有结束。贝利收到足球后，很快便是圣诞节了，圣诞节要吃饭祷告，贝利就和他妈妈说：**我们一起为那位送我足球的先生祷告吧。**他妈妈说：**要回送一个礼物给那个男人才算有礼貌。**

可是家里并没有钱买礼物，贝利吃完饭，拿着一把铲子，找到那位先生的家，就在他家门口开始挖洞。男人看到贝利在挖洞，就问贝利在干什么。贝利说：我没有钱给您买圣诞礼物来表示我的感恩，就给您挖一个圣诞树的洞吧。这就是贝利，一方面有想象力，另一方面他也有感恩之心。

当然，不一定每个人都认为贝利有着怎样的优秀品质。之后，贝利开始去踢球，当时球队会为每位球员做心理测验，而十多岁的少年贝利得到的测评结果是：容易冲动、鲁莽，情绪失控，总之都是负面的评价，因此足球队不考虑给他首发上场踢球的机会，始终把他放在替补的位置上。

幸好后来他在桑托斯队碰到了一位伯乐，觉得他虽然冲动了一点，但球踢得的确不错，也就让他上了场，结果他一出来就一鸣惊人。

贝利后来是这样说的：**没错，从种种的心理测验的结果可以看出来，我容易冲动，容易生气、鲁莽。可是还有另外的相反的说法，说我充满冲劲、热情，很有能量，不会畏惧，很有勇气。**

贝利说世界上的事情，就像太阳与月亮，总是相对的，如何去评判，就看眼睛往哪个方面看。他就总是看正向的一面，所以有勇气，有热情，不畏惧艰难，敢于拼命。他相信他的技法加上想象力，一定能成为球队中的一员，成为名垂青史的球神。

80年代，贝利已经退役，英国这样介绍报道贝利：**贝利的名字应该怎么拼呢，God，神就是他的名字。**英国传媒说贝利是足球之神，并一直强调他的想象力和勇气。

不管他怎样正面地看待自己，都还需要进行严格的自我训练，不管是在技术上，还是情绪上。

贝利的父亲也是足球运动员，可是并没有表现得很好。小时候，贝利去看他父亲的足球比赛，就发生了这样的事情：其他队员传球给他父亲，父亲却出现失误，没有将球踢进龙门。当时场面一度很混乱，其他队员连着观众一起骂他，骂得很难听。其中有个家伙还在观众席上面挑衅，贝利听得很不爽，冲过去和人家理论，几乎打起来，引起了纠纷。

事后，他父亲狠狠地教训了他，**你是有潜力的球员，假如你不能控制情绪的话，是不行的，就没办法在足球上面有精准的表现。**踢足球和控制情绪一样，讲究两个字，精准。

他父亲说得头头是道，我不确定当时贝利会不会一边听，一边心里想：既然你什么都懂，可为什么还是踢得那么糟糕。说起来他父亲作为职业足球员，也没踢出什么成就来，貌似只知道评价别人而不知如何提升自己。其实我经常看许多体育运动，那些领队教练在场边手舞足蹈，好像什么都懂，骂球员表现不好，指导他们应该怎么做，我就在想你为什么不去呢，只会嘴上说说，easy to talk，说得容易做起来很难。我经常会有这样阴暗的想法，贝利可能比较光明，没有这样想，即便他这样想了，最后也是听他爸的，试着控制情绪。

球神贝利神到什么地步？比方说贝利曾经踢比赛，表现非常好，有一场一个人进了四五个球，每一球的角度都非常奇特。对方的后卫也是一位名将，比赛结束之后，他这样评价贝利：**当贝利踢进第五球的时候，我也忍不住替他鼓掌。**明明是对手，却忍不住为贝利喝彩。所以说，一个人什么时候才是真正的赢家、胜利者？就是当你的对手都心服口服，为你鼓掌的时候。

贝利非常红，非常有影响力。1967年，他曾经去了尼日利亚比赛，那是一场表演赛。当时那个国家很乱，政府军与叛军对打，打得不可开交，血流成河。但桑托斯球队到来时，政府军和叛军约定停战48小时，为什么呢？因为大家都想去看足球。太神奇了，当贝利踢球的时候，两边军队就不打仗了，明明比赛前还杀得你死我活，这时却能安静和平地坐在那边看比赛。

可是球赛结束，贝利一走，48小时停战协定就取消了。我觉得这简直就是一场荒谬剧，而令这种荒谬剧出现的人，就是球神贝利。

贝利1977年正式退役，他曾去过美国纽约比赛，加入了那边的足球队，成绩也不错，不过后来他又回到了巴西。不是他不想去欧洲，而是当时巴西对于职业足球员，特别是贝利这种国宝级的运动员有很多法律限制，不许人才外流。为此他心里当然是不太爽，可是没有办法。

到了1995年的时候，贝利当了官，做了体育部长。他做了三年，最大的成就就是设立了贝利法案，在一定程度上削弱了职业足球队老板们的权力，把权力从老板和球队，转移到球员身上，让球员有更多的选择自由，除了可以在巴西比赛，也可以出国打比赛，使得球员各方面的福利、权利都获得提升。简单来说，贝利法案就是让整个职业球队和足球运动变得更合理化、现代化。

贝利在当官以外，还做了很多事情。他除了写书、写回忆录，还当票友，客串过很多不同的电影、电视剧，还和史泰龙合作过电影。他甚至还想做歌星，70年代他自己还作曲，填词，唱过几首歌，不过没有唱红。上天还是公道的，球神想变成歌神，太难了。能想象出贝利与张学友的合体吗，这不可能的。

到今天，与贝利相关的产品还有贝利咖啡，当然这只是打着他的名号进行的商业合作，用巴西的咖啡豆来强调巴西精神。贝利咖啡厅比其他的咖啡厅多一些鼓励人们踢足球的空间和装置，进去之后有一种巴西雨林的原始感觉，还有足球运动的动态感觉。

此外，贝利喜欢做的事还有结婚，他一辈子结了三次婚，26岁一次，50来岁一次，到70多岁他还在结婚。

几十年来，所有的足球员以及媒体，谈到他的时候，都不敢相信足球史上竟然出现了这样的人。就像另外一位职业足球员所说，他曾经和贝利比赛，刚开始大家都说，怕他什么，他的确很厉害，可是我们也不差，他和我们一样都是人。结果踢完以后，他们发现大错特错。贝利不是人，他像是《食神》里面说的地狱的使者。足球员说，**踢完以后，感觉贝利并不是用和我们一样的物料做成的，他不是人，或者说他不是普通人，我们的拦阻根本防不了他。**

可是话说回来，不管他在足球方面表现得怎样神乎其技，可在现实生活中他还是普通人，有血有肉，还是会面对各种健康、衰老的挑战。

2018年1月初，有媒体传出贝利在巴西家里晕过去的消息，不过后来贝利的办公室澄清没这样的事，他的确是身体有点不舒服，可是没有晕倒，正在休养。他1940年出生，到2022年离世时是82岁，也称得上是高寿了，晚年需要面对健康上的一些问题，但到最后，一代球神终究还是离开了。

贝利对于世界的意义是永恒的，他就是球神，是足球史上前无古人，后无来者的王者。我们要向贝利学习如何发挥并坚信我们的想象力。

阅读小彩蛋

我们知道贝利被称为巴西球王、世界球王，其实30年代，中国也有一位球王，他被称为亚洲球王。他的名字是李惠堂。

他1905年出生，1979年在香港去世，活到74岁。他很厉害，英国阿森纳球队曾考虑请他去踢球，后来他为了国家的荣誉而拒绝了。

他是中国人打进国际球队的第一人，他在中国，不管是在上海、在香港，还是在中国的任何城市，替哪支队伍打，都能赢，非常厉害。他的名字叫作李惠堂。

胡迪尼：用身体器官表演魔术

假如贝利叫作球神，那这一位胡迪尼就是魔神，魔术之神，魔神叫 Harry Houdini，翻译为中文就是胡迪尼。他最擅长从不同的捆绑状态里逃出来，不管你用什么东西把他锁住，他总有办法逃脱。

许多人问他怎么做到的，他会伸手指一下自己的脑袋，说用脑袋和想象力。他讲过一句名言，**我的想象力就是让我获得自由，把我释放出来的钥匙**。这句话要用英文来理解才能明白体会它的妙趣所在，key，一语双关，是"关键"，也是真的钥匙。逃脱就是 set me free，获得自由，把自己释放开来，不仅是肉体上，也是精神上的。语言的沟通，有时候要用另外一种语言来思考，才能百分之百体会里面的意思，这就是语言的力量。

他的想象力是指什么？引申到整个魔术表演的过程里，胡迪尼的想象力就是他预设出不仅可以让自己获得自由，还具有观赏性的成功表演。成功，需要将观众的反应，快乐的触发点，观赏的美感都预先计算在内。胡迪尼经常说，**什么是魔术？魔术就是表演**。

我们往往把站在舞台上面的人认定为魔术师，其实，他是个演员。他按照一套预先构想好的流程和方法来表演，扮演魔术师的角色，让大家获得欣赏魔术带来的最大的快乐。从这个角度看，我们就会明白为什么胡迪尼有时候会特意把整个魔术的过程延长。

他用一个很牢固的铁链把自己锁住，接下来的魔术表演都是在他计划之内的。明明可以用 10 分钟、15 分钟或者 30 分钟来解开这个手铐逃出来，可是他偏不，一定要拖到一个钟头，甚至一个半钟头，表现得很痛苦，好像快要死了，让观众的情绪很紧张，绷紧到快要爆发，因为他们会担心即将要目睹一场谋杀或者自杀，一位魔术师可能要死在自己的魔术上。

而这一连串的表现往往需要时间来铺垫，需要一个半钟头以上让观众们进入紧张焦虑的情绪中，最后胡迪尼成功逃出来，观众那种谷底的情绪才能反弹。这是他的计算，也是他想象力中的一个部分。

胡迪尼说，他的魔术的确是假的，但也是真的。魔术的真假并不重要，最精彩的部分还是魔术师的表演和他的想象力。

胡迪尼是一位很有趣的魔术师，他写过书，也经常在接受访问的时候自爆演出的方法。因为他知道，其实方法没那么重要。即便他告诉观众了，也不一定有人做得到，做到了也不一定会像他做得一样好，能够操控观众的情绪于股掌之间。所以，让观众知道魔术的方法是没有问题的，最重要的是胡迪尼能够很准确地表演出来。

对胡迪尼来说，表演的关键之处在于几个部分，第一个是器官的表演，这是很重要的。什么是器官的表演呢？像他的胃，他的皮肤，很多时候都有着关键的作用。别看他两手空空，其实身上藏着钥匙。那钥匙藏在什么地方呢？可能就藏在他的胃里面。

从十多岁开始，胡迪尼就是一个撒谎成性的人。他喜欢说谎，会说谎，不仅要用嘴巴说，还要用身体来配合。他认为说谎也是一种艺术表演。他把说谎的技能用在正途变魔术上，同时锻炼自己的器官。他把一些小的钥匙吞进胃里面，在我们看到他不断扭来扭去挣扎的时候，其实他是在把钥匙从自己的胃里面反刍出来，不断地往上推，推到喉咙，再推到嘴巴，然后一弯腰好像是挣扎，其实是用手从嘴巴里拿出钥匙，然后替自己解锁。这是他常用的一个把戏。

他另外的器官更恐怖，他说有时候自己会把一些钥匙轻轻缝在皮肤里的某个角落，可能是手肘，也可能是脚跟处。他挣扎身体的时候，一弯腰，就用手把钥匙从皮肤下面拿出来，可能会流一点血，观众也看不到，即便看到了，会以为是他挣扎时把自己弄伤了。他满身都是疤痕，谁也看不到。

他还有更恐怖的绝招，那就是让自己脱臼。当锁链把他双肩、胸部锁住的时候，他还可以用劲，拼命忍着痛，咬紧牙根——好家伙，真是硬汉子，然后让自己脱臼，使得整个手肘肩膀关节的部分脱掉。一脱掉，整个身体就松了，他就可以从绑得很紧的锁链里面挣扎出来，这是魔术的科学原理。除此之外，他还会在被绑住前深呼吸，使自己胸腔、背部全部膨胀，然后再让人用铁链把他绑住。之后他将胸腔里的气吐出，身体缩回原位，这样就有了逃脱的空间。

胡迪尼用他的器官进行这么精彩的魔术表演，这一切还是基于他的想象力。他从来不怕把这些方法秘诀全部告诉观众，因为他相信只有自己敢做，而且做得到。

胡迪尼1874年出生在匈牙利，4岁跟父亲移民到美国中西部的威斯康星州。我曾在威斯康星度过了六年漫长的博士时光。那是很冷的地方，一年大概有四个月大雪纷飞。胡迪尼在那边住了九年，才移居到纽约。

看起来，胡迪尼和我一样，对威斯康星的感受不太好，所以后来他才会说：**我这辈子最大的逃脱是什么？就是从威斯康星逃脱出来去纽约。**可能他的意思是说，一来那个地方很闷，待在那儿好像坐牢一样，逃脱出来就自由了。二来如果当初没有逃脱，那就没有后来的胡迪尼了。

可我不这样认为，我觉得胡迪尼应该感恩在威斯康星的经历。可能就因为在那边闷了九年，他才会慢慢地发展自己的兴趣和路线。就像我，虽然不喜欢威斯康星，可我也是充满感恩的。没有那六年安静苦闷的生活，我就不会有阅读写作、生活方向上的选择，更不会有后来的我。这是我的思考习惯，如果我碰到胡迪尼，会提醒他要感恩，不要觉得往事痛苦。

他 13 岁移居纽约，17 岁出道，变些扑克牌类的小魔术，混了几年不红不黑，直到他开始表演逃脱魔术，才终于红了起来。其实，在表演逃脱魔术之前，他也积累了一点小名气。是玩什么魔术积累的呢？表演吞针，吞一根根很小很小的针。厉害，这家伙真是敢。

这个魔术是这样的，他一口气连续把 21 根我们缝衣服的小针吞进胃里面，然后再吞一条很长的线。很奇怪，当他把线头拉出来的时候，那条线居然把 21 根针都穿好了。

面对观众的神化，胡迪尼反复强调，魔术是表演，是基于理性计算的表演。演出中的一切全都是计算好的，包括观众的反应时间，甚至还包括门票的价格和数量。

胡迪尼是一位相信万物皆理性的魔术师，这和神探福尔摩斯小说的作者柯南·道尔有点不同，两人因此还翻过脸。他们之间有什么故事呢？

柯南·道尔虽然写了很多推理小说，但本质还是一个迷信极端的人，他非常相信所谓的灵媒、通灵，认为可以请鬼来上身交魂。胡迪尼不相信，在他的魔术期刊上写文章抨击灵媒，说那都是假的，是没趣的魔术，他很瞧不起。本来他和柯南·道尔是哥们儿，后来翻脸了，二人开始互骂。

二人真正撕破脸前发生了很有意思的故事，大概是1922年，柯南·道尔从伦敦到纽约去拜访胡迪尼，胡迪尼说：**来，我给你看看我的表演。我也是灵媒、神媒。**神媒经常会做一件事，就是请鬼魂写字与人沟通，最灵的是那个鬼还能猜到写字的人心里在想什么。表演当天，胡迪尼请柯南·道尔来到他家，给他拿了一个软的木球，然后请柯南·道尔把木球放进一个水桶里面。水桶里面都是白色的墨水，很快木球浸满了白色的墨水。他又拿了几块灵媒经常用的石板，请柯南·道尔自己动手，把一块石板吊在房子里面，任何一个地方随他选。一切布置完成后，二人就去街上散步，接着胡迪尼请柯南·道尔一边走一边想一句话，或者想一个问题，并拿纸和笔记录下来。柯南·道尔在路上走了几分钟，就想了《旧约》里面的一句话，于是写在纸上面，自己收了起来。过了一会儿，二人一起回到胡迪尼的家。

此时胡迪尼就问，怎么样？写好了吗？柯南·道尔说写好了，胡迪尼就请柯南·道尔从水桶里面把那一个浸满了墨水的木球拿出来，放在石板上面。很神奇，那个木球竟然不用手来碰就会自己滚动，好像我们玩的碟仙一样。更奇妙的是木球滚动时还会写字，慢慢地一句话出现了，就是柯南·道尔在马路上一边走路一边写的

《旧约》里面的那句话。

胡迪尼哈哈大笑地说：你看那些灵媒能够做到的事我也做到了。我告诉你，我花了很多时间和精力在研究这个魔术上，我不会告诉你我是怎么做到的，我只想说这一切都是假的，我用的都是科学的方法。希望你以后不要对一些没有办法解释，还没找到答案的事情，用超自然、怪力乱神的结论来解释，一切只不过是你的无知。可是不管胡迪尼怎么样用实验来解释，柯南·道尔还是坚持相信灵媒，继续写文章批评胡迪尼。

又过了几年，到了1926年，万圣节前夕胡迪尼的肚子出了问题，得了腹膜炎，很快就去世了。这件事来得非常突然，起因是胡迪尼为了魔术表演，邀请了一位学生打自己几拳。这本是他魔术表演中的一个部分，可是那一天他没有准备好，没有像往常一样刀枪不入，而是硬生生挨了几拳，后来就生病了，最后发展成腹膜炎，治疗不好，就去世了。

死以前，他还把老友柯南·道尔和其他灵媒调戏一番。当时他知道自己要死了，就和老婆约定：我们立下一个暗号，假如真的有所谓的灵魂，那么我死后，会回来找你，说出约定的暗号。暗号是什么？可能没人知道，假设就是"马家辉"。

他去世之后，十年间，每一年西方的鬼节，也就是万圣节前夕，他的老婆都找到灵媒，让他们把胡迪尼召唤上来，说他有话要对自己说。

可是连续十年灵媒都失败了，有时候他们作了一堆法，假装真的是胡迪尼来了，可是也始终讲不出来那个通关密令"马家辉"，所以就是假的。

严格来说，这其实很难完全证明是假的，因为可能被解释为胡迪尼死掉之后忘记了那个密码。人老了会忘记事情，何况发生了死亡那么大的转变。

始终没人说出密令，他老婆认定灵媒都是假的。到第十年通灵失败，他老婆就把放在胡迪尼照片旁边的蜡烛吹熄，并声称以后都不再点了！他老婆说，对任何人来说，等了十年的时间都已经足够了，毫无疑问，灵媒就是骗人的。胡迪尼及其妻子的一通操作，彻底惹怒了灵媒界，很多灵媒人士都威胁胡迪尼的家人，宣称要报复他们。当时大家认定胡迪尼与灵媒界对抗是没好下场的。

到 2008 年，一直有很多关于胡迪尼的书、电影推出。2006 年，美国有本书叫《胡迪尼的秘密生活：美国第一个超级英雄诞生记》，里面就引用了大量的日记档案，还猜测胡迪尼有可能是英国或美国的特工情报员，所以他的很多魔术都和手铐与逃脱有关系，这都是英国和美国警方在背后帮忙的结果。

这本书还提出，他其实不是得腹膜炎死的，他是被灵媒界的人下毒而死的。那时候，胡迪尼家人拿了死亡证明很快就下葬了，当时有传言说他是被毒死的，就有人自称是胡迪尼的孙子，要求开棺验尸，重新检查死因。不过这件事后来也不了了之了，据说是出版社的炒作，胡迪尼的后人并没有真的提出这样的要求。

但万事皆有可能，在那个年代，群众普遍迷信，胡迪尼一下子把灵媒的饭碗打破了，对他们来说可能就是血海深仇，想要找他报仇，也不是不可能的。

胡迪尼作为一位魔术大师，连他自己的死都充满了悬疑，到了 2007 年争议都没有停止。一直到 2017 年，还有很多英美影集讲述他的故事。他是一位魔术大师,不仅懂得变魔术,就连他的生平本身也是一场魔术,直到去世的时候,还死而成疑,将悬念留给大家。就像他每一次表演结束的时候都喜欢说的那一句话,**魔术永远不会结束**。

  胡迪尼的一生很精彩,就算不看书,也可以看看那些影集。看了他丰富精彩的人生,还要记得学习胡迪尼的精神。他与贝利一样,都是用想象力来解放自己,并且懂得付出。他的器官懂得表演,头脑会理性计算。理性和想象力相配,双剑合璧,所向无敌。

篇章二

铁血·希望

野蛮不是力量,轻佻也不等于机智。

甘地（上）：忘了自己是个糟老头

这一篇讲的人物，从世俗的、传统人类学的美学观点来看，长得有点奇怪，他就是又干又瘦的甘地。我们一般都称他为圣雄甘地、印度国父。你在纽约、英国等全世界不同的地方都会看到他的雕像，一般会放在很重要的大学校园旁边，或是一些公共的空间里面。他的生平，他的信念启发了全世界很多人。他一生都在进行各种抗争行动，来争取自己和同伴们的权利，他对人类的影响力是非常大的。

因为他的生命经历太丰富，影响力太大了，又因篇幅所限，所以分两篇来说他的故事。这一篇我们先谈他的生平故事，给予世人的启发。下一篇我们谈与甘地身处同一个时代，心中怀抱着和甘地一样的理想目标，却选择了完全不一样道路和策略的人。

甘地，1869 年出生，1948 年被人开枪杀死，活了 79 岁。

他出生在印度西部的一座城市，父亲当官，他是个官二代。他家庭的宗教氛围很浓，信印度教。他从小就聪明，有钱。在印度，特别是在 19 世纪中后期，人们结婚都很早。他 13 岁就结婚了，娶的老婆和他同龄，都很早熟。我们对于未成年人有种种行为的限制，包括不能看某些电影或书籍，其实都是非常现代的概念。在希腊罗马时代，根本没有小孩这种概念，小孩和大人一样，讨论同样的话题，看同样的书，讲同样正经或不正经的话。

结婚三年之后，有一件事情对他影响很大，就是他的父亲去世了。没了父亲，他非常难过、伤心，并且非常愧疚。因为在他父亲生病期间，他一直在身旁照顾，可就是那么凑巧，某一天晚上，他因为个人的事情，离开了父亲的房间。而就在这个时候，父亲情况突然恶化，很快就去世了。家人通知他，他虽然马上跑了回去，但还是没有见到父亲的最后一面。为此，他非常难过、内疚和自责。他反复责问自己，事情怎么会变成这样子呢？他是非常虔诚的教徒，对父母亲负有很深的责任感，对于父亲的去世，他始终觉得是自己没有尽到孝顺的责任。甘地在自己的回忆录中写道，这件事影响了他一辈子，让他永远无法放松。他每天，甚至分分秒秒都在责问自己："我还能做什么来弥补我这个罪过呢？为了弥补这个罪过，我把我生命中每分每秒都贡献给追求伟大的理想，来做一些对于别人、社会、同胞有帮助的好事。"愧疚成了他心中很重要的驱动力。

我们总是强调主动学习，可是往往反倒是生命中的一些悲剧、不幸的事情，最后化为心中的动力，推动自己往前走，往上走，升华自己，而不是沉沦。

甘地 16 岁时父亲去世，两年之后，他就出发去英国读书了。读完法律学位之后，他本来是要当律师的，可是他的口才不是很好，语音语调也有点奇怪，就放弃了这一条道路。我们听到他后来的一些英语演讲，虽然很流畅，但印度的口音还是蛮重的。彼时的甘地还年轻，性格比较害羞，所以就算拿到律师资格了，他在法官面前也无法开口，一讲话，就结结巴巴的。因此，他的挫败感很重，彻底放弃做律师了。

后来他从英国去了南非，刚好有个不错的工作机会，是替一些企业做法律顾问。当时南非大部分是黑人，也有很多印度人，他们都受英国人的管控。白人主导控制着当地的法律，利用种种不公道的、剥削的、歧视的法律法案，剥削黑人与印度人。甘地看到自己的印度同胞同黑人一样，受尽了白人的欺负，他非常不服，就应用他的法律知识逼着当地政府更改那些不公正的法案。可是，每当管理者更改了一条法律，他们马上又确立新的、更坏的法律去维护白人原有的利益。于是甘地在当地带动他的印度同胞，联合了黑人，以及其他的少数民族，与白人政府进行种种抗争。

甘地坐火车的故事，我相信很多人都听过。甘地在南非坐火车的时候，明明买了一等车厢的票，可是坐上去后却被车长赶了下来，只因为甘地不是白人，被认为没资格坐在一等车厢。甘地不肯走，车长就把他硬生生地踢下车。通常故事就这样结束了，可甘地不一样，这件事对他影响很大，他决定带动大家共同反抗歧视。故事中有个小细节，在火车开走之后，甘地并没有离开火车站的月台，而是就在那边待了一个晚上没睡觉。他在回忆录里描述，那天他看着天空中的月亮，想起故乡的母亲、亲人。他想着，他应该怎么做才能让当地的人——不管是印度人，还是少数民族、黑人，都能够争取到平等的权利。

他苦思了一个晚上，下定决心要做大事。他在当地引领各种反抗运动，自己也因此坐了牢。当地政府对他们的压制很厉害，比方说，可能会突然立一条法律，要求所有非白人，特别是印度群体去登记，然后要求他们晚上不能上街。甚至还突然立过一条法律，不承认非基督教的婚姻。当天法律生效之后，甘地就回家和他老婆说："从今天起，你就不是我老婆了。"这把他老婆吓得哭起来，忙问发生什么事了。甘地就跟她讲，因为现在法律上只承认基督教的婚姻，而他们是印度人，所以他们用印度教的仪式成亲是不被承认的，这是甘地和太太开的一个小玩笑。为了反抗这条法律，甘地不断地组织示威运动。虽然最后反抗成功了，政府废除了这项法令，但因为上街游行人数过多，政府害怕，就命当地警察进行武力镇压，和平运动一下变成了暴力冲突。

这让甘地领悟到，其实暴力运动是不可行的。于是他转换策略，召唤了当时在南非的印度人，共同拒绝交税，拒绝上班，拒绝上学，拒绝合作。这一招效果很好，政府很快就妥协了，他也尝到了甜头。后来他回到印度，就套用了这个方法，发动了独立运动。发动独立运动已经是 1915 年的事情了，当时甘地 46 岁。

回到印度没多久，他就很有影响力了，成了国大党（印度国民大会党）的老大，继续推动他的不合作运动。我们经常说甘地的不合作运动，或者说不合作抵抗运动，其实重点不在于"不合作"，而在于后面两个字，"抵抗"。不合作，只是说印度群众不听白人政府的，那是不够的，要想真正独立，要发挥非暴力的抵抗力量才行。所以非暴力抵抗的英文是 Civil Disobedience（直译为"公民不服从"）。真正的重点在于后面那个词，换个说法是 Non-violence resistance，非暴力的抵抗也要产生抵抗作用。比方说，他鼓励大家不交税，不替英国人打工，甚至鼓励每一个印度人，也包括他自己，不要再穿英国的西装，因为他们自己有民族服装。他还鼓励大家，不管富有还是贫穷，每个人每天至少要用一个小时来纺织自己的布、做自己的衣服。所以，甘地即便后来那么有影响力，在全世界推动他的运动，到处游说、谈判，可不管他去到哪里，还都带着一个轻便的木制纺织机器，一有空就自己来织布。他这样做其实也是为了抵抗英国，因为当时他们用的很多布就是由英国工厂的工人生产出来再卖给印度的。甘地认为，只要他们不买布，英国人就赚不了他们的钱。此外，他们不穿英国人的衣服，是在强调印度人的身份象征与自主权，加强整个社会的认同感。

在甘地心中，整个非暴力的抵抗运动，不仅仅是策略，更多的则是价值信仰，是他坚定的信念。他甚至写信给希特勒，向他强调自己的非暴力理念。他每次演讲，英国警察都派人去现场监控监听，他从不畏惧，甚至还会请那些人坐到前面来，希望他们好好听清楚，自己到底追求的是什么，信仰的是什么。甘地从不赶走那些监控他的人，他坚信他的信仰和信念会说服对方。

甘地，一个又干又瘦又老，总是披着一块白布，好像没穿衣服一样的人，一辈子都在领导非暴力反抗运动。在推行运动的过程里，他一共被捕入狱 15 次，还进行过 18 次绝食。这除了是他威胁英国政府的一种行为以外，归根到底，还是他在追随自己的信仰。他认为，非暴力抵抗的最终形态，可能就是放弃自己的生命，当一个人可以随时放弃生命，那么此时他的力量就是最强大的。因为政治理念的不一样，当时也有很多人不认同这种非暴力理念，认为独立运动还是得要流血斗争，所以多番去行刺他。他一生经历了四次行刺，前三次都化险为夷，第四次发生在 1948 年，当时的印度已经独立了，这一次他很不幸，最后被枪手开枪杀死了。

他推动的非暴力不合作运动，其中有一件很吊诡的事情，在政治学、历史学等方面被广泛讨论。这件事情就是，到最后帮助印度争取到独立的，到底真的是因为甘地非暴力的力量，还是因为每一次非暴力运动都被英国警察压制，引发了冲突、流血、暴力的那部分？

这种讨论，我们从一个较高的角度来看，可能是一种"无明"。不管是从佛家，还是中国的传统智慧来说，这是一阴一阳，不离不弃，不可分开讨论的两件事。对于甘地，他作为一位领袖人物，一言九鼎，他的召唤力、魅力那么强，他呼唤非暴力，大家就上街游行、静坐，采用非暴力方式抗议。这种非暴力的行为被英国警察压制之后，很容易造成失控，从非暴力变成暴力。而暴力引发的种种冲突，对英国的管制来说，是极大的威胁，甚至是危机。可是，暴力的部分并不是甘地希望的，也不是甘地激化出来的。这些暴力的部分，往往是因为他的非暴力遭到挫败而由其他人引发出来的。所以，非暴力和暴力，好像是共生的关系。甘地用信仰推动非暴力，他真正有这种神圣高尚的魅力，让大家心甘情愿地追随他。可是，人一多就很难避免引发暴力事件，这个并不在甘地的控制范围之内。所以，与其说哪一个比较重要，不如倒过来问，哪一个比较不重要。若没有这种非暴力、高尚的理想，只有暴力斗争，那场面真是太可怕了，而且也不见得真的绝对有效。往往需要有这种高尚的理想作为号召，才能够把人心控制住，在某个程度上，暴力才能产生作用。倒过来也是：假如没有后来的流血冲突，纯粹用演讲、静坐之类的非暴力抵抗运动，是否真的能够让英国人感到害怕？又是否能真的有效？很难说。印度独立运动的成功，实际上真的就是依赖于中国的智慧：阴阳，你中有我，我中有你。

这场运动一路走下去，从现实的角度看，到最后甘地的理想还是达成了。1947 年 8 月 15 日，英国终于宣布准许印度独立。可是在印度独立当天，甘地并没有去庆祝，他只是一个人静静地坐在他的织布机旁织布。他不是演戏，不是希望记者过来拍照报道，他只是在好好思考，往后的路应该怎么走。说是英国人的诡计也好，还是当地印度人内部的确有宗教、信仰、种族的矛盾差别也好，独立之后，穆斯林同印度教的教徒打来杀去，最后印度和巴基斯坦分治了。或许甘地早就预估到会有流血不止的这一天，但他仍是非常难过。他也曾经为此事绝食，希望他的同胞们能够和平共处，但最终还是没有起到太大的作用。这是很不容易的，到今天，就算在巴基斯坦与印度分治的情况下，印度境内还是会偶尔发生印度教与穆斯林教信徒之间严重的流血冲突。1948 年 1 月 30 日，甘地走在路上，一位印度教徒走到他前面跪下来，向他祝福，还恭敬地致敬，随后突然开了三枪，把甘地打死了。

甘地中枪之后，很惊讶，不断说"天啊，罗摩神"。即便是这样，他还伸手给对他开枪的凶手致以祝福。其实甘地一直都有心理准备，他知道，不是每一个人都信服不合作、非暴力抗争的信念。而且说到底，这个信念最后要推到极端，唯一的暴力就是毁坏自己的身体，而不伤害别人。而另一种终极的表现，就是他被杀死。我猜他大脑中已经预演了很多遍，有人来刺杀他的场景。他祝福那位刺客，这才表达了非暴力抵抗的最高境界和精神状态。甘地被杀死的时候是 79 岁。

甘地一辈子都非常有魅力，除了用他的信仰和组织能力推动运动以外，他还有一个很大的特点，也是我封他为男神的理由，就是他的幽默感。1930年，当时英国管制者不准印度人自己生产、买卖盐，他就带领群众抗议。那次的游行被称为"德里游行"，很著名，很多国际媒体都进行了大幅报道。他带领大家游行，走了四百公里，刚开始只有几十人，后来有几千名群众跟着他。他们一直走到了海边，自己去生产盐。后来反抗成功，英国管制者退让了，白人政府官员就找甘地来谈判。坐下来的时候，问甘地想要喝些什么？甘地说："你给我一杯水吧。"水拿来后，甘地从口袋里面拿出盐巴，跟官员说："嘘，你不要告诉别人，我现在做着违法的事情。这些盐是我自己做的，但是你们不准我们自己做。我不仅自己做，还要自己喝。"这真是幽默的讽刺，很有力量。我觉得他那种小小的幽默感非常厉害。甘地还有太多小故事，其中有一个我很喜欢。故事是有一次甘地去英国与国王谈判，会面时，国王穿着很隆重的礼服，而甘地还是穿着白布。甘地的随行人员提醒他，穿得如此简单，会不会不得体，不体面？甘地笑着回答说："没关系，国王的衣服已经足够让我们来分享了。"这句话非常有智慧，也很幽默，仔细揣摩，还有包容的味道。

最后再说一个他的小故事，曾经有人拿着他的照片请他签名，甘地一看照片，就笑了起来。对方不解，问他在笑什么，甘地就说："我不看照片都经常忘记，我竟然是这样一个又干又瘦的糟老头。"我觉得这种懂得自嘲的幽默才是最高境界的幽默。

阅读小彩蛋

我们最后分享几句甘地的名言。他说了什么呢？"首先，敌人可能会无视你。然后，他们可能嘲笑你。接着，他们又会批判你。但是，到最后，就会是你取得胜利的日子了。"多么有信心啊！意思是，当他们到了攻击你、批判你的时候，就是你力量大到让他们恐惧的时候。当你有这么大力量的时候，你就赢了。

甘地（下）：谁杀死了甘地

甘地大名鼎鼎，与他同时代的人也非常值得一提，他们各自有不同的选择。

先谈第一个吧，这个人叫作鲍斯（Bose）。先说好，我这些材料是从一位叫花亦芬的学者那里转述的。他的书非常好看，我一看再看，一读再读。花亦芬是谁呢？他是台湾大学历史系的教授。他曾留学德国，专门研究欧洲中古晚期直到近现代的宗教史、社会文化史以及艺术史等等。他有一本中文著作叫《在历史的伤口上重生》。这本书主要谈德国在"二战"之后，如何思考过去的历史，如何重新团结民众，对历史进行反思。书中还提到了法西斯主义为什么曾经在德国会那么猖獗，造成那么大的灾难；德国人怎么通过他们的立法——所谓的转型正义，为历史清算、平反；以及公共空间里面各种纪念、哀悼的雕刻，公共艺术品应该如何选择，以重新建立德国人的国家民族认同感，为德国找到更健康、更光明的发展方向。总之，这是一本很好看的书。

前阵子，他又出版了另外一本书，叫作《像海洋一样思考：岛屿，不是世界的终点，是航向远方的起点》，也是非常值得读的书。

在书中，他谈了很多西方的例子，很有意思。例如他分析了冰岛这么一个小的国家是如何走出去，把自己和世界连接起来的。他通过比较不同国家的历史，看他们怎样和外界互动，再从世界史的角度来看，找寻自己的定位。

书里面收录了很多文章，其中一篇就是谈印度和甘地的。与甘地同时代的人，他第一个谈到的就是鲍斯。鲍斯是干什么的呢？其实他和甘地一样，都是希望印度可以独立。二人虽然目标是一致的，但手段就完全不一样了。甘地主张非暴力的抗争，而鲍斯刚好相反，他觉得甘地太天真了，非暴力不可能赶走英国人，只有暴力，才能解决实际的问题。鲍斯在1938和1939年是印度国大党的议长，可是后来由于他坚持武装抗争，与当时的领导人甘地以及国大党的高层意见不合，被迫辞去了议长的职位。之后他因为坚持主张武装抗争，还被英国政府抓了。当时也有一个说法，就是说甘地出卖自己的同胞，同意英国把鲍斯抓去坐牢。不过这个没有定论，因为甘地的信仰是非暴力抵抗，也被英国人抓去坐了牢。他没有理由、没有动机去把同样要抗争的人——虽然手段不一样——交到英国白人手上。

鲍斯被英国人抓了之后，在1941年逃了出来，先是去了苏俄，但是并没有获得支持，接着他又去了德国，与当时的德国纳粹合作。鲍斯本身是一个极左派，他坚信只有武装革命，才能取得胜利，推行社会主义。他本着敌人的敌人就是朋友的原则，并不排斥与德国右翼或轴心国成员日本、意大利以及德国纳粹合作。他与德国纳粹政权达成协议，愿意协助德国攻打印度。后来他去了新加坡和马来西亚，把当地的印度人组织起来，建立印度国民军，希望借此可以打回印度，把英国人赶走。他选择这种武装革命，甚至与"邪恶的轴心国"合作，真是为了达成目标，不择手段。

"二战"的结局我们都知道，轴心国都失败了。鲍斯知道，他曾经帮助日本军队一起来攻打印度，一定逃不过作为战犯被审判的下场。所以他连夜逃跑，想与苏俄接头。他觉得苏俄是唯一有能力与英国势力相抗衡的国家。他当时辗转去了越南，1945 年的 8 月 17 日，他从西贡飞到岘港，18 日又飞到台北，下午从台北松山机场坐飞往日本的飞机，想到中国的东北与苏俄接头。结果，人算不如天算，飞机起飞没多久，引擎故障，就掉了下来。鲍斯被严重烧伤，当天就死在台北的军人医院里面了。

这个消息传到印度，当时很多人都不敢相信，还认为是英国故意放出来的假消息，想消除他们武装革命争取独立的信心，但事实就是这样。这么多年过去了，甚至还有人始终不肯相信鲍斯已经去世，民间有很多的传闻说，其实鲍斯还活着，就在俄罗斯。莫迪在 2013 年年底至 2014 年年初参选印度总理的时候，还在竞选演讲里面特别做出承诺，说要开放档案，重新调查鲍斯事件。甚至到了 2017 年年初，他还在 Twitter（推特）上面发了几则短讯，向鲍斯致敬。从鲍斯去世到现在，始终有人主张走鲍斯路线。当下的印度，部分人觉得甘地虽然很神圣，但他的不合作抵抗运动还是太软弱了，所以有了印度与巴基斯坦分治的局面，也种下种种内乱的祸根。所以，武装革命的主张还是有群众支持的。在今天的印度谈起鲍斯的想法与主张，还是会有人认为，假如当时是鲍斯领导国大党，而不是甘地，或者假如鲍斯没有死，而是留在了印度，那现在印度的情况可能就不一样了。

除了鲍斯，还有其他人觉得只有暴力对抗，才能把英国人打走，这个人就是罗伊。他1887年出生，1954年去世，他是共产国际的成员，他希望可以在国际上寻找到帮助他推动印度独立的力量。他不仅是印度民族主义运动的领袖，他还是墨西哥共产党的创立人。1927年，他还担任过共产国际驻中国的代表，可是后来他和共产国际决裂了。很奇怪，这个人和共产国际翻脸之后，倒过来力主印度应该与英国人合作，一起对抗法西斯集权。其实与共产国际翻脸不表示一定要和英国合作，虽然在对抗法西斯政权上印度与英国达成了统一，但英国毕竟还是以不公道的手法统治着、压制着印度，把印度当成殖民地。总的来说，罗伊和鲍斯一样，有着和甘地不一样的追寻独立的手段，和不一样的政治主张。

还有一位仁兄与甘地是好朋友，可是他的策略、看法也和甘地不一样，这个人是谁呢？他就是大名鼎鼎的诺贝尔文学奖得主泰戈尔。泰戈尔和甘地是好朋友，二人一直交往，也都为印度独立做出了自己的贡献。可是，他们对待独立运动的着眼点并不一样。在泰戈尔的眼中，虽然说非暴力不合作的牺牲较少，可是只要号召群众，那就一定会产生危险。他们之间经常在报纸上发表公开信，表达各自的想法和态度。1919年4月12日，泰戈尔写信给甘地，发表在媒体。一开始，泰戈尔用了Mahatma一词，意思就是伟大的灵魂，中文翻译为圣雄。我们经常说圣雄甘地，就是起源于此。泰戈尔一方面感谢甘地投入生命来推动争取印度独立，另一方面也不断提醒他，当他号召这么多的群众来抗争的时候，不管采用如何的非暴力抗争方式，在过程里面一定会发生暴力冲突。直接在印度照搬南非推行非暴力不合作主义的成功经验是不行的。因为南非的印度人数量有限，而且人在异乡，比较容易团结起来共同行动。可是这种经验放回印度，是不一样的。当时，印度有三亿人，有印度教的人，也有少数的穆斯林，加上大家对于如何争取独立的主张也不一样，所以，就这样号召群众，到最后一定驾驭不了所有群众，会造成很多的流血事件。

那泰戈尔的主张到底是什么呢？泰戈尔认为，独立斗争应该从文化教育的启蒙来着手。他说：我们讨厌英国人的管制，可是不表示非印度文明一无是处。假如我们整天拿着印度的神主与传统，就很容易变成内向封闭的国家。到最后，不管是独立的印度还是不独立的印度，都会让印度人民的心灵封闭起来。泰戈尔觉得要从文化、艺术、美学、教育等这些方面来唤醒印度人开放的心灵，而且要带领印度人了解印度与世界的关系，用世界文明打开印度文化的格局，再把印度文化推向全世界。这就是他跟甘地不一样的地方。

我们上一篇提到，甘地主张大家每天都要自己织布一个钟头，要自己缝制衣服。他强调传统服饰，传统美学，认为这些可以加强民族的身份认同。泰戈尔就反对甘地的这个主张，他认为这种手纺车运动只是一成不变的机械性劳动，没办法鼓励民众思考，带不动精神上面的觉醒，而此时印度最需要的就是精神上面的觉醒。甘地当然也不同意他的看法，又与他公开辩论，说："泰戈尔先生，你是个很好的守望者，谢谢你的提醒。可是，城市并不代表印度。真正的印度在农村。所以，农村的人要自己来缝布，这是我们的尊严，这表示我们尊重手工劳动。不然，我们印度人只能继续在高速变动的消费文化里面受苦。而手纺车就成了我们当代印度不可以缺少的圣物。"甘地还说："这个时候的印度，除了败坏、穷困、疾病之外，与这个世界其实没有什么好分享的。所以我们不管了,先拿到独立再说。手纺车代表了我们对于传统的印度文化的认真、尊重、执着和追求。"

他们在很多方面都有不同的见解。可是没有关系,君子和而不同,他们继续当朋友。在甘地绝食抗争的时候,泰戈尔还不断写公开信,支持甘地的信念,也呼吁甘地不要牺牲自己的生命。他后来去看望甘地,两个人紧紧拥抱。

虽然甘地当时与泰戈尔看起来经常是意见不合,但两个人的目标是一样的,也都发挥了自己的号召力,不论是从文化艺术教育着眼来使民众觉醒,还是坚持非暴力抗争,他们都愿意为印度的独立付出和牺牲。

独立运动就这么一直走下去,最终在1947年成功了。可是不到一年之后,甘地就被人开枪杀了。杀他的那个年轻人其实也代表着对印度前途的不同策略和选择。这名杀手叫高德赛(Godse),当时他跑到甘地面前,很认真地跪下来,向甘地鞠躬。他后来在接受审判的时候说,他当时是真心地鞠躬,对甘地表达最高的敬意。然后他就开了三枪,把甘地打死了。打死了甘地之后,很多人冲了过来,可是这个家伙没有跑,反而还大声召唤警察,让他们来抓自己。为什么呢?他就是希望法院审判的时候,能够让他讲出自己的理念。他出庭的时候,用并不流利的英语来发表他的观点,他说他就是故意的,就是想让全世界的媒体听清楚,他到底在想什么。原来他同意也尊敬甘地的非暴力不合作抵抗运动,可是,在运动过程里面甘地默许了印度与巴基斯坦分治,他觉得这是不对的,他觉得甘地不仅没有成为印度的母亲,反而成了巴基斯坦的父亲。此外高德赛还担心印度新成立的独立政府会遵照甘地的非暴力思想,不判他死刑。他在法庭上大声要求:请判处我死刑。

对于高德赛与甘地的异同的分析,有一篇很精彩的文章,大家应该读一读,这篇文章叫作《略论甘地之死》。它从印度传统文明对于暴力、非暴力的不一样看法讲起,谈到甘地和高德赛代表了印度传统的两面,一个文,一个武。这篇文章的作者是大名鼎鼎的金克木。金克木的书,和前文提到的花亦芬的书一样,都是一定要看的。

金克木是江西人,他1912年出生,2000年去世。他写诗,写散文,还写小说,是著名的翻译家、学者。1935年,他就已经在北京大学图书馆当馆员了,自学了多国语言,当作家、翻译,还去过香港地区,在小学和大学教过书。1941年,他才29岁,就去了印度,在加尔各答担任印度日报的编辑,在那边学习梵文、巴利文,研究古印度的哲学、佛学、文学等,很厉害。中国总有一小群知识分子厉害得不得了,什么都懂,是通才。

后来,他回到中国,1948年在北京大学东方语言文学系担任教授,1960年还跟季羡林教授一起开办梵文、巴利文的课程。他出了很多书,有《金克木集》,还有学术专著《印度文化论集》《比较文化论集》。他有一本书很有意思,叫《书读完了》,就是谈他读过的不同的书。他和钱锺书一样,都是五星级的知识分子。

《略论甘地之死》这篇文章收录在北京三联书店出的《怎样读汉译佛典》里面,里面有两三篇文章在谈甘地和印度。他在这篇文章里面也比较了高德赛和甘地二人的差别。他们同样是印度教徒,可是选择的路却不一样。高德赛认为还是要通过武装实现独立,因为武装独立不仅仅是策略那么简单,更是彰显了神赋予印度人的力量。

在他看来，武力本身就是美的，就是神圣的，这是印度传统文化里其中一脉的看法，与甘地的看法完全相反。所以，不管杀人的人还是被杀的人，其实他们心中想的都不是自己。至于前文所讲的鲍斯，以及罗伊先生，他们做出不同的选择，心中所为也是大义。

在大时代里，一个认真的人想的都不会是小我，而是大我，这也是我们可以学习的地方。不管时代如何，我们心中总要留着一个位置给大我，我觉得这样做人会比较有气魄，比较有风骨，比较有原则。当我们心中永远想着小我的时候，或许自以为是在保护小我，其实不是，当一个人百分之百想着小我的时候，往往很容易被外在的世界压垮、榨干。反而当心中留有一个位置给大我时，不论大我还是小我都能够活得更有风骨，更自在。关于大我与小我之间的辩证关系足够我们好好思考一个晚上了。

阅读小彩蛋

我们这节除了讲甘地,也讲到了花亦芬《像海洋一样的思考》和金克木《怎样读汉译佛典》这么好的书,希望大家多读书,多思考。

俾斯麦：铁和血能够解决问题

提及拿破仑，我们总会想到他有非常坚强的意志力。他两次被流放，分别被关在两个不同的小岛上面，厄尔巴岛和圣赫勒拿岛。第一次被关之后，他很快就逃走了，还游说身边的人和他一起冒险逃回去；而第二次，据历史学家考证，他被流放了六年，其间也有两三次机会可以逃走的，可是他却放弃了。他认为自己已经逃了一次，也尝试过卷土重来，但都失败了，所以也就实在没有脸再来第二次了。所以他虽然一辈子想赢，想掌权做伟大的事，可是他却更想坚持心中的伟大。每个人对于伟大的标准心中有不一样的尺子，对拿破仑来说，是到了某个年纪，他要保全自己从前的荣光，胜也为王，败也为王。他作为一名战士，敢于承认自己落败是很难的，他第二次流放时放弃逃跑，就是在坚持自己心中伟大的标准，真的是非常不容易，要有超人一样的意志力才行。因为假如他真的在第二次流放时逃回法国，其实不一定要卷土重来掌权的，他完全可以选择很快乐地、自由自在地生活。他可以躲起来，回到巴黎或者法国本土其他地方，不论去哪儿，总比住在监狱般的小岛舒服。可是他就是不要，他要守护他的伟大，意志力真的很强大。

谈到意志力，我们这一节要说的大师也是意志力惊人。当然他的成功光依赖意志力是不够的，他还有他的谋算，有时候是蛮狠的。虽然我们总是以成败论英雄，但确定一个"成功"的标签并不一定需要永恒的成功做支持，每个人在自己身处的历史阶段，在某些岗位上面做自己想做的事，不管是对自己，还是对身边的人，乃至对整个社会国家有些正面的作用，就已经算是成功的人了。可能后来也会有失败，但那时整体情况、环境条件，可能都已经改变了，我们也不用为此负全部责任。虽然这样听起来，成功并不是一件难事，但是在真正追求成功的时候，计谋与意志力都是不可缺少的。

这一位大师就和拿破仑一样有超人般的意志力，他就是俾斯麦。我们一般谈到他，都会说这是一个意志力非常强大的人，体现在就连他的表情五官都是永远不笑的，至少从现在留有的照片来看是这样的。他的整个五官，包括眼睛、鼻子、嘴巴都是紧绷起来的状态，他好像永远在心里想着报仇或是防卫。不少人写回忆的文章，谈到他总有这样类似的描述：从来没有看过俾斯麦笑，他的话不多，每一句话都是说一不二，好像他讲出来的话就是真理，至少是他个人相信的真理，这就是俾斯麦。

我们讲到俾斯麦会想到什么呢？一个词，铁血宰相。铁，是指他的性格和意志力像钢铁一样坚韧不破；血当然就是指战争，同时也代表着他的付出和信念，也就是没有事情是没有代价的。铁血宰相这个标签来自他很著名的演说。他说，"*这个时代的重大的问题不是演说和决议所能解决的……这些问题只有铁和血才能解决。*"所以大家就说他是铁血宰相，当然也不是一篇演讲就可以让大家认定他是这样的人。俾斯麦在整个德意志统一的漫长过程中，统一国家版图，整合个人政权（准确点说是皇帝的政权）带领军队打了几场非常漂亮的战争，领导国民构建强大的德意志。他同时身兼军事家、政治家等多重身份，是个非常了不起的人。

1815年，就在拿破仑第二次被流放的时候，俾斯麦出生了，到了1862年，他已经是宰相了。很有意思，很多大师好像在时间点上面都是有些重合的，或者是交接棒，就好像一个人在东边发生某件事，在事情结束的时候，西边又有另外一个人做着另外的大事。假如是一部电影，你将同时看到这边起那边落。高楼起高楼塌不必感慨，因为在我们不曾触及的时间与空间中，可能就有另外一栋高楼起来了。

俾斯麦在1898年去世，寿命蛮长的，他活了80多岁，从少年变成老头子。人不怕老，就怕没机会老。拿破仑50多岁就死了，而俾斯麦活到了80多岁，看见了他的国家，也带领着他的国家走向统一、强大。俾斯麦出生时是什么样呢？他出生在普鲁士，是富二代地主，他老爸有个庄园，从小他就受到了良好的教育。

这里补充一下，当时整个欧洲所说的国家，不是现在我们所理解的国家的概念。在当时，国家更倾向于是"民族国家"，形式类似城邦或是城邦国家，是非常容易变动的，国家与国家之间经常结盟、合并。而我们现在所熟知的"现代国家"概念，是属于民族国家的下一阶段，更强调经济与政治的结合。民族国家是欧洲19世纪普遍的现象，比如说普鲁士，它的国土面积有时候变大有时候变小，有时候是一个大帝国，有时候是几个城邦。它最鼎盛的时候，版图甚至也涵盖了今天的俄罗斯的部分地方，还有东欧、中亚，甚至有一阵子还包含了奥地利和今天法国的部分地方。

俾斯麦就是普鲁士的地方庄园长大的小孩。他从小就非常聪明，喜欢读书，可是他性格怪怪的，非常孤僻，完全不懂得也不喜欢和别人相处，只知道一个人埋头读书。他爸妈对他的期望也很大，一个希望他未来当军事家，一个希望他当政治家，结果俾斯麦长大了，两个愿望都在他身上实现了，很了不起。在当时的欧洲，新兴的资产阶级与老派庄园主势如水火，互相鄙夷。而俾斯麦就读的学校，新兴资产阶级家庭出身的学生居多，所以他在学校受到很多的排挤与压迫。可是在这种情况下，他反而更是发奋图强，自学多国语言，法语、俄语、波兰语、荷兰语、英语，还有他自己民族的日耳曼语，什么都会讲，这个对他后来成为重要的外交官很有帮助。

他大学读的是法律，在那时候，他已经展现出那种与别人不一样的神态，是什么呢？他经常在腰间挂着一柄长长的佩剑，牵着一只大狼狗，走在路上抬着头瞧都不瞧别人。那有没有别人瞧他呢？那必然是有的，像他这样拖着大狼狗出去肯定惹人注意，可是他不瞧别人，我想他可能在心中也不屑于别人瞧他。他不像现在的那些网红，总是希望有人关注自己。因为当人的自信心到了一个地步，不管别人是否肯定自己，都会坚持自己的行为，自我肯定。毕业后，他准备当律师，可是律师这个身份对他来说太小了，绑不住他，所以后来他就进入了议会，开始做各种政治斗争。当然并不是所有斗争都是光明的，里面也有一些龌龊。比方说他掌握了竞选对手，甚至自己党内同志的黑料之后，就会用威胁的手段让自己坐上某个席位。类似的事都有发生，在他心中一直认定自己就是最后的赢家，一定会成为人生的胜利者，为了这样的目标，他不择手段。他读过法律，也受过短期的军事训练，他工作选择了律师，可后来又觉得自己被困住了。龙游浅水，他拒绝，他要更广阔的天地，于是就选择去当公务员。

公务员不是我们今天的概念。我们回看历史，很多东西我们不能用今天的概念来思考，而要看当时的情况。在那时，他当公务员就可以掌握档案资料，建立他的人脉，这个才是最重要的。除了工作，他当然也谈恋爱。他交了女朋友，可是没钱结婚，就选择去赌钱。结果运气不好，他输掉所有的钱，还欠了一屁股债，女朋友当然也跑了。后来他又交了一个女朋友，可是那个女朋友嫌他穷，也跑了，与别人订婚了。或许大家会疑惑，为什么他是地主富二代却如此落魄，因为当时还没分产，家里的钱与他并没有太大关系。他最后怀着一颗破碎的心，还有一屁股的债回家，与哥哥分了产，开始当庄园的主人。可是来不及了，他从前爱的人都跑掉了，他只好再找新的女朋友，最后他也顺利结婚了。

婚姻爱情这种事情，对俾斯麦这种人来说其实只是生命中的一个小插曲而已。他注定是要做大事的，而他生命中的大事是什么呢？就是从政。后来他参与选举，当了官。当时的整个普鲁士，乃至整个欧洲世界，不同的城邦国之间不断合纵连横，打来打去，最后普鲁士与奥地利慢慢走向了统一的道路。很有意思的是，刚开始从政的俾斯麦其实是不赞成统一的，他担心普鲁士会被其他的国家（比如奥地利）吞并，所以他在议会里面经常性持反对统一的意见，他认为普鲁士应该先把自己的基础打好，再去谈统一。可是后来他经过政治上的失败，发现决策已无法挽回、德意志统一的路是走定了的时候，他又马上转向了。他这个人用今天的语言来评价，就是非常有政治博弈头脑，会盘算，不仅盘算自己期待什么，还盘算对手想要什么。他通过比较自己和对手手上拥有的资源，确定不同的目标选项，再不断调整自己的选项与策略，最后走上了要推动德意志统一的路，他后来不断斗争，不断走向更高的领导地位，终于在威廉一世当权的时候，当上了首相。威廉一世本来觉得俾斯麦过于厉害，有点功高盖主的意思，并不想让他当选首相，可是他发现俾斯麦把所有的政敌或者潜在的对手都排除在外时，威廉一世皇帝也没有办法了，只好找他当首相，而且还兼任了外交大臣。1862年，俾斯麦正式掌握大权的时候，那一年他47岁。要说年轻其实也没有太年轻，可是对活了80多岁的人来说，也只算是中年而已。

他当首相的时候，发表了铁血演说，指出当代重要的问题，不是通过演说和多数派的投票讨论能够解决的，而是要用我们的铁和血。铁就是武器、军事，血就是代表勇敢、勇气。他演讲之后，国王也被他这种强硬的意志吓到，就跟他说："**我完全可以预见到这一切会如何收场……他们会先砍下你的头颅，再砍下我的。**"皇帝等于是在提醒俾斯麦，不要这么强硬，否则他们二人都难逃一死。可是俾斯麦说："**既然迟早要死，为何不死得体面一些？是死在绞架上，或死在战场上，这之间是没有区别的。我们必须抗争到底！**"国王威廉一世觉得他说得有道理，之后他们两人亲密合作，俾斯麦获得了国王的信任，为国家做出很多事，像镇压当时的社会主义运动，都是用血腥镇压的。

可是另外一方面很有意思，他在推动德国统一的路程上面，又不断争取当时备受新兴的资产阶级压迫的工人劳动力量的支持，他推动了很多法案的改革，保障工人的权利，包括确定薪水的衡量标准，增加福利的政策等等措施，他不用社会主义的名义却也做到很多社会主义者所追求的事情。反正社会主义的目标就是要替工人谋取福利和权利，俾斯麦也做到了。对工人来说，谁给他们这些权益无所谓，重要的是工人们的生活能确确实实变好。不管黑猫白猫，能抓老鼠就是好猫。

俾斯麦内政方面成绩斐然，外政方面更是厉害。我们今天说，他是真正的外交家，而不是只会打杀的鲁莽将军。他推动德国的统一的关键，不是强硬的武力，而是谈判拉拢的技巧。他当首相之前，曾做过外交大使，所以他外交谈判的时候非常懂得威逼利诱。在推动国家统一过程中，他主要领导德国打了三场战争，分别是普丹战争（普鲁士与丹麦）、普奥战争（普鲁士与奥地利），还有普法战争（普鲁士与法国）。他的计谋很厉害，例如与丹麦打仗的时候，他会先与奥地利结盟，以牵制其他国家。因为奥地利军事力量强大，可以震慑其他国家，避免他们此时趁乱攻击普鲁士。在打赢普丹战争之后，他在胜利条款中割走了丹麦的某座城邦，为后面与奥地利开战埋下了伏笔。此时俾斯麦的野心渐露，已经不满足于小小的丹麦了，他利用与奥地利行使城邦共同统治权，诱使奥地利与其宣战。此时他又与意大利结盟，吸引奥地利部分兵力转移到南部战场，使得普鲁士可以快速统一北德意志。此外他还在外交战场上牵制住了英国、法国、俄国等国家，使他们放弃出兵干涉，否则他们可能又将面对一场拿破仑式的战争，整个欧洲都卷入战火。

普奥战争一路打到逼近维也纳的时候，俾斯麦就停止进攻了。为什么呢？因为他担心假如普鲁士军队占领了维也纳，就会在中欧变成巨无霸，过于厉害强大，可能会被俄国法国联合起来攻打。他认为普鲁士现在还没到全面战争的时候，所以还是要对奥地利留有一线。

他不仅在军事方面厉害,他的外交策略其实才是他军事成功的基础与关键。最后一场普法战争,他先在外交上对法国的领土主权进行挑衅,诱使法国先对普鲁士宣战。这样一来,普鲁士就是自卫战,是正当的,所以其他国家没有理由来干涉。经过三场战争,俾斯麦领导德意志帝国慢慢地走上领土的扩展和统一了,这就是他的厉害之处。在威廉一世的支持下,他掌权了几十年。

铁血宰相与皇帝的联盟当然天下无敌,直到1888年,90岁的威廉一世去世了,他们二人的合作就此终结。威廉一世的儿子继位当皇帝,可是只当了百日皇帝,就生病死掉了。之后29岁的威廉二世继位,当时是1888年,俾斯麦已经73岁了。29岁的帝王对着73岁的老臣当然是不服气,处处吵架,权力上也可以压着73岁的宰相。俾斯麦这个时候也想,好吧,我也掌权26年了,是应该隐退了,可能再不隐退,就死无葬身之地了。所以,他就主动,也可以说是半被动,在1890年宣布把权力交了出来,回到他的庄园,在今天的德国汉堡附近。后来他还写了回忆录,但他的回忆录被很多人认为是在吹牛,通篇说自己多么英明神武,事事都有先见之明,假如没有他,那就没有现在的德意志帝国,也不会有今天的强大的局面。回忆录中他甚至改写了历史,杜撰了不少对白,好像写的是一部小说,读来也蛮有意思的。

到了1898年,83岁那年,俾斯麦在7月30日去世了。他去世之后威廉二世继续坚持他的铁血之路,之后国家不断变强大,最终走向了军国主义,并在1914年,引发了世界大战。

假如你看俾斯麦的材料,里面都会提到他和李鸿章见面的场景,

1896 年俾斯麦已经退休了，距离他去世只有两三年的时间。李鸿章访问欧洲时，到了德国，拜会了这位铁血宰相。他同俾斯麦说，他曾经镇压了太平天国，功勋赫赫。他以为俾斯麦会称赞他，可是俾斯麦并没有什么强烈的表情，只是很淡然地说：我国与贵国恰相反，以消灭异种为荣，以屠戮本族为耻。李鸿章大权在手，来到国外居然被俾斯麦这样顶了一句，自觉羞愧难当，心情也非常不好。

讲到俾斯麦，我再一次想到，以前有人评价曹操"是非功罪非两人，遗臭流芳本一身"，俾斯麦也是这样。他有这么强大的意志力，又有权力在手，所做的事可能从国家的层面来说可以增强国家实力，扩充版图，是"好事"，但对战争造成的生灵涂炭，对被压迫排挤的人来说，是不是好事呢？这就看我们怎么来看待了，反正俾斯麦留下来"铁血宰相"的这个名号，就是刚硬的德国人的形象。我们想到德国人，就会想到俾斯麦，就会想到铁和血，也会想到两次世界大战，这种印象是改不了的，也不容易改。

阅读小彩蛋

最后分享几句俾斯麦的铁血演说吧。

虽然我们不去寻求，但很难避免德意志的纷扰，这是真实的。德意志的未来不在于普鲁士的自由主义，而在于强权。德意志南部各邦——巴伐利亚、符登堡和巴登——愿意浸沉于自由主义之中，但正是由于这个原因，没有人愿把普鲁士应充当的角色派给它们！普鲁士必须集聚她的力量并将它掌握在手里以待有利时机，这种时机曾一再到来而又被放过。自从维也纳条约以来，我们的边界就不是为一个健全的政治集合体而适当设计的。当前的种种重大问题不是演说词与多数议决所能解决的——这正是1848年及1849年所犯的错误——要解决它只有用铁与血。

他大概是说普鲁士在德意志的地位，不取决于它的自由主义，而是取决于它拥有的实力，普鲁士必须集中并维持力量，等待最好的时机来临，就去展现它的力量。

现在各种的问题，边界划分混乱，都不利于普鲁士的政治和权力，当代的重大问题不是通过演说和多数派的投票讨论决议所能解决的，而是要用铁跟血来解决的。

　　这就是铁血宰相的铁血演说，一将功成万骨枯，我也只能这样感慨了。

钱德勒：冷硬的英雄

钱德勒是美国作家，也是推理小说家。假如说阿加莎·克里斯蒂是推理女神，这一位美国作家就是推理男神。

他很有意思，因为他笔下的七部长篇小说中的人物都叫菲力普·马洛，被称为硬汉侦探。可是，在钱德勒看来，马洛虽然是查案的英雄，但其实也是平凡的人。他生活在美国的大都市洛杉矶，和所有人一样，他每天都需要面对生活的不同折腾，还有城市里的各种危机风险。这个时候，是不是英雄就要看一个人能不能拿出勇气来面对种种威胁，甚至自己解决问题的同时，也坚持帮助别人寻求公道。所以，从这个角度看，钱德勒的推理小说，其实和阿加莎所写的一样，都是伦理小说。看起来马洛是个硬汉侦探，但他和普通人有着共通点，也正是这个共通点，才真正地打动、感动、撼动我们。

钱德勒是美国作家，可他也有英国公民的身份。他7岁时去了英国，就在那边成长。他出生于1888年，这个年份听起来非常吉利，1959年去世，活了70岁。他出生在美国芝加哥，父亲是位小小的工程师，但同时也是个酒鬼，遗弃了钱德勒和他妈妈。所以，7

岁的时候，钱德勒就跟着妈妈去了舅舅所在的英国。舅舅是位律师，赚了蛮多钱，所以有能力支持钱德勒在英国读书，并且读了不错的中学。但是后来他没读完，有人说是因为舅舅没有再继续支持他，他自己付不起学费；也有人说因为钱德勒志不在此，他觉得自己是个文青，真正的兴趣是发挥自己的想象力去写诗。他经常说"我不是一个聪明的男人"，所以他笔下的马洛神探，也并不是一个聪明的人。可是，马洛用他的勇气和细心，还有对事情的坚持，破了很多的案件，让我们看到了城市里面的危机和人性的阴暗。

钱德勒跟我蛮像的，都是年纪很大了才动笔写长篇小说。我的第一部，也是唯一一部长篇小说，是 51 岁时出版的。第一本长篇小说《长眠不醒》(*The Big Sleep*)是他经典中的经典，两度被改编为电影搬上银幕。在这以前他写过一篇短篇小说，发表的时候已经 45 岁了。他 45 岁之前在干什么呢？他做了蛮多事情的，他先是跑去英国读书，然后做了很多不同的工作，24 岁又辗转回到美国。当时他向舅舅借钱，说自己不喜欢英国了，要回到美国，回到加州。回去之后，他做了很多草根的工作，包括去工厂打零工，去农场里面摘水果。可是，他不仅限于此，晚上还去读会计学的书，后来真的学有所成。在此之后，他找到一份很好的工作：在石油财团里做副总裁。他真的很了不起。

他成长期间发生了几件对他影响蛮大的事情。一个事情就是前文提到的，父亲遗弃了他和母亲，之后他就跟着妈妈一起生活。他笔下从来没提过父亲，并且有着很深的恋母情结，这影响了他一辈子。

另一件事情，就是他参与过第一次世界大战。1917 年，他跑去加拿大当兵，后来真的上过战场，还曾在法国死里逃生。那是一场很激烈的战斗，大部分战友都死掉了，只有他还有少数人活着回来。回到美国之后，发生了一件事，就是关于之前提到的恋母情结。很多人的恋母情结都是想象一下就算了，而他却是落实的。他爱上了好朋友的妈妈。当时是 1918 年，钱德勒才 30 岁，而且还是个处男，处男爱熟女，不难理解。但这位熟女比他大 18 岁，还向钱德勒谎报年龄，自称只有 38 岁。奇怪的是，钱德勒居然相信了。怎么可能呢？仅比他大 8 岁，怎么会生出他的朋友呢？

这个女人叫西西，很有魅力，也很前卫。她刚开始吸引钱德勒，可能就是因为她的前卫。她抽鸦片，而且还当裸体模特。她与钱德勒交往之后，很干脆地与老公离婚。钱德勒本来想娶她的，可是因为母亲反对，只能暂时作罢。看，30 岁的男人，在英国长大的美国男人，还因为母亲反对而不敢娶老婆，可以想象恋母情结对钱德勒的影响多深。后来过了若干年，母亲去世了，他才真的和这个西西结婚了。

而这个时候，他也在石油集团里面当了副总裁，收入还不错。可是好景不长，就被人家炒鱿鱼了，为什么呢？因为他酗酒。他父亲是酒鬼，他自己最终也走上了这条路。好多人都是这样的，小说家卡佛和他的父亲也都是酒鬼，酗酒对他写作的事业干扰蛮大。钱德勒也一样，喝酒酗酒，还患有我们今天所说的抑郁症，整天喊着要自杀。公司老板受不了了，就把他炒鱿鱼了，不再管他死活。就像周星驰说的，你要死难道我不让你死吗？可是咱们中国人说"天无绝人之路""柳暗花明又一村"。蛮有意思的，他就是这样，被炒鱿鱼了，因为没钱喝酒，就开始想办法赚钱。那就写文章吧，自己好歹以前是个文青，有一肚子的想象和创作热情。写什么文章呢？他以前很短暂地当过记者，写过一些评论。重拾老本行做记者吗？不是，他开始写小说，因为那时候在美国因为纸张大量生产价格便宜，出现了很多所谓的廉价小说（Pulp Fiction）。这些小说在路边报摊上卖，大家买了就在车里、在公园、在家里、在上班途中看，看完就丢了。这种小说里面常有黄色故事，或推理侦探小说，他觉得不错，就去写了。

他以另外一位推理大师 Hammett（哈米特）作为榜样。果然他写出来了，一出手就大为轰动。所以千万别小看年纪大的作家，45 岁一出手，先来个短篇引爆市场，51 岁再来个长篇，轰动武林，形成了当时所谓的美国革命。所谓美国革命是说相对从英国传过来的推理小说，他们一群美国作家也写出了一番自己的天地。

他们主要的战场在一本叫作《黑面具》(*Black Mask*) 的杂志上，他们不约而同，都去写一些硬汉侦探（hardboiled detective）。什么叫硬汉？现在比较流行的说法是冷硬派的侦探，按照我的台湾作家朋友杨照所说，冷硬派的重点不在于硬，而在于冷酷。

侦探很有意思，他们主要有两个特点和风格，一个是不张扬，就是非常低调，而且能忍耐。这些侦探，像《长眠不醒》中的马洛，经常挨打，被恐吓，被关起来，可是转眼间就像没事一样了，也不会把自己惊险的经历讲出来。钱德勒在七部长篇里面都写过他，但没有写很多的细节，所以我们所知不多，只知道他大概 6 尺高，体重 190 磅左右，皮肤颜色偏黑，鹰钩鼻，喜欢抽烟喝酒，常常戴着帽子。他曾经在地方的警察旁边当调查员，后来因为乱说话，冒犯了长官，被炒鱿鱼了，所以后来改做私家侦探。他有个奇怪的原则，就是坚持不办离婚案件。他的收费一般，受委托以后，一天收费25美元，假如有其他要花的钱，另外算。他查案时是怎样的低调、忍耐法呢？他经常被打，以至于他的红颜知己骂他："你这个傻瓜，你这个浑蛋，你被打成这样子，又受尽了种种的折腾，难道你以为回家睡个觉，第二天起来，再重新当侦探就没事了吗？你为什么要这样做？"这个马洛只是耸一下肩膀，说："是啊，我只是想睡晚一点起床，这就很快乐，很满足了。"他有超强的意志力，可是不会到处说自己是什么英雄好汉，这就是冷硬派侦探的冷。

他还有一个特点是什么？就是坚持不服输的劲，这其实就是勇气的表现。所以，在钱德勒笔下，或者说美国这一群作家所写出来的侦探，都是又冷又硬，善于忍耐，又有很大的勇气。而另一方面他们就是普通人，总是能够在城市里面生存下来，这一点与阿加莎·克里斯蒂笔下的人物不一样。像马洛，他来来去去就是在洛杉矶，偶尔去纽约一趟，每天面对城市里面的各种恐怖和威胁，他就是从一般人的角度去推理，去思考人为什么会杀人，为什么会犯罪。钱德勒写出了种种普通人平凡中的勇气，他们坚持不服输，带着勇气，寻找自己心中的公道，或许最后自己也会被杀死。不张扬，不服输，这就是冷硬派的侦探小说所表达的作风与价值观。

钱德勒写了《长眠不醒》之后，一炮而红，后来又写了其他的小说，给他带来名气和财富，可同时，也给他带来了麻烦。

什么麻烦呢？他红了手上有钱了，就控制不了自己了，开始到处拈花惹草。比方说他就和他出版社的经纪人，搞起暧昧来了。他还和女秘书等其他的年轻女人，做了很多背叛他太太的事情。他太太和他一样，也酗酒，所以两个人情绪都不太稳定，总是吵吵闹闹。

在吵闹的过程中，钱德勒一而再、再而三闹着要自杀，但都没有真正伤害到自己。或许他是典型男人，一方面在外边惹花花草草，另一方面又深爱这个比他大 18 岁的太太。用台湾作家李敖的说法，就是"大头管不住小头"。对钱德勒来说，其他年轻女性是很有激情的存在，可是他对他太太还是有很深的爱。所以，当他太太说要分居离婚的时候，他又不断地哭闹，喝醉了还说要从窗户翻出去，从桥上跳进河里面自杀。他做了一系列荒诞的行为，只为挽回他的太太。最后直到他太太说，好了好了，别寻死了，她不走了，二人才又重归于好。

这个时候，因为钱德勒不断放纵自己喝酒，生活不太检点，所以写作的状态差了很多。虽然他写了很多经典的小说，像《长眠不醒》《再见我的爱人》(*Farewell，My Lovely*)《小妹》都给他带来不错的声望和收入，可是，他这个时段创作的短篇小说，也有蛮多的失败之作。其实算不得是失败，只是没有太大的成功。不过好在他的长篇小说一直流传下来了，虽然起初是发表在一些廉价小说杂志里面，可是后来成为文学经典了。很多调查显示，他小说中的马洛不仅是受一般读者喜爱，还更受同行欢迎。马洛打败了福尔摩斯，成为美国、英国推理小说中最好的侦探，而他本人，也打败了柯南·道尔，被评为最受欢迎的推理小说作家。2005 年，《时代》周刊评选了所有时代的百佳小说，《长眠不醒》榜上有名。

在小说《长眠不醒》的开场中，马洛就在查案。是谁委托他？一位老将军，说他的两个女儿都有麻烦，其中一个女儿被人勒索，非常危险，请马洛帮忙去查这背后的种种情况。马洛接受委托没多久，这位老将军就被谋杀了，马洛自己也一再被追捕，被威胁，被攻击，被打得鼻青脸肿，但他还是坚持下来了。这个过程，就像是把读者带进了洛杉矶，一览无余地展示城市中的种种阴暗，告诉我们这里危机四伏，危险重重。《长眠不醒》也因此获得了读者的欢迎和文学界的肯定。

他除了写小说，还跨界当电影编剧。有些剧本是由他的小说改编而成的，有一些是他全新创作的。他还和不少的名导演合作过，像希区柯克（Hitchcock）。可是，最后都翻脸了，据说是因为希区柯克曾经几次当面把钱德勒的剧本丢进火炉，对他毫不客气。两位都是大师，所以，钱德勒也经常骂他bastard（浑蛋）。做编剧的时候，他也写过一些短篇，但都被评价水准不如预期。

1954年，比他大18岁的西西去世了。她当时年纪也蛮大的，活了84岁，是病死的。前文提过钱德勒是1959年死的，在妻子去世后的四年多之中，他生不如死，因为他太爱老婆了。他整天酗酒，一再喊着要自杀，陷入了严重的抑郁症，甚至警察都上门劝说过他。

后来钱德勒死了，不是自杀死的，因为过量酗酒，加上年纪大了，已经70岁，最后因为肺炎的并发症去世了。

他这一生，也算是传奇了，因为在文学界很少有人这么晚才开始写作。他是少数派中的一个异类，写侦探小说，并因此写成文学经典，入选2005年《时代》周刊的百部小说，真的不简单。因为恋母情结，他与一位比他大18岁的女人，相爱缠绵了这么久，也是少见的。

法国女作家杜拉斯，与比她年轻39岁且是同性恋的男人，也相处了好久，也是少见。所以很奇怪，这种大师，伟大的创作者、艺术家，他们的爱情的取向，好像我们不能用平常人的标准来要求。

若用平常人的标准来限制他们，可能他们也就根本写不出那么多富有生命力的作品与人物。

就像钱德勒自己所说，任何被称为艺术的东西，都要有一种救赎的品格在里面。可能是纯悲剧，也可能里面含有反讽或喜剧的成分……要写这一类的艺术的故事，尤其是写侦探故事，里面的人物必须是个英雄，可是，也必须是一个普通人，更要是一个完整的人。我觉得钱德勒就是抱着这样的价值观来写他的小说，最后才能打动我们，感动我们，撼动我们。

各位真的要看看他的长篇小说，非常精彩的。钱锺书很喜欢他的长篇小说，村上春树也很喜欢。你难道不相信钱锺书与村上春树的品位吗？

阅读小彩蛋

最后分享钱德勒的一句简单的话吧,很有意思"野蛮不是力量,轻佻也不等于机智"。我们一般看到有人很粗暴,很野蛮,就感觉他很有力量,其实不是的,这是两回事。有人讲话很轻佻,可能像我,轻佻有时候可能顶多算是小聪明,反应快,可是并不等于有智慧,是机智的。

所以,钱德勒,谢谢你,我会把这句话记在心里面的,我要减少轻佻,增加我的智慧。

劳伦斯：不妥协的理想主义者

理想主义者切·格瓦拉是阿根廷人，但因为参加了古巴革命，就当了古巴的官，后来他又去刚果、玻利维亚闹革命，最后死在了玻利维亚。现在在玻利维亚，我们还可以找到以切·格瓦拉为名的街道、广场、雕塑等。

一个胸怀理想的人，他眼里是没有国界的。以前马克思说：资本家无国界，后来这句话被改写成不同的句子，比如工人阶级无国界。全世界的工人阶级受到资本家生产关系的剥削，这也是没有国界的。因为剥削是真实的，而国界往往是可以变动的，并且被剥削的痛苦是永恒的，所以大家在因剥削而痛苦的这一点上可以凝结起来。还有一句改写也很出名：理想主义者也是无国界的。理想主义者他本身可能处于一个比较有优势的位置，不管这优势是现实上的，他比较有钱、有权力、有地位，或是个人能力上的有知识、眼界、口才、表达力等等。不管他的优势是什么，只要他心中有着理想，又以解放全人类的痛苦为目标的话，他就是没有国界的。他到处行走，哪里需要他，他就去往哪里。我们这一节，就来讲一位和切·格瓦拉一样的理想主义者。

这一篇我们谈的这位大师，可以说是因缘际会，在某个历史转折里发挥了自己的优势，由此也发现了自己的新的目标、新的志向。他本来的目标不是去推动人类的解放，而是踏踏实实做一名知识分子，成为考古领域优秀的地理学家、地质学家。他是谁？他就是劳伦斯（Lawrence），或者译作罗伦斯。一般谈到他，人们都会称其为"阿拉伯的劳伦斯"，为什么呢？因为他在1917—1918年参与了阿拉伯起义，这场起义又被称为"阿拉伯抗争"或"阿拉伯革命"。

劳伦斯是个英国人。在阿拉伯与奥斯曼帝国抗争，想争取独立的那几年，他出谋献策，尽了他的努力。到今天，他还是很受阿拉伯世界怀念的。我们知道，他是阿拉伯的劳伦斯，虽然他不是阿拉伯人，但他是属于阿拉伯的。

大家好像都知道他，其中一个很关键的理由是，1962年有部很重要的，很有影响力的好莱坞电影《阿拉伯的罗伦斯》，就是以他为原型，讲述他的英雄故事。这部电影非常厉害，是那个年代的《战狼》。当然电影里的情节，有很多美化、神化的成分，光是造型与劳伦斯本人就不一样。如果有人评选几十年来最重要、最有影响力、最受欢迎的史诗电影，这一部1962年的《阿拉伯的罗伦斯》一定上榜，而且地位会蛮高的。里面的男主角，由男明星彼得·奥图出演。他的身高在190cm左右，很高大威猛。可是现实中的劳伦斯，原名叫Thomas Edward Lawrence（托马斯·爱德华·劳伦斯），简称T.E.Lawrence，个子是很矮的，按欧洲人的标准换算之后，身高只有165cm左右。他自己在回忆录里也说，因为身高不高，从小的确是有些自卑感的。这是因为成长时他的健康状况不好，生了很久病，十来岁之后就没再长个了。

劳伦斯 1888 年出生，在英国长大，他的家庭背景并不太好。我们说了，大师们几乎没有一个家庭是完整的、正常的，因为好像在那个年代，不幸的家庭、不幸的童年、不幸的成长，可以提升面对痛苦的承受能力，对后来个人的奋斗都蛮有帮助的。他的父亲娶了老婆，生下几个小孩后，又和家庭教师有染，他出轨的行为被发现后，干脆就离婚了，与第三者住在一起。他和原先的太太有四个女儿，却毅然离开了她们，并且连家产都不要了，跑去另外一个地方和新欢待在一起，生下了劳伦斯和兄弟几人。

他们住在牛津附近，劳伦斯就在牛津读书。他拿到奖学金去牛津大学耶稣学院修现代史，做研究。夏天的时候他还跑到法国做考古研究，后来越跑越远，最远到达今天的中东地带，活动范围包括当时的奥斯曼大帝国和整个中东。

奥斯曼帝国的概念是什么？它就是包括埃及、伊拉克、伊朗等绝大多数中东国家的整个大帝国。今天的阿尔及利亚、亚美尼亚、奥地利、埃及、埃塞俄比亚、希腊、匈牙利、伊朗（部分领土）、伊拉克、以色列、约旦、黎巴嫩、摩洛哥、阿曼、巴勒斯坦、罗马尼亚、苏丹、土耳其、阿联酋、也门，都是奥斯曼帝国版图的一部分。他在叙利亚考古时，整天蹲着研究土地，以及土地里的文物。他立志做一名优秀的学者，在奥斯曼帝国，到处开展研究。他作为一名年轻的考古学家、地质学家，做了无数的记录，开始发表文章。他的文章考据了十字军运动、军事建筑风格等领域，虽然劳伦斯没有受过一天真正的军事训练，可是他集中研究了军事建筑风格，种下了他成长为"阿拉伯的劳伦斯"的种子。值得一提的是，他的论文在牛津获得了一等优秀的成绩。

毕业之后，1911年，他才20岁出头，就到中东继续考古工作。再过几年，1914年，第一次世界大战爆发了。因为他精通多国语言，特别是阿拉伯语，也了解当地的事情，就有政府找到他，邀请他加入间谍组织。劳伦斯同意之后，组织就把他派去了开罗等地方，命他利用研究学者、知识分子的身份做掩护，实则刺探当地奥斯曼和土耳其军队的情报，包括军队具体驻扎在哪里，每个据点有多少的兵力、城门在什么位置又怎么分布等等。

他以特务间谍的身份做卧底的时候，心中发生了很大的转折，越来越明白自己的想法了，他之前探究的是古物、文明，其实真正让他有热情的是人，尤其是当地的人。当地的人一代又一代地在这个地方生活，在不同追求中一直往前走，追求自己的自主、和平，他觉得自己应该出一份力。那时候他以间谍的身份替英国在内的协约国搜集情报，与阿拉伯的权贵交往很深。他明白他们追求从奥斯曼帝国独立出来的决心，所以他决定当一个重要的人物：一方面，他把情报传给英国；另一方面，他协调英国和其他协约国的军队，与阿拉伯的战士们一起对抗奥斯曼帝国。阿拉伯起义开始于第一次世界大战，在1916—1918年间到达高潮，之后对奥斯曼帝国发起反攻，攻占了很多城市。1916年6月5日是个特别的日子，1000多名阿拉伯的战士在麦迪拉对着天空鸣枪，宣布阿拉伯独立了，他们向世界宣布，他们自主了，他们有自己的民族，有自己的地方，不再受奥斯曼帝国的控制了。

劳伦斯上过战场，他的厉害之处不在于杀了多少人，而在于他的战略。他没有受过正规的军事训练，所以他给出战略的建议，大多是来自英国那边的军官。但重要的是，可能原本阿拉伯人并不能接受英方的建议,但出于对劳伦斯的信任,在他将这些建议转告阿拉伯的将士之后,大多还是会被阿方接受的。这就是他的影响力,是很重要的。在生活中,很多时候一个人能够做出贡献,不一定是因为他先想到,或是只有他能做到;而是因为这个人有说服力,他说出的建议能够令大家接受,能够切实地把事情落实。

当时劳伦斯骑着骆驼在沙漠里和阿拉伯军队共同作战的时候,保障铁路运输是最主要的。铁路往往是战争里争夺与保护的重点,攻击敌人的时候,首先就要努力破坏铁路,使对方无法运输物资和人力。劳伦斯在回忆录里写道,当时他在同伴的建议下,脱去了英国制服,换上了阿拉伯的传统服饰,骑着骆驼在沙漠中穿行。劳伦斯的回忆录有中文版,译作叫《智慧七柱》,七根柱子的典故来自圣经。回忆录他写得很长,一改再改,写了很多版本。后来在二三十年代,因为卖不出去,所以一再删减。因为印刷版本太多,成本太高,所以虽然书卖得很好,可是最后劳伦斯还是亏本,甚至破产了。关于这件事我们之后再说。

最开始,劳伦斯穿着英国的军官制服,阿拉伯战士看到他觉得他很奇怪,不管他讲什么话都保持抗拒和不信任的态度,后来他在同伴的建议下换上阿拉伯人的衣服,这样他才能在营地里来去自如,同时与阿拉伯战士建立了认同感,成为他们真正的领导者。这件事情在阿拉伯的战士、不同部落之间,造成了不小的轰动。据劳伦斯自己说,大家不相信英国白人会穿阿拉伯的衣服。发现他换上阿拉伯衣服之后,一些战士还把自己的战刀和步枪送给了他,表明他们愿意接受劳伦斯,把他当成自己的哥们儿。由此,他开始参与整个阿拉伯起义。

几年后,第一次世界大战结束了,劳伦斯就离开了。他离开的时候还蛮高兴、蛮乐观的。他认为,我们把奥斯曼帝国打垮了,瓦解了。阿拉伯世界的人该有的土地都有了,该建立的国家也可以建立了!他满怀希望,期待着阿拉伯国家的建立,可是事与愿违,他的希望落空了。因为列强谈判后计划把奥斯曼帝国瓦解,然后以英法为代表的国家重新划分利益,这片土地属于英国,那片属于法国,土地与主权被划分得四分五裂,阿拉伯人根本没有如愿地把自己该建、想建立的国家建立起来,也没有获得独立的主权。

那时候有人通知劳伦斯,皇帝有事情要找他谈。谈什么呢?劳伦斯满心高兴地以为,皇帝是要来告诉或咨询我,应该怎样让阿拉伯世界的人民建立他们的国家。他欢天喜地地去了,到了以后发现是英国国王、王后以及贵族、大臣们在欢迎恭喜他。英国国王乔治五世笑眯眯地说,"恭喜你,我有些礼物要给你"。劳伦斯期待的礼物是还阿拉伯人一个公道,结果不是。英国国王让他跪在自己前面,授予他勋章,因为他在第一次世界大战里替英国冒险充当情报员,在对抗奥斯曼帝国的过程中,功不可没,要奖励他大英帝国骑士勋章。我们完全可以想象劳伦斯的表情,他整张脸变白,之后变黑,因为这和他心中想的完全不一样,是两回事。他认为,他一旦接受了这个荣誉,就等于背叛了和他一起在沙漠里出生入死的阿拉伯战友,这绝对不行。他听完国王讲的话,就问道,奥斯曼原有的土地会怎么办?国王很高兴地说,他们分到了很大一块土地,其余土地由法国等国家分别统治。这种瓜分土地的方式,是近代列强的一贯操作,就像清末瓜分中国一样,列强也把中东瓜分了。劳伦斯听得整张脸一阵黑、一阵白、一阵红,最后就讲了一个字:"No."他拒绝国王授予的大英帝国骑士勋章——本来那是破例的，骑士勋章本来只颁发给军人，严格来说，劳伦斯不是军人，是情报员，是没有资格获得的。可是劳伦斯不在乎，他就在众目睽睽之下转身拒绝了这枚骑士勋章，然后拂袖而去。可见劳伦斯性格多么刚直坚定，他有自己的理想，他心中始终觉得一个人应该有所为、有所不为。

放弃勋章后，他用假名加入英国皇家空军，继续当军人。可是没过多久，他的身份就被发现了，只好退出。后来国王让他去殖民地当总督，他再一次拒绝了，他不要替帝国主义服务。他想用另外一种方式重回战场，可是都被拒绝了。后来终于成功加入英国陆军的坦克军团，在军团期间，他写下《智慧七柱》。可是因为他的脾气真的很硬，没过多久又混不下去，就离开了。他在不同的军团里辗转，跳过降落伞、开过快艇，还与丘吉尔交往得很好。

他在坦克兵团时写了《智慧七柱》，没过多久就出版了，可是因为他写得太厚，人们都不愿意看，所以卖得不好，于是他把书删短了不少，再次出版售卖，卖得不错，却还是亏本，这是为什么呢？因为成本太高了，他要求精装、配图、用好的纸张，做什么事都要一板一眼。于是书价像天价一样就没人买了，但是如果定合理的价格就覆盖不了成本，所以很快他就破产了。其实他也收了一些版税，但他把版税捐出去做了慈善。他宁可自己替别人翻译荷马史诗《奥德赛》等历史书，或写小说，靠这种方式来过日子，也不想简简单单靠版税生活。他用假名在军队混了一阵子，后来到了40多岁就不混了，自己躲起来了。

那时候"阿拉伯的劳伦斯"已经大名远扬了，连远在德国的希特勒都是他的粉丝，还想请他见面谈事情。当英国与希特勒产生冲突的时候，曾经想请 40 多岁的老臣劳伦斯出山，就像当年请他去中东收集情报一样。英国政府心想，既然希特勒是劳伦斯的粉丝，那么派他代表英国去和希特勒谈判，这样可以更好地了解、摸底、探究希特勒真实的想法。

劳伦斯在那时如此赫赫有名，是因为美国记者 Thomas（托马斯）拍了他的纪录片，还写了《阿拉伯的劳伦斯》的文章，到处演讲，使得劳伦斯的大名远扬欧洲和美国，让大家都知道他了。20 年代，劳伦斯自己也写了回忆录，卖得很好，也令他更广为人知。他在作品中还隐晦地说出了自己的一些癖好和秘密。他说自己与男人交往很深，甚至有被暴力虐待的倾向。曾有个说法是，他在 1917 年左右，被土耳其军队抓获并遭受性虐待，不知道是不是那时候造成了心理创伤。后来他有一位小男朋友，从今天的角度来看真的年纪很轻，是十四五岁的小男生，很英俊，他们住在一起。他回英国之后也把这个小男生带在身边。他在回忆录《智慧七柱》的序言里说"To SA"，"SA"就是那个小男生姓名的简写，暗示是为了他而写的。劳伦斯说这本书是写给他的，他是自己永恒的爱。劳伦斯短暂的一辈子，活了 40 多岁，始终为了自己的理想付出，不管是人类的生活、平等的理想，还是自己爱情的理想，他都在所不惜，过了一种非常痛快的人生。

大名鼎鼎的阿拉伯的劳伦斯是怎么死的？他死得蛮悲剧、蛮窝囊的，是遭受了很惨的意外。什么意外呢？有一天劳伦斯自己骑着摩托车去邮局发电报，发完后回家，前面突然闯出两个骑着自行车的小男生。意外就这样发生了，为了躲避两个小男孩，劳伦斯的摩托车翻了，他整个人被甩到地上，头部受伤，送去医院被告知已经救不回来了，然后他在医院躺了六天，就去世了。那是 1935 年，死的时候只有 46 岁多。这种死法可能他自己也没想到，自己在沙漠里骑骆驼、打仗、扔炸药都没事，结果在一个平静的、没有什么人的乡下骑着摩托车，就翻车死掉。可能是因为没戴头盔，但还是很意外，也很可怜。阿拉伯的劳伦斯，一米六五的劳伦斯就这样死了。这就是他的悲剧故事，一位理想主义者的故事。

阅读小彩蛋

我们来看几句《智慧七柱》的序言，是他写给SA这个小男生的几句话，他说："我爱你，因此我将这些如潮的人流拉进我的手中，在繁星灿烂的天空里写下我的心愿，去为你赢来自由——那有七根支柱的智慧之屋，你的眼睛会为我而闪耀，当我们来的时候，死神似乎是我征途上的仆人，直到我们走近你，看见你在等待。"劳伦斯个人长得并不是很好看，电影演员彼得·奥图比他伟岸多了，电影就是电影，对现实进行了美化，但总归这是部非常好看的电影，大家一定要去看《阿拉伯的劳伦斯》。

卡斯特罗：是赢了还是输了？

这一篇谈的也是一位男神，他在 1955—1959 年之间，在拉丁美洲人的心中，是一位很具有争议性的人物，有人认为他是英雄，有人认为他是暴君。他是谁呢？他长期领导古巴革命，从 1959 年一直到 2011 年退休，当了几十年的掌权者，他就是 Fidel Castro，卡斯特罗。

有三四年时间，他和另一位古巴男神切·格瓦拉，一起在山上打游击战，两个长得高高帅帅的人，在山上互相鼓励扶持，守护彼此的生命。我觉得那几年可能最令所有浪漫主义者羡慕。为什么羡慕呢？因为站在回顾的视角，我们可以清晰地看清历史走向，知道后来他们革命成功了，不会死去。当我们知道一个人不会死、一定会成功，有美好的结局的时候，那他经历的种种艰苦挑战就纯粹是生活的过程而已。就像我们看电影，我们知道男主角其实不会死的，那他在过程中与坏人打斗，我们虽然看得心惊肉跳，可是心里还是有安全网，是打了底的。回看那一段历史，两个帅哥在山上打游击，一个是古巴人卡斯特罗，要争取古巴真正的独立，对抗古巴的独裁者和背后的美国；另外一个现在想起来有点无厘头了，是国际革命主义者，切·格瓦拉，一位跑来古巴的山上打游击的阿根廷帅哥。

卡斯特罗与切·格瓦拉的缘分很深，两人出生入死了无数次。后来切·格瓦拉在刚果、玻利维亚闹革命，卡斯特罗本来想去支援，可是临门一脚犹豫了一下。就在他犹豫的时间里，切·格瓦拉死在了玻利维亚。

说起来其实历史很吊诡的，卡斯特罗是古巴英雄，但他不是纯种的古巴人，而是西班牙的后裔。那时候古巴被西班牙统治，有很多西班牙人住在古巴。卡斯特罗的父亲是跑船的，也当过兵，等于是殖民者，后来在古巴混不下去了，就跑回西班牙。可是在西班牙也不是那么好混，于是他又跑回古巴，一来二去，竟然也慢慢混起来了，变得有钱了。男人一有钱就容易不忠诚，特别是在那个年代。他父亲的女人一堆，还与家里的女佣生了一个私生子，这个私生子就是卡斯特罗。卡斯特罗长到十多岁才认祖归宗，得到家族承认。小时候卡斯特罗与有钱父亲所聘请的工人住在一起，很艰难，所以有人在传记中说卡斯特罗一辈子都在反权威。当然后来他就是古巴最大号的权威，可是他始终在为反对美国，争取古巴独立而努力。因为曾经被父亲遗弃十多年，不管不顾、不被认可，所以他总是对父亲很不服气，很抗拒，有一定的弑父情结。

男人当自强，他努力让自己独立起来。他是很聪明的小孩，读书读得很好，运动也很出色，特别喜欢打棒球，投球很厉害。大学时候据说美国职业棒球队还考虑邀请他去美国打球。那时假如他真的去打球了，那后面古巴的历史就很难说了。卡斯特罗没有去，因为他对法律、政治更感兴趣，后来去读了法律。很难想象，在这种背景下，后来他却选择了武装领导政治，为什么呢？刚开始他的确想通过选举进入议会，可是到了 50 年代，他发现此路不通。因为有一个叫巴蒂斯塔的独裁者，背后有美国为他撑腰，他在推翻了政府军之后掌了权，再也不进行选举了。卡斯特罗觉得此路不通，那就只能上梁山了。他上了梁山，决定搞武装革命。

　　那时候他还是年轻人、大学生，是个激进主义者，1948 年他还曾经跑去哥伦比亚的首都波哥大参与了一场拉丁美洲学生联盟组织的运动。后来运动被哥伦比亚的政府镇压，抓了好多人，也死了好多人。在那时，他心中已经种下了暴力革命、暴力夺权的种子。后来他回到古巴，拿到法学博士学位，开始当律师，替穷人辩护。他长得高，口才又非常好，因此想参加选举，可是到了 1953 年，巴蒂斯塔废除选举，他就只好上梁山。1953 年 7 月 26 日，卡斯特罗和弟弟 Raúl（劳尔），率领 700 多人攻打一个圣地亚哥的蒙卡达兵营。但是由于敌众我寡，卡斯特罗等人一下就被抓住了，他被关起来了。这时候他发表了很出名的审判辩词，叫作《历史将审判我无罪》，多有气魄。1955 年，他有权有势的岳父为他张罗关系、做担保，所以卡斯特罗坐了两年牢就被放出来了。由于岳父之前为他担保时说他不会再搞运动，甚至不会留在古巴，所以释放后的他没有办法，只能半推半就地去了墨西哥。但是回去之后的他并不安分，他又召集同志继续搞运动，为纪念上次的起义，他们将这次运动命名为"七·二六运动"。就在这个时候，短命的阿根廷理想主义者切·格瓦拉加入了。卡斯特罗真的很有勇气，他没有因为岳父老婆有钱就好好过小日子，而是为了古巴的独立不断努力，这气魄真的很值得我们敬仰和学习。之后他偷偷带着弟弟和其他人从墨西哥坐船偷渡进古巴，称为远征。可是一登陆就被古巴的政府军抓了，他们对打了几天，最后只剩下 12 个人进入马埃斯特腊山区。他们以此为根据地，继续在那边闹革命。

必须得说，当时的反抗军除了他们，还有其他人。有些人在哈瓦那，有些人在圣地亚哥，都在为古巴争取独立。他们这一支力量不是最强大的，可是最懂得宣传。这与卡斯特罗整个人仪表堂堂有关系，也离不开身边人的扶持。他的弟弟虽然看起来其貌不扬，长得丑丑的，也不爱讲话，可是一向很稳重，是卡斯特罗的智囊，永远陪在他身边。走在前面演讲宣传、接受访问、被拍照的始终是老大卡斯特罗，还有同样英俊的切·格瓦拉。他们在山上打了两年多，终于打出了江山。

之前提到的，由美国政府支持的独裁统治者巴蒂斯塔，因为贪污贪得太厉害了，身边的人开始看不过去，纷纷闹了起来。其他军统对他很不服气，凭什么肉全都是巴蒂斯塔吃，他们只能喝汤，甚至汤都没的喝？最后在一片混乱中，巴蒂斯塔带着他的亲信逃往美国，还带走了很多的钱。不公道的是，他后来带着古巴人民的黄金、钞票、血汗钱就一走了之了，最后很安然地死在西班牙。他跑了，什么事都没有，只留下一个烂摊子。

卡斯特罗和他弟弟以及切·格瓦拉从山上兵分两路，一路进入首都哈瓦那，一路由卡斯特罗带领往东边去圣地亚哥。1959 年 1 月 2 日，哈瓦那被起义军、反抗军占领了。卡斯特罗很懂政治斗争，也有点自大，当他另外的同伴队伍进入首都哈瓦那的时候，他在圣地亚哥宣布成立革命临时政府，由自由资产阶级的代表曼努埃尔·乌鲁蒂亚任临时总统，卡斯特罗任武装部队司令。他们将首都从哈瓦那换至圣地亚哥，等于宣告他们就是最高权力，他们在哪里，首都就在哪里、皇城就在哪里。过了几天,卡斯特罗才进入哈瓦那。1959年古巴革命成功,如今已经过去60多年了。

卡斯特罗一辈子英明、神勇,会演讲,早期没有与美国交恶的时候,他把美国骗得团团转。他搞革命的时候美军很支持他,给他钱,给他军火,因为他说,美国人可以放心与他合作,他根本不信仰社会主义。除了与政府合作,他甚至还和美国的黑帮、黑手党合作。60年代初他刚掌权的时候,哈瓦那的海边像今天的拉斯维加斯一样纸醉金迷,黑手党在这里开酒吧、舞厅、赌场,什么都有,把那儿建成美国人的后花园。卡斯特罗掌权后的前几年都是这样的,直到有一天,背后真正的、非常硬核的社会主义者切·格瓦拉和他说,古巴要搞社会主义,才把美国的很多石油公司、私人产业收归国有。

古巴与美国交恶60年了,美国的资本家恨卡斯特罗恨得要死。奥巴马当选美国总统后,2014年开始与古巴恢复邦交,外交关系解冻,慢慢向正常化的道路发展,可是在特朗普上台后,两国的关系又出现恶化,在经济贸易上增加重重阻碍,还规定美国国民不能去古巴做生意,外汇不能流向那边。其实特朗普代表的就是美国最右翼资本家的集团,旧恨未消、余恨未了,当年古巴没收了他们那么多钱,破坏了他们继续赚大钱的美梦,这些人是很火大的。卡斯特罗的演讲很厉害,在两国交恶以前,1960年他去美国访问,在联合国大会做了4小时26分的演讲,创下了世界时间最长的演讲纪录,至今无人能破。想来当时台下的人一定很痛苦,有坐着睡觉的,有悄悄看报看书的,甚至还有一些国家的代表溜出去吃饭喝酒了,留下他们的助理坐在那儿。到卡斯特罗演讲快结束的时候,助理们才一个接一个快马加鞭跑去找大使，让他们赶紧回来。

美国人恨他的另一个理由是因为他真的太顽强了，一个人对抗了十多任美国总统。那么多届的美国总统与他斗，可他就是不屈服，宁可靠上苏联。后来苏联解体了，没力气照顾古巴小兄弟，他就和委内瑞拉联盟。古巴的医疗和医生很不错，就派出一流人员去委内瑞拉进行医疗外交。相应地，委内瑞拉承诺每个月给古巴供应免费或是低价的石油。这些石油，古巴自己用一半，另外一半转卖出去牟利，以此维持经济。卡斯特罗讲出豪语："*全世界只有我们不稀罕跟美国人做生意。*"

卡斯特罗很厉害，而且一辈子运气都蛮好，好像总是有人帮助他，比如他的弟弟。他的弟弟在他身边跟了一辈子，始终在为他出谋划策。卡斯特罗有的时候比较冲动，他的弟弟就会稳住他，给他提一些更为稳重的建议。直到 2011 年卡斯特罗退休了，才慢慢放权给他。2016 年卡斯特罗去世了，他弟弟接手他的位置，几年后也放权了。不过他现在还是古巴的第一书记，但具体职能都交给另一个人了。这个人很年轻，才 60 岁左右，是过去 60 年来第一个卡斯特罗家族以外的掌权人。除了自己的弟弟，切·格瓦拉也对他非常好。卡斯特罗一直在对抗外国，还防止他国夺权，而切·格瓦拉主管国内经济，替他做国家银行行长、经济部部长、工业部部长、国防部部长，几乎什么部长都做过。切·格瓦拉一直是卡斯特罗最强大的后盾。还有谁是他命中的福星呢？是无数女人，或者说是情人。美国人那么恨他，还有一个理由是这么多年无数特工尝试暗杀他，却都以失败告终。除了奥巴马，几乎每一届美国总统都想暗杀他，据说已经执行了 638 次暗杀行动，平均一年十次还不止，却都失败了，这也是一项世界纪录。杀他这么多次却没成功，美国能不恨他吗？那这又与女人有什么关系呢？卡斯特罗不知道是因为品格不好，还是基因非常风流，他每一天都离不开女人，甚至出国访问时都会找女人作乐。他情人无数，大多数都是一夜情。美国投其所好，多次派 CIA 女情报员去暗杀，还有一次派了德国情人与他亲近。可是历史总是重演，据说，卡斯特罗面对这些美女特工，总是先凶对方，"**你是来杀我的吗？**"这个老家伙永远穿着军装，接着他会把自己腰间的配枪递给对方，说："你杀吧，来啊，你不是想杀我吗？"他气场实在太强了，就算是 CIA 也下不去手，只能作罢。美女特工中，有一位很特殊，她年轻时先是做了卡斯特罗的情人，后被 CIA 带走秘密训练。她后来接受访问，回忆和卡斯特罗相遇的场景，她说那时候革命刚成功，那时自己才 19 岁，坐着爸爸的巨大游轮来到哈瓦那，卡斯特罗也和他的兄弟登上了这条游轮。她与卡斯特罗很快陷入爱河，还为他怀了孩子。可是在某一天，她突然失踪，据说是被 CIA 带走训练。她被训练了很久，组织派她回古巴与卡斯特罗约会，并伺机暗杀他。两人恩爱缠绵，她把毒药放进水里面，准备给卡斯特罗喝。她紧紧抱着卡斯特罗，泪流满面，手也发抖。后来她经过酒店大堂，CIA 接应的人看见她，以为她成功了，结果她并没有下手，一路哭着跑出酒店的房间。好像这些女人都在潜意识里帮助他，很有意思。

可是他子女的命运，就不太如意了。可能是因为风流事太多，导致私生子女无数，最后就像咱们中国人说的，多少有些报应。他最疼爱的大儿子，在卡斯特罗死后两年，也就是 2018 年时，因为抑郁症开枪自杀，据说对着自己整整开了七枪。有人说是在背后开了七枪，这很奇怪，一个人怎么向自己的背后开七枪？前胸打七枪也很离奇，按理说打到第二枪应该已经痛晕了。卡斯特罗另外的一个女儿也很反叛，1993年就逃亡离开了古巴，去往美国。后来她在回忆录讲述她父亲，倒也没有说得太不堪。这个女儿很有意思，她说，"我从三岁看了一些外国的动画片，已经想离家出走了，十多岁就很叛逆，交了几个男朋友，被父亲反对阻止，用各种方法离间，甚至还有些被父亲抓去坐牢，后来终于鼓起勇气跑掉了。"这个女儿的妈妈也是卡斯特罗的情人。"七·二六"起义之后他被关了起来，坐牢前已经和这个女儿的母亲，一位企业的秘书相好了。1955年他出狱的时候，很多人围观欢迎，这个情人也去了，一看到卡斯特罗，就兴奋地大叫他的名字，两个人冲过去抱在一起。后来卡斯特罗与上一任妻子离婚，1980年娶了第二任太太。掌权之后，卡斯特罗一直保持着抽雪茄的习惯。以至于如今我们一想起卡斯特罗就是高高的、大胡子、军装，腰间配着短枪，手上拿着雪茄的形象。其实他抽到59岁就戒掉了，后来六七十岁的照片里虽然还是拿着雪茄的，但已经从专业抽雪茄的人变成业余客串的了。他掌权到90岁，后来因为身体实在不好就放权了。这样的强人，即使放了权，国家有事情还是要问他，从这个意义上说他还是掌权者。2016年他去世了，卡斯特罗的故事就结束了。

我刚去过古巴，真的很破落，但也可以想象出当年的繁荣景象。有时候我在想，古巴争取了独立，与美国一刀两断了，可是没有走出自己的路，现在很穷，这到底是赢了还是输了？反过来说，假如古巴当时与美国为伍，在美国的支持下发展经济，解放各个阶层的生产力，那样是不是更好呢？或许，古巴不会这么贫穷，也自然就获得了反抗美国的真正的力量。如果以几十年被美国支配为代价，让自己先发展起来,然后再争取独立、法治、民主、自由,是不是更有底气呢?今天我看到古巴的破落,心情很差。到底要什么,这是政治上永恒的辩论,没有办法两全其美的。就像一位喇嘛说"世间哪来双全法,不负如来不负卿"。可能这就是生命的悲剧吧。

这就是卡斯特罗,英雄或是暴君,他为了掌权镇压,不断把人抓去坐牢、枪毙。有人认为他是独立革命英雄,有人认为他是暴君、独裁者。

阅读小彩蛋

我非常喜欢卡斯特罗最著名的自我辩护词,《历史将审判我无罪》。我可以想象他写的时候有多兴奋,因为终于有机会向法庭表白自己的理想。这篇文章洋洋洒洒共计十万字,这是其中一段:"但是我们还有一个理由比其他一切理由都更为有力:我们是古巴人,作为古巴人就有一个义务,不履行这个义务就是犯罪,就是背叛。我们为祖国的历史而骄傲;我们在小学里就学习了祖国历史,在我们成长的过程中,不断听人们谈论着自由、正义和权利。我们的长辈教导我们从小敬仰我们的英雄和烈士。塞斯佩德斯、阿格拉蒙特、马塞奥、戈麦斯和马蒂都是我们自幼就熟悉的名字。我们敬聆过泰坦的话:自由不能祈求,只能靠利剑来争取。"

怀念卡斯特罗!

山崎丰子：反战五十年如一日

山崎丰子很有意思，我们不一定记得她的名字，可是大概会听说或是看过她写的小说。但是很可能我们看过，却没有读过，为什么呢？因为她写的许多本小说，90%都被改编为电视剧，或是电影，有的甚至被不止一次改编了。其中一个代表作就是《白色巨塔》，故事讲的是日本整个医疗体系里面种种的腐败，与种种人性的挣扎。

她的反战三部曲《两个祖国》《大地之子》《不毛之地》，也在日本、中国被改编为电视剧，都是非常动人的作品。除此之外，她还写了很多的作品，都是针对日本不同领域的官商勾结，权力集团的腐败，以及女性在社会上受到的种种的委屈，做出虚构又现实的批判。

日本文学有许多所谓的私小说，就是写很个人的事情、个人的感受和个人的生活，很受读者欢迎。与此相对，有一种着重描写社会与现实的小说，被称为社会派。或许我们可以称之为社会现实批判主义，因为它不仅仅是在表面把社会的现实简单地描述一下，而且是对整个故事、整个立场进行批判。

山崎丰子就是在这个领域里面非常受到尊敬的前辈创作者。她

1924年出生，2013年去世，活了88岁。她出生在大阪，一辈子生活在大阪，写作也在大阪。她读书倒是在京都女子专门学校，读国文系，后来她去了《每日新闻》当记者。当记者时就是不断跑新闻，写新闻稿。她运气很好，碰到一位对她影响深远的前辈。年轻人出来呢，总是会碰到一些前辈，可能他们轻轻讲一句话，就会改变一个人一生的路向。往往在当时感触不深，但后来年纪大了，回头看时就会感恩。

山崎丰子就碰到报社里面的一位长辈。那位长辈看到她写的那些报道文章，就告诉她：**其实你文笔很好，思路也很清楚，你也写写小说吧。人们若写作自己的生涯或家庭，无论是谁，一生中至少都能够写出一篇小说的。**

就是这样两句话，让年轻的山崎丰子脑洞大开，决心去创作小说。她就拿起笔写了一部以家族企业作为主题的小说，里面有种种商业的钩心斗角，人性的堕落、挣扎，不过最后结局也算是大团圆。因为里面总有些光明的人物，在那么混乱的环境里面抗争，给大家带来希望。这部小说叫作《暖帘》。

当时她已经33岁了，在文学创作里面也算是晚起步的。后来她又写了一部小说叫《花暖帘》，比第一部小说只多加了一个"花"字，还拿到了直木奖。从此之后，她干脆就不当记者了，专心写作。一写就是几十年，写到88岁去世前。

她去世前几年的状态有点像霍金，因为她患了肌肉僵硬症，整个人变得僵硬起来，根本动不了。她每天躺在轮椅上，只有手指能够动，比霍金好一点点。霍金是用手指按键，她还能够拿笔，但是也很痛苦，因为肌肉没有力气。她最开始拿钢笔，后来就拿铅笔，到最后拿软笔，但还一直在坚持写作。去世前还交出她最后的作品《约束之海》，是很有意思的作品，讲的是日军偷袭珍珠港之后，和美军之间的一些事情，也是反战主题。

为什么她一辈子反战呢？山崎丰子在自己的作品和访谈里面都谈到，她 1924 年出生，在读书期间成绩优异，本来立志以后专心从事艺术行业，可是在 1941 年，她 17 岁的时候，生命的轨迹一下就被战争改变了。当时与她正在暧昧期的 21 岁男友，突然被征调去当兵，一去不回，她心都碎了。更心碎的是自己还要被征调，当时这些女学生都要被征调去工厂帮忙制造武器。

晚年的山崎丰子哭着回忆这一段不堪的往事，她说：我喜欢的是艺术，是提升大家心灵、精神的艺术。我被征调去干什么？去帮忙制造武器，每天摸那些杀人的子弹。生产出来的子弹，还要经过后面的处理，把它打磨、清洁成光滑的子弹，送去给日本士兵，到处去打侵略战争。山崎丰子觉得这件事情在自己心中造成了很大的伤害，让她一直感觉自己也是杀人凶手。

战争结束以后，因为日本战败，当时的军国主义表面上是沉寂下来了，可是她觉得，假如日本人没有好好地去反省，没有认真地做深刻思考的话，表面的平静都是虚假的。总有一天国家会强大起来，服从于一个最高的权力，变成精神上的奴才，然后替自己、替别人制造悲剧的。

所以她后来的作品，每一部都是针对权力斗争的。《白色巨塔》谈的就是日本医学界里面种种非常黑暗的事情。医学界权力的腐败，让一般老百姓，尤其是病人和家属承受很坏的结果。

很有意思，山崎丰子说她写这部小说，获得了巨大的反响。可见日本人对于日本医疗系统的腐败是深有所感。她在报纸杂志连载的时候，就收到很多读者的来信。一般的读者当然是希望坏人恶有恶报，该被判刑的判刑，该被抓的被抓。可是日本的医疗界很多医生、护士也写信和她说，他们很喜欢读《白色巨塔》，但也希望作者对医疗界的人，对医生、护士有更多的同情理解。他们希望男主人公可以脱罪，不要被判刑，因为他也有许多的无奈。

这件事情反映了什么呢？山崎丰子说，反映了事情不是只有坏人好人的分别，而是每个人面对一个腐败的体制，到底应该站在什么角度，站在哪个位置。我们必须去反思、去思考，个人与整体结构之间的关系。然后看自己能行多少的善，避免多少的恶。她的小说的社会现实批判主义的精神就在这里。

她后来的小说也有谈不同领域的权力腐败的，还牵涉到家族、性别等社会问题。像《华丽一族》里面的董事长，因为他是入赘的，住在老婆家，所以造成了一定的心理扭曲。在他掌握了权力与财富之后，就拈花惹草，养了一群情妇。结果他去世了，那些女人闹成一团，争夺财产与话语权。男主人公生前委托了企业里面另外一位老臣子替他处理权力分配、财富分配等问题。此时，那位老臣子就要用父权男人的身份，来与这些女人斗智斗勇。

山崎丰子反映出种种不同的矛盾，包括阶级、性别，甚至整个社会的传统观念，其实都有人性的扭曲因素在其中。单独看起来，人都是很善良的。可是一把他们放进社会权力中的不同位置，他们的黑暗面就显现出来了。

我们看山崎丰子的书也好，电视剧也好，不能只看剧情，还要理解作品里面真正想传达的思想是什么。她想探讨的是人与组织之间的距离和关系：一个人的位置、能力在哪里，每个人在环境限制之下，究竟能做什么，又应该如何突破困局。

谈到结构，国家也是一个很重要的结构。当一个国家与另外一个国家之间发生冲突了，例如战争就是最直接的冲突，那么普通人在冲突之中，应该占有一个什么位置呢？如果某一方必须付出代价，那么我们又能做什么呢？这就是她反战三部曲的重心，也是她想表达的思考角度。

反战三部曲包括《两个祖国》《不毛之地》《大地之子》，她写了十八年。从 1974 年一直写到 1991 年。每一次写，她都做了长期阅读和采访的准备，每一部书她都采访几百人，发挥她记者的求真精神。

不仅是反战三部曲，还有前文提到的《约束之海》，她也是花了很长时间去采访相关事件经历者。这本书主要谈的是日军偷袭珍珠港之后，一些日本士兵在后期作战中被美军俘虏了。有些日本士兵自杀了，还有一些士兵被上司命令自杀，剩下一些没有自杀的，留下来了。他们刚开始为自己没有死，觉得很惭愧。后来他们逐渐领悟到，是战争让每个人都变成魔鬼，所以他们挺身出来反对战争。

为搜集被美国人俘虏的日本兵的信息，还有那个时代的种种资料，山崎丰子因为自己已经老了，身体不好，不能亲自去美国做采访，就派她的助手到美国做访问。助理拜访了很多很多人，录了音，拍了很多的录像回来，给她参考，她才继续写作，一直写到 88 岁去世前，都还没有停笔。

话说回头，反战三部曲的主题都是紧紧相扣的。《两个祖国》主要讲的是两个在美国出生的日本兄弟，他们二人各自有不同的政治取向，不同的效忠对象。那个时候，在美国的日本人也是很悲惨的，明明是土生土长的美国人，英文讲得甚至比一些美国人更流利，对美国历史也更了解，更有认同感，可是一旦战争爆发了，就突然说他们是坏人，是对美国有威胁的间谍，要把他们关去集中营。他们呢，当然非常悲愤，于是兄弟二人各自做出了不同的选择，一个回到日本去当兵，还有一个留在了美国，陷入了巨大的迷惘之中。我到底是谁？我的祖国是哪个呢？整个故事就在这样的背景下展开。

《不毛之地》讲的是在西伯利亚有一位曾经在战争时代参战的日本人，在战后，因为思念故乡，又重新回到日本，并闯出了一番事业。过了很多年，他心中始终充满了对于战争的负罪感，所以决定再次去往西伯利亚，找寻当年帮过他的人，和被他伤害过的人。这个过程既是对别人的救赎，也是对自我的救赎。

《大地之子》主要是讲战争之后，遗留在中国东北，就是当时所谓的满洲国的一些人的命运，尤其是一些小孩。当时日本殖民者在东北成立了伪满洲国，移民了很多日本人过去，特别是农民和工人。日本人战败后，那些人就留在东北，有些被关了起来，有些侥幸逃过一劫，但是无法再回到日本。他们想家回不去，因为没有能力回，甚至回国的申请都被拒绝。有一些日本小孩当时被留了下来，后来他们的日本父亲来中国找他们，但那时候他们已经有了抚养他们的中国父亲、中国家庭。这些小孩如何选择呢？他们会不断思考，自己到底是谁的儿子，还是说自己其实就是这个地球、这个大地的儿子。换言之，这些孩子真正要做的、最终要做的，就是简简单单做一个人，不是谁的儿子，探求人的价值所在。

从这些小说作品的剧情情节，就能看到山崎丰子与很多擅长写情情爱爱的闺秀派女作家是不一样的。她的作品虽免不了情爱,但是她真正关怀的始终是作为人的尊严、人的精神。她写的一部部大部头的书,视角开阔,好像一条河流一样,因此一般被称为大河小说。面对此称号,山崎丰子也说:是啊,我没办法,我从来写不出好像盆栽一样的,那些小小的小说,我写不出来。我没有能力写,我也不想写。我想写的是什么?是那种创造一片森林式的小说,一字一句落下,就好像在一个光秃秃的山上面,种下一棵棵的树,然后慢慢地成为一片树林。然后我就不断把它扩大。对我来说是想打造一片怎样的森林呢?这片森林不是让大家迷路的,刚相反,是一片可以让人们看到希望的森林。人们经历辛苦以后,可以呼吸到很清新的空气,觉得人生总归还是有希望的。

在她57岁写完《大地之子》之后,她就想停笔退休了。可是这时候,又有一位前辈劝她,身为小说家、艺术家,是没有退休这种说法的。作为一名作家,就是要一直写到自己踏进棺材里面。最好在踏进棺材以前,手里面还是拿着笔,拿着稿纸。

山崎丰子被这位前辈一提醒,觉得的确是不应该退休。好吧,她就这样继续写,一写又写了二十多年,有非常惊人的耐力。你上网找她的照片你就能看到,她从年轻到老,看起来都是很刚毅的。年轻时皮肤比较紧,看起来比较青春。可是我们看她的眼神,她紧紧闭上的嘴角,就知道她意志非常强大,是刚毅的人。所以她能够这样从30来岁开始写,一写就是半个世纪,而且都把权力的结构作为主题来挑战。这是我们真的要领悟和学习的地方。

山崎丰子年纪大了后,也出了回忆录,有中文版,名字叫《我的创作,我的大阪》。因为她出生在大阪一个做海带的商人家庭,所以她在回忆录里面写了很多关于大阪那边的风土人情、方言和种种的生活规范。

比方说前文提到《华丽一族》里面的老板，他的老婆、情人全部住在一起，家庭生活中是典型的男尊女卑，理应过得十分潇洒恣意，可是事实是他往往是倒过来受到女人在各方面对他的控制。男女之间，到底什么叫有权利，什么叫没权利，通过回忆录我们就看得到，这些问题都可以从山崎丰子个人的成长中找到对照的部分。

像《白色巨塔》针对的医疗体系中腐败的观察，从她的回忆录里就能发现，这是源自她小时候看医生的痛苦回忆。那时候看病，钱是第一位的，但是有钱也不够，还是要看医生的脸色，草率判断的准确度，还有医生、护士和药厂之间是否有勾结。

山崎丰子说自己的一位长辈、亲戚去医院看病，却因为医生与药厂未谈拢的回扣问题，错失了治病良机，最后痛苦地去世了。当时医生开的每一种药，都可以向药厂拿到不同比例的回扣，但山崎丰子长辈所需要的那种药，恰好回扣比例不高。所以医生就没开那一种药，而是开了另外一种效果没有那么好，但抽成比例很高的药。这就导致后来的治疗结果不好，让那个长辈受了很多的苦，最后也去世了。

她这些童年的观察，在小时候可能只是看在眼里不曾讲出，而到了自己有笔时，她就可以把它写出来。笔是作家的权力，也就是山崎丰子的战斗工具。

她说她童年时住的地方，有一些居民在日本航空公司的空难里丧生。她看过那些受难者家属哭哭啼啼的样子，这些都成为后来写的小说《不沉的太阳》的素材。《不沉的太阳》以日本航空 123 空难为背景,写出日本运输省(相当于中国的交通运输部)与航空界之间存在的问题。他们互相勾结,其中也牵涉到回扣、佣金的分赃问题,因此害了很多乘客,每天在空中飞来飞去却承受着很大的风险。

这个故事不是根据她的亲身经历所写,而是源于她看新闻时的感想。她要写这个故事,可能主要原因是小时候在大阪见到了太多类似的事情,早在心中种下了不满与悲愤的种子。后来有笔在手,等于权力在手,她就把它写出来了。

山崎丰子的小说,读者必须很有耐心才能看完。它并不难看,因为剧情很丰富,阅读起来不会很困难。可是因为都是长篇大河小说,一翻起来就是 600 页、800 页、1000 页,所以读者们必须耐着性子来看。还有一点,假如是一位佛系的读者,那他不一定看得下去。佛系嘛,心里想的多是和谐,可能看到权力集团与老百姓之间的种种不对等的关系,不会有太强烈的情绪感受,只觉得无所谓,善哉善哉,都各有因缘,就当作修行。抱着这种情绪,读者就很可能半途而废。可若一个人心中对正义、公道、平等特别敏感,特别看重的话,那他就会看得非常愤怒,就会想:有没有搞错,这个总经理怎么这样子?这个医生怎么能这么做?如此一来,他就没办法把书放下来。

通过看山崎丰子的小说能不能看下去,感觉如何,其实也可以作为一个指标回看自己的价值取向,性格是佛系,还是愤怒青年。这个很好玩,看书不仅可以了解现实世界,也可以倒过来观察自己。书是镜子,反映了不同读者的性格。

山崎丰子在 2013 年去世,有很多媒体对她进行报道,可是几乎都没提及她的婚姻状态。那我告诉大家,她结过婚了,算是晚婚,她的丈夫就是她以前的公司《每日新闻》的上司，是位艺术路线的记者，可是二人并没有生过小孩。

可能她把自己一辈子大部分的时间都留给了创作吧，创作对山崎丰子就是唯一的生命的意义。而正因为她如此认真、诚恳地对待创作，才留下了那么多让我们思考，特别是让日本读者去反思自己的文化与社会问题的小说。

我觉得山崎丰子的影响力，日后会持续下去的。只要社会还有一天的黑暗，大家都还会有反思的欲望，那么就还是会继续喜欢阅读山崎丰子的小说。

阅读小彩蛋

最后分享一下山崎丰子如何描述自己写小说时的心情吧。当她受到了报社前辈鼓励，她就干脆辞职回家，开始全心全意写小说。后来她在回忆录回顾那时候的心情。

她说真的很恐惧。虽然前辈告诉她，没有什么事情是一支笔所做不到的，可是要我突然跟原先的生活划清界限，就凭一支笔生存下去，真的让我怕到、担心到打起寒战来，整个人都在发抖。可是发抖归发抖，已是归途之桥（指回头的那条桥已经被销毁了）。为了写小说，我必须把我的行程排得像神风特攻队一样出击就进攻。她用这个词就怪怪的，让人不太舒服。我们知道神风特攻队是军国主义的产物，不仅害了敌人，也害了自己，那些年轻人被鼓励，甚至被强迫去自杀攻击敌人，这不好。

她用了神风特攻队作为比喻，我就给我喜欢的山崎丰子扣那么一分吧。对不起，山崎小姐，你只有 99 分。

奥本海默：佛系原子弹之父

这一节我们要讲一位很帅的科学家，特别是他年轻的时候，眼睛非常忧郁，脸长长的，五官非常立体。我觉得脸长、五官立体的男人很好看。当然，我也是这一类的人。虽然我的头脑与他是没法比的。他是一位超级天才，从小就被看成神童，他就是被大家称为"原子弹之父"的奥本海默。他没有很长寿，不到 63 岁就因为喉癌去世了。为什么呢？因为他太爱抽烟了，一向烟不离手。看他年轻时的黑白照片，总是站在那儿手里拿着一根香烟。如果别人不说，我们可能不会认为他是科学家，而猜他是欧洲的哲学家，像加缪、罗兰·巴特等。

现在有"科研狗"的概念，似乎"科研狗"都不好看，很钝很笨的样子。可是他长得非常好。我刚用了一个词——"忧郁"，他的性格是有一点狂躁和抑郁，据很多传记记载，他成长过程中常常控制不了自己的情绪，可能一个礼拜非常低沉，一句话都不讲；可是一旦说话，比如参加读书会、研究会，他就会完全垄断整个会议说话的机会和时间，只有他在说，不准别人说。他上大学和刚做研究教学的时候，参加了很多的学术小圈子组织的研讨会。他很聪明，大家也说不过他，可是他实在太烦了、话太多了，有时候狂躁症发作，还经常会尖酸刻薄地讽刺别人、骂人。这个小圈子里都是很有分量的科学家，最后他们联名写了一封信给组长，说"**假如奥本海默再不控制他的发言时间，我们就全部退出。到最后这个圈子只剩下两个人，就是组长你跟奥本海默先生**"。组长就把这封信默默放到奥本海默的桌上，奥本海默看到之后很识相，及时收敛，这个小圈子才得以继续。

奥本海默的名字叫 Julius Robert Oppenheimer。第一个单词可以翻译为朱莉叶斯，我们可以称他为小朱先生或是奥本海默先生。他 1904 年出生于纽约，1967 年去世。父亲是从德国移民到美国的，很穷，也没什么学历，但他是犹太裔，头脑很聪明。他父亲出来打工，做生意，没几年就自己当上总裁，赚了大钱，开始在家里收藏很多油画等艺术品，也住进了曼哈顿的豪宅里。奥本海默从小就读书很厉害，不断跳级，本来应该领先于同龄人，但不幸的是，他的肺、气管、肠胃从小都不好，因此休学了一年，到 18 岁才进哈佛，在当时算是晚的了。20 岁出头，他转去英国剑桥大学继续做研究。他的物理学最好，数学很差，真的很奇怪。传记里说他经常算错数，有时候是因为单纯数学不好，有时候我觉得可能是躁郁症发作了。抑郁、狂躁，让他不能集中精神，仔细计算那些数字，因此搞出过不少的科学乌龙。可是他对于物理学的概念的各种大胆的假设，都天马行空，非常有创意。或许是性格使然，他的论文都很短，因为他的兴趣实在太广泛了，什么样的物理学问题都要去了解、去研究。有时他突然想到一个点子，就写了一篇小论文，然后交给他的研究生或其他学者，继续研究推进。

他从剑桥大学毕业之后就从事研究工作,后来又回到美国。在加州,两所大学同时聘请他,由此可见,他的地位真的很高,很被学界看重。他同时在加州大学和加州理工学院教书,两所学校都是物理学特别厉害的高校。其间他得了肺结核,回去休息疗养了一段时间,才重出江湖。

他这个人很有意思,本身是个书呆子,对外部世界不闻不问,不懂得与人交往。据他好朋友说,看他整天在做研究、看书,没有什么其他生活,他们就想帮奥本海默分分心,让他不要只是看书,也出去感受一下生活。那位朋友就和奥本海默讲,他过一阵子就要和女朋友结婚了,奥本海默是他最好的朋友,所以希望帮他出出主意,应该筹备怎么样的婚礼,去哪里度蜜月等等。谁知奥本海默一听非常生气,几乎狂躁症发作了,冲过去压着他,几乎想揍那个朋友。他认为这个朋友是他唯一的朋友,是他与世界唯一的联系,连这个朋友都有女人了,是对他的一种背弃。很有意思,他和朋友之间曾经发生过这样的事。

到了1936年,那时候他32岁,遇到一个蛮大的人生转折。那一年他父亲生病,很快就去世了,接着他继承了巨额遗产,变成了富豪。之前他是富二代,除了喜欢抽烟,还喜欢开车,偶尔开快车出来喝酒。他曾经开车带着女朋友,与火车比赛。就像很多好莱坞电影里那些狂傲不羁的年轻人一样,他开着敞篷跑车,在公路上看到一边有一列火车,就加油门与火车比赛。结果撞车了,他自己没事,但是女朋友昏迷了,他父亲就出来替他善后,给他女朋友的家人赔了两张收藏的名画,最终把事情了结了,这对他家来说是小菜一碟而已。后来他父亲去世,所有名画藏品传到他手中。他全心全意做科学研究，从来不关心社会。他不听收音机，也不接电话。更好笑的是，1929年美国股市崩盘、经济萧条，他都不知道，后来大萧条时期结束了，朋友告诉他，他才知道有这回事。

话说1936年，父亲突然不在了，奥本海默一下变得有钱了，独立了。在这一转折下，他突然变成非常关心政治的人，特别是左派的政治。当时美国有很多左派，认为社会要公平要改革甚至要革命，奥本海默就捐了很多钱给共产党组织，与共产党员交往，甚至还交了个共产党员女朋友。

但是在30到50年代的美国恐共和白色恐怖的氛围非常严重，在"麦肯锡主义"的领导下，每一个人都可能被怀疑成共产党员，从而遭受迫害，这样的悲剧时常发生。但凡哪个人与共产人士走得较近，他就可能被认定"你是共产党员，你是间谍，在冷战年代跟苏联勾结"。而奥本海默和左翼共产党员交往蛮深，因此也受到牵连，以至于被审查、被怀疑。到了50年代更为严重，他直接被指认为共产党员。本来他专心做研究，社会地位也很高，可到了后来他出入研究机构的证件都被没收，阅读材料和做研究的权利也被限制。直到整整60年后，2014年，原子能委员会秘密听证会数据和档案公布，才证明了奥本海默的清白，表明他不是共产党员，也没有和苏联勾结，更没有出卖美国。虽然他站在理想主义的角度，同情共产党和共产主义，为他惹来了不少麻烦，但也正因为此，他交到了很多共产党朋友。

奥本海默是原子弹之父，他带领团队，主持"曼哈顿计划"，做出世界上第一颗原子弹。原子弹的理论，其实是由爱因斯坦提出的，但到了奥本海默才真正把理论落实了。我们都知道奥本海默试爆的故事，据他自己说，当他看到试爆时天空中的蘑菇云，他整个人都在发抖，他想到印度《薄伽梵歌》里的一句话："我现在成了死神，世界的毁灭者。"他很厉害，通晓七八国语言，可以读不同语言的经典文献作品。试爆代号叫做"三位一体"（Trinity），其实也有一定的宗教来源。那一次试爆，他自己都被深深震撼了。1945年7月16日，在新墨西哥州，奥本海默看见蘑菇云，就明白发生了什么，自己的研究终于落实了。在试爆后的20多天，8月6日和9日，美军分别向广岛和长崎投出原子弹。当他知道美军已向广岛投下原子弹后，他就感觉自己双手染上了鲜血，自己也成了杀人魔王。后来美军又向长崎投放原子弹，奥本海默对此非常不赞同，他认为没有必要，因此他心中的负罪感更深了。他说，"曾经有很长一段时间，我早上都是不想起来的。因为一睁开眼睛，脑海就一片迷乱，我控制不了别人如何使用我的发明，可是这个发明让无数人、无数家庭牺牲。"毕竟原子弹从他手中诞生，而这预告了无数人、无数家庭的灭亡。战后美国总统杜鲁门与他见面，奥本海默同杜鲁门说，"总统先生，我的手上沾满了鲜血（I have blood on my hands）"，杜鲁门脸色大变，马上跟他说："奥本海默教授，你手上的鲜血远远不及我手上的多，可是我是为了救人，救更多的人。"奥本海默走后，杜鲁门很生气，对他的助理国务卿说："你以后不要带那个家伙来，无论如何他只是做原子弹的人，而我是决定如何使用原子弹的人。"言下之意是，他只是个科学家，而我是政治家，我能够明智地来决定如何使用原子弹。

奥本海默作为原子弹之父，他心里很挣扎。他的情绪容易狂躁、抑郁，两极摇摆，在这些方面他一直也蛮受争议的。有一个传闻是说在麦肯锡主义和白色恐怖主义盛行的时候，他在被审查和迫害时，供出了他的一些学生和科学家朋友的名字，将他们拉进浑水里。当然不管奥本海默有没有供出他们的名字，有没有讲出那些事情，在白色恐怖盛行的年代，无人能够幸免，他们早晚会被找麻烦。可是，不论如何，奥本海默作为被迫害者却供出了其他人，站在道德高地来说，当然是可被议论的。但这事也没明确的证据。

他在50年代被剥夺了一些权利。当时有些人心知肚明，认为他是清白的科学家，只是同情共产主义，不见得是出卖美国。比如肯尼迪总统（Kennedy），他当了总统后，就在1961年对身边的人说，"我有个平反名单，希望平反三个人，第一个是物理学家奥本海默，他从未卖国；第二个是国务院的John Davis（约翰·戴维斯），他是研究中国问题的，他也没有卖国。"当时，奥本海默被说成是勾结苏联，将美国的情报卖给苏联，而戴维斯（John Davis）则被指控将美国情报泄露给中国，只因为他是当时的中国通（Old China Hand）。肯尼迪想平反的第三个人是谁呢？是喜剧之王卓别林（Charlie Chaplin），他也被指控和共产党勾结。肯尼迪想帮他们平反，可是在1963年年底，肯尼迪遇刺身亡，所以平反名单的三个心愿，他都没有做到，后来是由他的继任，Johnson（约翰逊）总统来替他实现的。虽然肯尼迪没来得及为他们正式平反，可是他在1962年在白宫举办了一场很隆重的音乐会。当时杨振宁、李政道等重要的科学家都去了，奥本海默也去了。当总统在盛大的宴会公开邀请一个被指为卖国的人，其实也相当于是为他平反了。此外，1963年物理学界的"费米奖"颁给了奥本海默，也算是一种平反。

其实奥本海默一辈子专心科研，并没有太在意自己平反与否。

战后，奥本海默继续从事研究工作，继续教学生，并在美国的原子能委员会中呼吁通过国际合作，对原子弹这类杀伤性武器进行严格的管制，千万不要让广岛、长崎惨案再次发生。

奥本海默太有钱了，他常常喜欢一个岛就买下来，带着家人上岛做研究，学生们也纷纷来到岛上向他请教。当一个富二代的研究者，的确是特别安逸，安坐家中就可以做研究。

奥本海默一直保持抽烟的习惯，抽到60多岁就开始出问题，结果62岁就死了，死于喉癌。他有钱到什么地步？他找了几位朋友建了座学院，希望把科学与艺术结合起来。在他60岁那年，也就是他去世前两年，世界艺术与科学学院正式成立了，大大推动了艺术与科学的结合，支持学术研究和言论自由。他不断捐钱，哪里受灾他就向哪里大笔大笔地捐献，他自己在散文和演讲里也承认，"**我必须做大量的慈善，帮助大量的人，才能稍稍解我心里千万分之一的愧疚**"。

这就是奥本海默的故事，他这种天才像天空上闪过的流星。但是流星只是经过人间，什么也没留下，而他切切实实地留下了他的科学研究成果、对知识的热情，和巨大的影响力。他认为生命没有别的意义，只有两个：一个是对知识的追寻，第二个是帮助别人。

阅读小彩蛋

在"三位一体"原子弹试爆成功前两天,奥本海默曾引用了几句梵文来表达自己的复杂情绪:"在森林里面,在战场上面,不管在水里面还是火里面,或是面对敌人的重重包围,或是我们站在山顶,或许在海中间,不管我们睡着,还是喝醉酒,不管我们遭遇什么样的困难,我们都要保护别人,帮助别人,皆是我们上辈子修行修来的福德。"他就是这样的佛系原子弹之父。中国有句老话,"助人为快乐之本,施比受有福",特别适合评价他。

篇章三

开拓·千古

他们把个人的不幸,推动成就人间的大爱。

特斯拉：再忍忍，可能会改变世界

这一节要讲的人物是尼古拉·特斯拉，他曾经是爱迪生的员工。

现在非常流行的电力汽车品牌的名字就是特斯拉。为什么用他的名字呢？因为现在的电力车与这个人的天才身份有关系，尤其是他对电力的研究与发明有重大贡献。

19世纪末，特斯拉是爱迪生的员工。爱迪生研究直流电（DC），而特斯拉研究交流电，就产生了电流大战。特斯拉从爱迪生的手下跳出来独自做他的交流电研究，而爱迪生担心特斯拉超越自己，就对他进行封杀、抹黑、扭曲。用中国人的说法，两人的关系就是瑜亮情节。

从世俗的观点来看，爱迪生赢了，特斯拉输了。但其实他没有真的输，等一下我们慢慢讲为什么这么说。

特斯拉，有人称他为被埋没的天才。的确有很长一段时间，长达半个世纪以上，他都是很神秘的。除了少数的专家，没有什么人知道他是谁，甚至他没有任何的公开资料。认识他的人这样评价他：假如世界宇宙之间真的有神，特斯拉就是最接近神的那位。甚至说假如有穿越时空来的人，他们相信特斯拉就是其中一个。还有人说，特斯拉其实是外星人，他专门来到地球，向人类传授先进的科学知识，尤其是关于电的知识。反正特斯拉很厉害就对了，他是天才中的天才。认识他的人总把他说得既神秘又玄妙。

先说他的基本生平，他 1856 年出生在塞尔维亚，1943 年去世，活了 86 岁。有人说他是神，其实还蛮贴近他的，因为他的家庭背景与宗教有不少的关系。他父亲是神父，他的外公也是神父，他的母亲有着很强烈的宗教色彩，他们本来都希望特斯拉可以继承家族的宗教事业，可是特斯拉却走上了科学之路。我们要注意，那个年代的欧洲人，包括特斯拉，包括他的对手爱迪生，他们搞科学，相信科学，相信科学的理性主义，但不表示他们一定不相信神。他们只不过对神的定义不一样，他们觉得这也是一个很强大神秘的力量，而且这个力量往往是慈悲的，所以他们并不介意承认真的有神的存在。

可能英文会比较好理解，"神"除了写作 god 还可以是 supernatural（超自然），super power（超能力），他们是从这些角度来定义他们的神，所以并不是像我们想象中，神只是固定的一种角色。在特斯拉的回忆录里，10 岁那年发生了一件事，这件事让特斯拉觉得自己好像有点神秘的能力，或是真的有神迹出现。

在特斯拉 10 岁的时候，他得了一场重病。本来他的家人们都不抱希望，结果特斯拉奇迹般地自愈了。在他醒来之后，脑海中的想象力变得格外丰富，他还可以通过思考，将这些想象的事物变成现实。他在回忆录中这样写道：当我脑海充满了各种对于自然、对于人跟自然的关系的一些想法、一些创意的时候，眼睛里好像能看到自己的想法在眼前呈现，而且用一种科学的方法。比方说，他会想象一个人如何用最快的方式从一个地方到另外一个地方。可能穿行者眼前出现了想要去的地方的影像，然后通过某种方式，就可以一下子来到另外一个地方。这种方式很神秘，可能是穿越时空，可能是跳过一道旋转门。关于时空穿越，特斯拉后来也做过一项研究，他觉得是可行的，甚至他也相信有这种事情已经在发生了。

我们一般说一个人发烧会烧坏脑子，特斯拉好像就有点这样，但他是向好的方向发展。就是只要他想到什么，马上就可以用视觉来呈现他的想法。他在脑海中可以清晰想象出下一步应该是怎么样的，或是不存在的形态是怎么样的。他的视觉思维比普通人可能要强一百倍、一千倍。

据说特斯拉有过目不忘的本领，因为他有摄影机一样的记忆力，他看书好像拍照，拍完之后就全都记在脑海里，甚至还能背诵出来。大家都知道，中国也有一位有名的知识分子有这样的能力。是谁呢？就是钱锺书，他看了书之后就像拍照一样传导到他的脑中，他的大脑就是电脑。钱锺书研究文化、历史、思想，而特斯拉研究科学、电力。

特斯拉小时候就已经很聪明了，加上发烧烧"坏"了脑子，变得更聪明。他大学读的是电机工程，成绩很好，但有些玩物丧志，导致错失了奖学金。因为家庭比较贫困，没钱交学费，他就干脆退学，自己做研究了。

26岁时，他为了继续做研究就跑去巴黎工作。欧洲的产业化发展得很早，很多大的企业不仅做前端营销，还做后端研发（research and development，R&D）。尤其是一些生产科技商品的企业，他们的研发部门是很强的。过了一两年他母亲生病去世，因为他和他母亲关系很好，所以这让特斯拉很难过，以至于大病了一场。病好之后他决定离开巴黎，跑到美国爱迪生的公司工作，于是他就请他在巴黎的老板写了封推荐函。

巴黎的老板同爱迪生说，"我见过两个很厉害的天才，一个是你，爱迪生老兄，另外一个就是这位年轻人特斯拉。"爱迪生拿了数以千计的专利，但是有八到九成，都不是他自己发明的，而是爱迪生收购回来的，或者是他的研发团队发明的，所以他还是蛮爱才的。但是当这个"才"太厉害的时候，他就爱不下去了，甚至还有点恨，这种恨来自人性的黑暗面，就是嫉妒。

我们经常说瑜亮情节，"既生瑜，何生亮"，两个人处于不同的位置相斗，而此时两个人都可以被称为英雄。爱迪生和特斯拉就有点这种感觉。但问题在于他们不是两个阵营，而是一个是老板，一个是员工，如此一来，矛盾就产生了。

爱迪生当时做的研究和产品，都是直流电方向的。他花了很多钱投资，购买发电机、电力供应系统等等。而此时特斯拉研究交流电，会给公司带来极大的经济负担。我猜爱迪生不是不懂交流电的好处，而是他已经势成骑虎，直流电的生意铺得太大，投资还没有回本，此时他必然不希望特斯拉出来搅局。

可是特斯拉不是普通的员工，他是一个天才，他看得出交流电比直流电未来更有前途，更省钱，威力也更强。而且特斯拉太固执，始终坚持己见，所以就和爱迪生闹翻了。关于二人意见不合，有一个小故事很多人都知道。

当时爱迪生要求特斯拉改进一个照明系统的问题，但这套系统最终因为各种原因没有被爱迪生公司投入使用，特斯拉也因此没有获得相应的奖励。于是，特斯拉一气之下就辞职了，并在自己成立公司之后给这套照明系统申请了专利。

不过英雄很难不被赏识，西屋公司的老板，本身也是位科学家，他慧眼识珠，一下就发现了特斯拉的天才之处，于是就找特斯拉一起研究交流电。1893年美国的世界博览会，就是用了特斯拉的交流电系统。

特斯拉很讲义气，本来他可以因为交流电的专利费发一笔大财的，可是当他发现与他合作的西屋公司老板遇到财务危机，他就果断放弃了自己的专利费，让公司免于倒闭。除了对合作伙伴讲义气，他心中还有大志。他认为他发明的东西应该是属于全人类的，应该让大家共用，发明也并非为了盈利。

他一生大概有700多项研究与专利，可是到后来，大部分都不属于他了。为什么呢？因为他放弃的放弃，被骗走的骗走，有些大企业专门找了律师来游说他，欺骗隐瞒他，让他放弃他的专利，或者以便宜的价格转卖他的专利，致使最后他手上的专利所剩无几。可是，他根本不在乎。

就像特斯拉在回忆录里面说的："真正给我满足感的是研究的过程和解决问题，而不是我解决了问题之后所获得的利润。"他说他根本不在乎，不稀罕，解决问题的满足感才是他最大的收获。

有时候我觉得两者可以不冲突，不是一定要二选一的。我们这样想好了，如果他是一个比较有EQ（情商）的人呢，会不会可以站得更高、走得更远呢？如果特斯拉不仅有高情商，还比较能忍耐，就像我们中国的韩信一样，可以为了自己宏大的理想，从人家裤裆下面爬过去，那他是不是也能发展得更好呢？

有一句话很好，我很喜欢，就是说我可以跪下来，蹲下来为任何人来绑鞋带，因为我知道我站起来之后会比他高。

假如特斯拉先忍耐，和爱迪生好好相处，好好研究交流电，等到技术成功成熟的那一天，爱迪生这么有生意头脑，不会不用的，甚至到最后还会找他当接班人。或者奸诈一点，到最后再跳槽自立门户，到了研发成功之后，一脚把爱迪生踢开。如果这样子历史是不是会发生改变呢？

特斯拉真正的大志不在谋利，而是从自己研究的东西中获得满足感，让普罗大众受惠。他的一个大志是希望全世界可以免费用电。假如当年特斯拉成功了，我们今天每个月就不用交那么高昂的电费。以我为例，我在香港每个月的电费是 800 多港币，要命，其实好像不止，夏天还要 1500 块港币。

说回特斯拉，当时有个大富豪，叫 JP Morgan（摩根），来找特斯拉做研究，资助他成立研究室，专门研究无线电发报机。结果特斯拉做出了一个电塔，准备向市民无限供电。摩根觉得这个短期没有利润可言，不能商业化，就中断了他的资源。金主没有了，那座塔好像也被废掉了。大家都说假如摩根慷慨一点，或者说更有远见一些，继续支持特斯拉的研究，可能今天我们真的都不需要交电费了。

特斯拉还研究过《星球大战》里的死光枪、飞碟，还有如何与外星人接触，据说他早就收到过外太空传回来的一些奇奇怪怪的讯息。他的时空穿越的理论，还有关于大爆炸的假设，都是走在霍金前面的。

他还有其他的研究，像特斯拉线圈、无线电的传输，其中一部分被商业化了，我们今天用的很多东西，其实都源自他的创意。特斯拉很厉害，一方面人们会很敬重他，另外一方面也会怕他。当一个人伟大到一定地步，大家就会对他羡慕嫉妒恨。爱迪生不会不知道特斯拉的厉害，如果我们平常人只知道特斯拉的五成厉害，那么爱迪生就知道特斯拉的九成厉害，所以他才会嫉妒，才要封杀特斯拉。后来爱迪生联合美国媒体与政府，携手封杀他。他们还抹黑他，说他有精神病。特斯拉确实有一点，用我们现在的话说是有点偏执。

比方说他在研究中表明，全世界所有事情都可以用3、6、9三个数字之间的关系来理解和解决。对于3、6、9的着迷，让特斯拉的一些做法在一些人眼中是奇奇怪怪的。比方说，他去住酒店，都要住3，或者是能被3除尽的房间，最后他80多岁就死在一家叫纽约人酒店的3327号房。

他还有一点洁癖，每次吃饭的时候都要亲手用18张餐巾纸擦拭他的餐具。

除此之外，他每到一个特别新的地方，在走进建筑物之前都会做一些特别的行为。比方说特斯拉今天去我家拜访，他来到我家门口会先围绕着我家走3圈再进去，这样心里才舒服。很奇怪，他对于所有事情都是可以联系到3、6、9的，尤其是3，他认为这是一切的核心，一切的基础。

他太天才了，可是一路走下来并不顺畅。他被业界大佬封杀，被商业巨头骗走手上的专利。到最后，他很潦倒地死在前文提到的3327号房里。有意思的是，在他去世前，当时美国FBI的老大胡佛，找到他想要与他合作。因为有情报说胡佛手上有一大堆特斯拉的手稿，研究的全是超越现有的知识范畴的，其中包括我们之前提到的死光枪。而当时美国政府正积极研发原子弹、核子弹，也想找特斯拉为他们研究死光枪，所以就找到了他。他们具体谈话内容不得而知，但是在见面之后，特斯拉很快就去世了。

如果按照阴谋论的说法，可能就是因为特斯拉不与美国政府合作，所以在80多岁的时候被政府秘密处理了。80多岁的人，真的要弄死他很简单，吓他一下就行了，或者说在他的食物里面多加点盐，让他吃半年就心脏病发作而死了。

他死掉以后，FBI把他的手稿和其他东西全部没收，没有人知道放在哪里。这两年不断有新的消息传出来，说这些手稿被解密了，原来里面真的包含很多的设计图，例如死光枪、太空武器。FBI情报人员没收了他的手稿、笔记本，他们咨询了很多专家，却没有人能够完全理解看懂，也就暂时搁置了这方面的研究。

当时正值美苏冷战，美方非常担心这些手稿资料落入敌方。他们认为，敌方一旦有人破解了这些手稿，那么对方就会很容易把美国毁灭。可见特斯拉厉害到让一个国家都惧怕他，即便在他死后，他的手稿也令他们恐惧。因为他们看不懂，不能理解，所以也不能随便放手。

我们虽然没办法学习特斯拉的天才头脑，也不用学习他对3、6、9的执念，或是用18张餐巾纸擦餐具的癖好，我们真正应该学习的是，不要对生命里面的一些事情太过于较真，或许我这样说可能有点窝囊，但的确是这样的。如果特斯拉没有那么较真，在面对不理想的境遇能够稍微忍耐一下，那么不仅自己能过得更顺利，他的发明之路也会更顺畅，或许能够继续研究造福全人类的成果。

从这个角度看，特斯拉被抹黑、封杀、打压，不仅他自己会觉得痛苦，我们也会为他心疼，因为这样真的浪费了这位伟大天才的创意。

如果从比较现实的角度来看，在这个世界上，古往今来有多少人受苦委屈而死，他不是第一个，不是唯一一个，也不是最后一个。可是这种天才的天分如此被局限，导致人类的发展大大延缓，我们很难不心疼。但是如果从特斯拉本人的角度看，他也不一定会像我们一样难过。他始终有着他的大智慧，对于名声，的确可以压他一时，但不能压他一辈子，百年之后，世人总会知道他的厉害。

在 21 世纪，连车的品牌名字都用"特斯拉"，足以说明世人已经发现了特斯拉的伟大之处。"特斯拉"卖得特贵，我觉得应该叫作"特贵拉"。好的东西总会被大家发现和肯定，被埋没的天才最后一定会重现于世。

重点是假如他多一点 EQ（情商），或者能够忍耐，可以忍受一点点的委屈，可能对人类社会，包括我们现在所处的环境，都会有更多更正面的影响。

从特斯拉的故事，我们可以学习的，正是忍耐的精神。忍一时风平浪静，退一步海阔天空，这也是我这个小男人与特斯拉不一样的地方。

关于特斯拉，一定会有更多的消息，毕竟，天才只会越来越闪耀，没有人能够埋没他。

阅读小彩蛋

我们常说天才没有 EQ（情商），但是特斯拉有他谦卑的部分，最后来分享一下特斯拉的两句名言，他说什么呢？

我只是一个平凡的人，没有什么特殊的能力。宇宙中的任何一小部分都包含整个宇宙的所有信息，在其中藏着的某个神秘数据库又保存着宇宙的总体信息，我只是很幸运，可以进入这个数据库去获取信息。

宇宙有一个数据库，我很幸运进入其中取得信息。我觉得他这句话其实没有讲完，可能他是想说，他取得这些讯息来告诉大家，可是大家居然都不相信，或者是听不懂，不肯听，这不是双重的可悲吗？

我觉得这是特斯拉留给我们的一些哀愁，一些比较哀怨的感受。伟大的特斯拉，崇拜你。

高锟：有他，才有上网这回事

2018 年，在文学界、艺术界、科学界、娱乐界等不同的界别，都有很出名、成就很高的人去世。其中一位让我感慨特别多的就是高锟先生——大名鼎鼎的光纤之父。

可能因为二三十年前，我与高先生有过几次很短的接触。当时都是一群人吃饭，他是前辈，我们是后生晚辈，大家就有的没的向他请教。他和我们聊天时的那一种正能量，包括对于年轻人的支持，对于整个社会、整个世界、人类前途的关心包容，还有他乐观、积极、阳光的精神，都非常具有感染力，让我几十年来念念不忘。所以当我在新闻里看到高先生去世的消息时，心就整个沉了下去，很难受。

我们称呼高锟为高先生。因为对于这么美好的人，成就这么大的人，什么世俗的头衔，医生、律师、议员等都不需要。在中文里，先生，就是对于前辈最好的尊重。高锟先生，最广为人知的就是他 2009 年获得诺贝尔物理学奖。新闻出来的同时，许多人才第一次知道，原来有这么了不起的华人——高锟，他在科学上居然这么有成就。光纤，简单来说，就是我们今天整个互联网传送的基础，我们生活中完全离不开的光纤，原来就是他发明的，他是当之无愧的光纤之父。也是在诺贝尔奖公布之后的新闻报道才让大家知道，原来早在 2003 年，高锟 71 岁的时候，就已经确诊患上阿尔兹海默病了，也就是我们俗称的老年痴呆。患上了这种病，记忆就会一点点像沙子一样慢慢流走，最后失去所有记忆。而就是在这样的状况下，他始终坚持研究，六年后，他终于获得诺贝尔奖的肯定。

高先生 1933 年出生在上海，2018 年他生日还没到就去世了，用实岁来算，享年 83 岁。高先生的家里是书香世家，他的祖父高吹万是诗人，也参加过革命。他的父亲是个律师，家族中很多人都是天文学家、化学家，所以可以说他的基因文武双全。这里先说一段小故事吧，他的祖父高吹万有几个小孩，小儿子很早就去世了，后来女儿们也相继去世了，最小的女儿高韵芬，在 19 岁的时候就去世了。高吹万夫妻很伤心，后来想通过通灵的方式与孩子们进行交流。于是他们开始在家里玩碟仙，试图与去世的女儿高韵芬产生联系。刚开始怎么都不行，后来在高韵芬的第二个头七，他们又玩碟仙了，因为中国人都相信去世后的人会在第一个七天回魂。这个时候，碟子开始动了，慢慢挪到桌上放的一张纸上。这张纸上面写了很多字，碟子先是挪到父亲的父，然后挪到母亲的母，然后再挪到姐姐的姐上面。

当时碟子就指了那三个字，高吹万一下就觉得是女儿回来了，于是开始和她对话。他的小女儿其实不太会写字，也不懂文学，但是通过一次又一次的聊天，他们惊奇地发现小女儿现在居然对文学的事情了解颇多，可以和他们谈诗，甚至还可以谈佛学。小女儿告诉他们，到了阴间，她慢慢读书了，还学了佛，所以能够和他们谈了。后来高吹万还把他们与去世的女儿在碟仙上面的谈话写下来，记录在他的日记里面，还被旁人不知道如何拿到了这本日记，并拿到上海的《时报》上面发表，很有意思，他说，他有时候通过碟仙和女儿聊天，还不能聊太多，不然的话，她会滔滔不绝地和自己谈佛经。

这是我们一般说的封建迷信，它的另外一个极端就是科学。讲科学就必须谈到高吹万的孙子高锟。高锟出生在上海，上海被日本人占领之后，他还在那边读书。

高先生在他的自传里面谈过那一段经历，他说：我们当时还要学日语，有时候也在课上挑衅那些日本老师，故意低着头不听课，调皮捣乱。虽然年纪还小，但也懂得暗暗地反抗这些侵略者。

高锟有个弟弟，常常跟在他后面，很听哥哥的话。他读书也很好，也研究科学知识，对化学物理特别感兴趣。他做各种小发明，不断把那些不同的液体倒来倒去，想创造出新的东西来。高锟描述说做这种科学小发明，就有点像变魔术，觉得自己像一位魔术师。1948年，高锟全家迁去香港，途中在台湾停留了一年，探访亲人，第二年到达香港。高锟在香港读中学，他在自传里讲过在那儿遇到过好老师。比如这位老师在解释某个抽象的物理理论，谈到不同的物质力量有怎样的动力来互相推动的时候，就会站起来教学生，让他们排成一列，按照顺序推前面的同学，最后这位个子小小的老师站在队伍的最前面，被同学们一推，就推到墙角了。这位老师因为个子小，所以同学们都叫他小人，可是他人小智慧却不小，他就用这样身体力行的方式让大家明白物理科学的根本原理。这也引发了高锟对于科学、对于怎么用活的教育方法来启蒙年轻人的兴趣。读完中学，他确定了自己对理工科电机工程的兴趣，可是香港这边的大学当时还没有开设这样的学科，当时他家里经济条件也算好，所以就去了英国读书。他 1957 年毕业就进了 ITT 工业集团工作，是公司非常年轻的工程师。他一边工作还一边读博士学位，最后在 1965 年拿到了博士毕业证书。此外，他在工作的时候还遇到了心仪女生，后来这个女生被他追上了，成为他的太太，也是他生命里面非常重要的人，这位女生就是黄美芸。

高先生说，当时进去公司，几乎全是白种人，只发现了一张东方人的脸。他心里就想，既然我们可能都是中国人，那么不打招呼会不太礼貌吧。可是他又觉得不好意思，怕被人家看到自己向一个女生献殷勤，产生误会，所以一连几天都在犹豫不决。后来他终于有个机会去找和黄美芸在同一货仓的同事合作。黄美芸也是位工程师，当时她正在货仓里面工作。高锟过去就向她做了自我介绍：你好，我是高锟，我是这里新来的见习工程师。黄美芸也向高锟打了招呼，并问他也是从香港来的吗，高锟点头，说他刚毕业。又问黄美芸也是工程师吗，黄美芸就回答：是的，而且我们这个组还有另外一位女工程师，或许男人总以为女人就只会像做接线生这样零碎的工作吧。其实从这句回话，我们就能知道黄美芸对于自己多么有自信。她能够尊重自己，确定自己的地位。

我们在高锟先生的传记里面也看到很多这种小故事，比方说他们约会谈恋爱。后来高锟要求结婚。黄美芸是很虔诚的教徒，就要求一定要在某个教堂里面来举行婚礼。高锟二话不说就答应了。结果他在提亲的时候，遭到了黄美芸妈妈极力反对。一方面因为黄美芸的哥哥还没结婚，另一方面是因为她也不知道为什么有点瞧不起高锟，觉得高锟配不上她的女儿。她母亲说：**你竟敢抢走我的女儿，你马上给我滚，不然我就把你踢出去。不要再来找我女儿了，以后**

都不要。

黄美芸对她母亲说：**既然你不同意我和高锟的婚事，那我就和他一起走。**盛怒之下，她母亲直言再也不想再见到他们。就这样，他们私奔了。不过后来还是慢慢和解了，因为高先生是一个很有正能量的人，嘴巴、眼睛永远是笑的，他有能力、有耐心去化解一切的障碍与误会。他们结婚后，一起开创生活，很有成就，还生了儿子和女儿。但是生活并非总是一帆风顺的，在他们移民美国的时候，亚洲人很受歧视。特别是他们生活在一些比较小的、偏远的城市，那里比纽约、洛杉矶等大都市要落后得多，但是没办法，他们要在那里做研究。

高锟说那边的人，很多都没见过亚洲人。所以看到他们的小女儿就在后面取笑，还骂她是支那人。高锟花了很多时间来开导女儿，让她对自己有信心，因为也要理解对方，因为他们没见过亚洲人。只要与他们交朋友，慢慢变熟悉起来就不会被嘲笑了。但是歧视不止于此，比方说在女儿要上学校的木工班学做木工的时候，学校竟然不准。不准的理由是小女儿是女生，而木工班只给男生上。他们很不服气，黄美芸就替女儿争取权益。她和老师据理力争，但校方坚持说，假如录取了她的女儿，那么就有一个男孩会失去加入的机会。这样不行，本来传统就是男生学木工，女生不用。而黄美芸就说以前没有女同学申请，不代表以后也不可以让女孩申请。这是 discrimination（歧视）。后来她争取再三，女儿终于成功进入了木工班。还有的时候在一些吃饭的地方，有些外国人明明晚来，但看到华人在前边，就会直接插队。遇到这种情况，黄美芸往往不会忍耐，而是二话不说，直接骂回去，争取自己该有的权益。

后来的故事大家都知道了。高锟先生在光纤技术上取得了重大突破，成功利用光纤技术来传送各种能量资讯。这是很大的成就，所以很多大的企业都邀请他加入他们。甚至连美国政府也派人来监视他，怕他是卧底，怕他把这种技术带走。其实按理说，这是高锟自己的发明，真要带走也可以带走。当然，里面可能有些法律的问题，因为他是在聘请他的公司的支持下来做研究的，所以他的科研成果算是公司的机密。假若他真的不干了，离开公司，或是离开美国，能否带走这种技术也是需要讨论的。反正他最后没有带走这种技术，放弃了专利，独身回国，很伟大。

高先生当然是伟大的，他一辈子一心一意，想做一种对人类前途有帮助的技术。所以，他对专利这个事情，并不是太在意，并且他也在自传中明白说过，自己的研究计划是在企业的支持下进行的。而且企业给了很高的薪水。所以，这些发明的权益就应该是属于企业的，所以自己不算是真的放弃了专利。当然，可能按照复杂的美国法律，他可以在专利上做些工作，还是能拿到很多现实的好处。可是他的心不在此，因为他的志向更高，他觉得重要的是把这个技术做好，服务更多的人。所以这也是高锟先生伟大的地方。

他一边做研究，把光纤技术不断地往前推动，也在国际企业里面做技术方面的最高领导人。还要多说一点专利这个概念，套回高锟自己的说法，他说，雇主给你工资，他就拥有你的劳力和时间与成果，做研究与开发工作都是类似的。员工在实验室里头想出的念头，就应该属于公司。如果这些念头对公司有用，公司在年终也许会给这位有好想法的员工分一点花红，又或者加他的人工，给他升职。爱挑剔的人也许会说，那公司不就会把员工变成奴才了吗。高锟说不是的。他说，在他看来，其实这是一种幸运。他能够做一份完全投合自己兴趣的工作，令工作变成一种娱乐，这不是比得到什么报酬都更好吗？这是高锟的看法。

高锟曾经有很长的一段时间在香港中文大学担任校长，他是港中大的第三任校长，从1987年到1996年。那时候刚好香港中文大学，甚至整个香港的大学都在实行教育改革制度。很荒唐，那时政策总是改来改去，本来香港大学读三年，中文大学读四年，这两个大学的学制不一样。但当时受英国管控的香港当局居然下命令，将香港高校的学制全部改成三年。高锟作为校长没办法，因为香港的大学都要领政府的钱，就要执行这个指令。他个人是不同意的，他用了很多方法来调整，以保证改为三年的课程也能让学生学到的知识范围够广内容也够深。他带领着中文大学的老师们一起对课程内容上要选修多少的学分、学习的结构、课程结构等各方面做出调整与改动。虽然他们也没办法，无可奈何，要执行政府的所谓四改三的指令，但是他也基本保持了中文大学原有的课程容量。

历史的荒谬在于，过了十年之后，一切又改回来了。所有香港的大学学制都从三年又改为四年了，真的是人仰马翻。我个人也经历过香港高校学制从三年改回四年这个阶段。当时觉得很荒唐，想着怎么又改回来了。

高锟担任校长的时候，他被称赞非常包容。比方说香港的大学生都比较独立敢言。也有一些学生会更激进地做很多动作来抗议。曾经有一次高锟在主持毕业典礼之类规模比较大的典礼的时候，就有学生冲上台抢走他手里的麦克风，并拉开布条抗议。高锟一脸苦笑，很无奈。结束之后，一些媒体、老师就问他：*校长，学生这样，*

你要不要去处分他们？高锟说：处分？为什么我要处分他们？他是这样倒过来问的。他虽然不接受、不认同学生这种激进的做法，可是他尊重他们。他说学生有表达的自由，同时也拥有表达方式的自由。

高锟对太太黄美芸说，其实什么事都反对，才是大学生该有的风格。对大学生，年轻人，他是非常包容的。我们经常说大学校长蔡元培提倡自由主义，其实高锟也是，他非常尊重、关心学生。在他去世之后，很多以前的中文大学的学生，特别是学生会领袖都写了回忆文章，说那时校长经常晚上一个人跑去找他们，关心询问他们说，既要读书，又要搞学生会，生活有困难吗？需不需要学校怎么样的支持？支持学生搞学生会来抗议的这种大学校长，真的展现了什么叫自由主义。

高锟做了校长，也不忘研究。这么多年来，他也说，他几乎有三分之二的时间不在家里，因为要做研究，就要付出。他常调侃自己说，那些公司给他那么高的薪水，他必须要不断证明自己有用，所以要付出时间，经常出差开会等等。他太太黄美芸曾经为此多有不满，就说：你这么忙，你以为你会拿到诺贝尔奖吗。后来他果然就拿到了。就在一个晚上，高锟正在睡觉，电话打来了。那时候，是2009年，他已经患有阿尔兹海默病，刚开始的几年，大概还能接收到讯息。高锟迷迷糊糊接到这个电话，接完电话，他感觉听起来像是一个很大的荣誉，但他把电话放下来就继续睡了。真的是很天真可爱的科学家。

他那时候忙到什么地步呢？高锟的家里有个老笑话，就是有一次早餐时高锟好不容易出现了，黄美芸就对着餐桌旁边的小孩说，孩子们，现在这个早上，坐在你们餐桌前面，你们见到的这个男人，就是你们的父亲了。这当然是调侃，因为他总是跑来跑去不在家，小孩对他很陌生。一个人总有取舍，可是总体来说，看到高锟，我真的服气，有这么支持他，自己本身也是事业有成的太太黄美芸，小孩各方面也都发展得很好。就是他自己的健康方面有点糟，2004年就患上了阿尔兹海默病，那时他才71岁，对于一位头脑这么好的科学家，真是太早了。黄美芸说他刚病发的时候，就经常忘记汽车的钥匙放在什么地方，他们还开玩笑说，老人痴呆又发作。慢慢病情就越来越严重了，他开始找不到地方，开始迷路。刚开始他们还会给他用手机，后来他连手机都不会用了，迷路的时候总是很狼狈地被路人发现，然后通知家人把他带回家。这样过了五年，他拿到诺贝尔奖，又过了九年他就去世了。

在他病发之后，他主要是通过画画，锻炼脑袋。在新闻镜头下，我们看到高锟充满笑容，整张脸和他年轻时一样，只是现在更纯良了，因为脑海里什么都记不得。你就觉得是一个老天使坐在那边，也像一个老小孩。他太太成立了基金会，募款请大家多关注、多支持阿尔兹海默病。基金开支主要用在两方面，一是支持阿尔兹海默病的学术研究，二是帮助那些条件不好的病人，患了这种病的人，不是每个都像高锟一样家庭环境好，可以应付日常生活，有些环境又不好，又得这种病的人，那是非常悲惨的。

他们把个人的不幸，推动成就人间的大爱，这就是高锟的故事。其实可以说的还有很多，像高锟先生刚提出光纤概念的时候，还被外界说是痴人说梦，神经病。可是他始终坚持相信自己所想，后来才能研究出光纤，不仅为自己获得了成就和荣誉，也为世界带来了一个很重要的技术，革命性地向前推进了人类社会。

阅读小彩蛋

最后分享一段高锟先生的话吧。在谈到为什么不把光纤技术的专利权带走的时候，高锟说：我没有后悔，也没有怨言。假如事事以金钱为重，我告诉你，今天就不会有光纤技术成果。我还有什么梦想？有，现在光纤成本越来越低，我最希望未来的网络用户，能够免费上网。伟大的科学心灵，其实就伟大在这里。他们想的不仅是自己，甚至不仅是科学，还是全世界。

我们尊敬高锟先生，也怀念他。

瓦特：一千年后人们会记得我

我们今天说去买电灯泡要几瓦的光亮度，就是为了纪念瓦特，用他的姓来作为电力亮度的指标。

假如对比的话，这位瓦特老兄，不仅在专利上面发的财比居里、高锟都多，而且他的名气也通过"瓦特"这个度量衡留下来，可以说是名气更大。

我们今天就谈谈，瓦特在各个方面是如何往上走的，他是如何从一个造船工人的儿子，变成一位大发明家、科学家的。人要做到多大的成就，有时候像咱们中国人说的，要看天时地利人和。时运不好的时候，想争取的争取不来；时运好的时候，有时候不想争的，好像冥冥中也会送到眼前。从这个角度看，瓦特能够这样留下大名，除了他本身的确是个天才以外，也有很多冥冥中的缘分。

瓦特1736年出生在苏格兰，逝世于1819年，他很长命，活了83岁。他父亲是苏格兰一个码头旁边的造船工人，拥有自己的船和维修公司。此外，他父亲还是当地镇上小小的官员，而瓦特的母亲则是出生在贵族家庭，受到过良好的教育。**瓦特从小身体不好，加上他母亲之前失去过很多孩子，对瓦特格外爱护，所以瓦特几乎没**

上过正规学校，大部分时间都是在家里，由妈妈来教育。他父亲懂得造船，也时时教小瓦特一些修理的技术。那时候他家里就像中国广东一带或者是以前的香港，是"前铺后居"的格局，往往对外是店铺，里面就是住宅，店和家是不分开的。他很聪明，他母亲给了他很好的教育与鼓励，再加上家庭环境中的耳濡目染，所以他对科学，对技术特别着迷。虽然那时候他对于很多理论科学还一知半解，但他就在这种环境中摸索长大，学会了一身的**制造技术**。

17岁那一年对他来说是一个拐点，他妈妈去世了。母子关系那么好，他当然很难过，而同样糟糕的是父亲的生意破产了，家里一下变得很贫穷，他就只能出来打工。他先去伦敦当学徒，在那儿和各种精密仪器打交道，学徒期满后回到母亲的家乡苏格兰格拉斯哥，准备开一家自己的小店铺，替人修理机械。

可是，想开店是不容易的。因为在当时，店不是有钱就能开的，而是要拿资格牌照，而牌照要经过专业团体来审核批准。专业团体的负责人对瓦特说，按照规矩，要当满七年的工人，才可以开店。瓦特很惨，没有达到规定的学徒期限，家里也没有高官显贵，所以店就开不成了，那怎么办呢？他就只好向行会申请了一间工作室，自己做实验，这个时候，他大概是20岁。

不过幸运的是，当时格拉斯哥大学有位很赏识他的教授，给了他一次机会。那位教授平日经常拿机器去店里面找人来修理，一来二去，他觉得瓦特这个小伙子不错，很仗义；平常收钱也公道实惠，而且愿意扎实工作，随传随到。所以后来教授收到的一批富商捐赠的天文测量的器材有损坏时，他就想到了瓦特。于是他找到瓦特说：这些器材都有些小问题，我也懒得修了，就送给你吧，你要是修得好就用，可以做研究，也可以转卖换些钱。

所以，这就是我们第一个可以从瓦特那里学习的：年轻人仗义，不怕吃亏。做事情的时候不要想太多，计较太多，有工作交代到手上，尽责任把工作做好就行了。瓦特就是这样做的。我们把事情做好了，人家自然会看在眼里，觉得这个人靠谱。当有机会来了，自然就给我们。这件事过后，大学教授再一次找到了瓦特，邀请他到学校里帮忙。然后教授帮他在大学里面开了一家小小的工作室，专门修理和制造天文测量仪器。

瓦特的运气来了。他在大学里面开店，除了会修理固定的那些仪器，也会帮校园里的其他人维修一些东西。慢慢地，他开始与一些老师和教授熟络起来。

他交到了很好的朋友，其中有两个人特别重要，一个叫布莱克，一个叫罗宾逊。他们与瓦特真的是亦师亦友，经常一起研究怎么把一个东西修好，怎么让机器重新走动。这之后，那些教授也帮瓦特打开眼界，让他看到外面的世界，慢慢地，瓦特开始对蒸汽机产生兴趣，并着手研究。

这里提一个问题，是不是瓦特发明的蒸汽机呢？很多人一定说是的。记得小学时，课本上讲到瓦特，通常会配有一张插画，画上画着一个小孩在家里，和爸妈在用火煮水，泡茶喝。小孩的眼睛盯着水壶，心想为什么水开了之后水壶的盖子就会打开呢，后来他明白了，原来打开水壶盖子的是蒸汽，它是有力量的。后来小孩子就着迷了，不断探究蒸汽的力量。长大之后，他就发明了蒸汽机。相信大家一定听过这个说法，看过这张图。

但其实这是不准确的，只是民间传说的版本而已。事实上不是瓦特发明的蒸汽机，因为在他做出"瓦特牌"蒸汽机的五年前，已经有位叫纽科门的教授发明了蒸汽机。那时纽科门的蒸汽机已经开始生产买卖并使用了。所以，瓦特并不是发明了蒸汽机，而是基于蒸汽的使用和应用原理，改良了蒸汽机，弄出了2.0，或者3.0版本。

这个故事的错误版本可能来源于瓦特的一位阿姨。瓦特成名后，亲人当然很高兴，就常常向街坊邻居讲他小时候的故事。她就说她从来没有见过这么游手好闲的小孩，什么都不做，不去看书，也不出门去玩，整天就坐在那边不说话，就呆呆地看着烧水壶，好像在想些什么事情。有的时候他还摸来摸去，缠着大人问蒸汽的事情。因为这位阿姨说过这个故事，所以当瓦特改良了纽科门的蒸汽机之后，大家就把这个版本渲染开来，以讹传讹，变成了瓦特发明了蒸汽机。

当时纽科门的蒸汽机，主要问题在于动力不足，推动机器时总是推动一下就停了，需要改善。如何维持蒸汽在一个稳定的状态，这是蒸汽机最大的问题。

瓦特请教了他的两位教授朋友，布来克教授和罗宾逊教授，他发现，解决蒸汽机动力不足的关键，是研究汽缸如何把冷空气均匀加热，而不要让蒸汽一下子到那个热度。否则的话，推动机器一下，气缸里的气体又冷了，又要重新加热，如此往复，就不能稳定持久。瓦特主要就在处理这个问题。

瓦特的人缘很好，在他研究蒸汽动力的时候，碰到一位老板，愿意花钱来支持他的研究。一个成功的发明背后一定有无数次的失败，在他不断实验失败的时候，出现了一个变故打断了他的实验，那就是资助他的老板破产了。因为瓦特还没发明东西出来，所以资金无法回笼，一下就卡住了。用现代企业管理的用语就是说，现金流流不通了，生意上遇到了很大的困难。

又因为瓦特这个人情绪不太稳定，很容易有挫败感，一挫败就停下来，所以在不断的实验失败和失去资金资助的双重打击下，他选择了暂时的退缩。幸好人总有两面，他虽很容易气馁，愁眉苦脸地停下来，可是往往停一下，他又好了，又觉得不服气，可以一咬牙，重新再来。他就是有这种双重的性格。

在那一段低潮的时候，他为了维持生计，还跑去当运河的测量员，一当就是八年。大家真的可以想象，这是大材小用。他头脑还是好的，还是对科技了如指掌，充满了对研究的热情。在熬过了这八年的"水逆"期，又有另一位老板收购了之前破产的老板的生意，这个新老板叫博尔顿，他收购了生意之后，又把瓦特请回来合作，说：你别干什么运河测量员了，大材小用浪费了，赶紧回来吧。

最后，瓦特也解决了这个问题，发明出旋转式的蒸汽机，能够让蒸汽机以一个稳定的速度运作，并通过活塞来回转动，让蒸汽的力量足够并且稳定。终于，在1782年，瓦特获得了这种旋转式蒸汽机，又叫双向式蒸汽机的专利权，蒸汽机2.0版本就这样诞生了。

有了第一桶金，他就又有了雄心。他继续研究，过了六年，他又发明了"远心调速"的自动装置。这种装置能够按照人们的需求，通过调节蒸汽桶的升降速度，让蒸汽的力量更大，足以自动调整速率，使得机器可以有时候快一点，有时候慢一点。这种装置，其实是今天整个工业自动化最原始的一个具体的实践。因为不管是蒸汽机，还是其他什么机器，发明机器始终是第一步，然后能够让机器更符合生产生活的需求，并可以根据外界的需要不断调整，才真的是工业革命的真正来临。机器可以根据人类的需求不断地更新换代，这才是关键核心。瓦特后续把这种蒸汽技术一再改良，不断科研创新的时候也注意保护了自己的成果，一一申请了专利。这样一来，瓦特让自己的名字与蒸汽机密不可分了，从苏格兰的瓦特，变成全世界人类的瓦特。而发明第一代蒸汽机的纽科门，反而慢慢地就被大家忘记了。

现在你去英国很多地方，或者是美国的一些工业重镇，都能看到瓦特的纪念碑、纪念像，就连伦敦的西敏寺也有瓦特的纪念碑。还有一些学校，例如1821年建立的瓦特艺术学校等众多college（大学），institution（学院，机构），都有纪念瓦特的雕像。每一次全世界票选最伟大发明家，爱迪生、瓦特通常都跑不开排行榜前几名。他的确是一位伟大的发明家，后来人们使用的复印纸技术也是他发明的。他还改良了望远镜，使其更易于调整，敏感度也更高等等。虽然蒸汽机不是他发明的，可是他改良也非常有功劳，他的确是一位坚持的天才。

这个故事告诉我们，天才也必须人缘好，还有就是年轻人要仗义，别计较，别想太多，不然，机会不容易落入手中。好了，这是瓦特的故事。

阅读小彩蛋

瓦特好像没有留下什么名言。他倒是很喜欢写信，那个年代的人都喜欢写信。以前有一本英文书很有趣，叫《书信共和国》(*Republic of Letters*)。在英国，乃至整个欧洲，文人和科学家都互相写信，一写十多页，互相讨论科学、艺术、文学还有哲学。

那本书研究了很多伟大的思想家、科学家如何通过书信里面的讨论、辩论，甚至是吵架产生灵感，从而影响了人类的文明。所以，这种没有边界的纸上书信交流，就叫 Republic of Letters，书信共和国。

瓦特也留下了不少书信，其中一封信，是写给他的朋友的，是非常有自信心的，甚至有点自负。他对朋友说："我相信一百年后，甚至一千年后，大家都会记得我的名字。为什么呢？因为我是在想着一百年后、一千年后的人类的前途命运。"有这种大志，也值得佩服。现在瓦特已经成功了，他已经留名千古再千古了。

贝尔：不是第一，又如何？

我们对于世界的理解，尤其是对于历史的理解，的确需要与时俱进。因为往往我们印象里发生的事情，都不太准确。经常有人会突然告诉我们，不对，这件事情不是这样的。有些好，有些坏，每次我都大吃一惊。也好，反正历史往往就是故事。故事不怕复杂，就怕单调沉闷，所以总有惊喜也是好事。

像这类的个案，其中一个是关于电话到底是谁先发明的。我们从小老师、课本、报纸媒体都说，电话的发明者是亚历山大·贝尔。相类似的发明创造者还有：电灯，爱迪生；相对论，爱因斯坦。可是，到我40多岁时，美国突然宣布一件事情，告诉大家，不对！贝尔先生可能是电话专利最早的拥有者，但是，他并不是发明者。电话的发明者是意大利人，叫安东尼奥·穆齐。他的年龄比贝尔大了好多岁。他才是电话的发明人，而不是那个我们一直知道的贝尔先生。

2002年，美国国会发布了第269号决议，认定电话的真正发明人是穆齐。这个决议引起了一些争执。意大利人当然高兴，因为穆齐是意大利人，他在意大利出生、成长。可是，加拿大政府就不太高兴了，因为贝尔先生虽然后来在美国生活，可是他出生在苏格兰，

23 岁移民至加拿大，在加拿大生活了十多年，并在此期间拿到了电话的专利权。他后来又去了美国，加入了美国国籍。所以这样一来加拿大人就不答应了，认为美国的这份决议案，相当于忽视了当时作为加拿大公民贝尔的功劳。历史往往就是故事，从这个角度看，贝尔与穆齐的故事也真的有趣。

穆齐这个人蛮倒霉的。大家有没有发现，我经常说到一些倒霉鬼，有些人在倒霉里面可以创造出一些东西，帮助自己往上提升；但也有些人不管他创造了什么，就是倒霉到底，不管是在生前还是死后都不容易沾到荣光。像这个穆齐，他 1889 年去世，却到 2002 年，他的成就才真正被美国国会承认，让全世界的人广泛了解。他真是倒霉够久的。

我们说贝尔的故事，其实同时也是说穆齐的故事。穆齐和贝尔蛮像的，两个人都对发明、科技很感兴趣。他们对于电话技术的投入，也与他们现实的生活需要很有关联。像贝尔，他的父母亲是聋哑人，他的太太也是，所以，基于现实的需要，他对如何改善声音的传达一直很有兴趣。而穆齐那边，则是因为他太太行动不方便，他希望可以发明一些声音传达的技术装置，让他在地下室工作，太太在二楼有事找他的时候不用跑上跑下，就可以联系上他。他们在声音传播方面做出这样的成就，都是因为现实有需要，再加上一些偶然的意外。

还是先从穆齐的故事说起。穆齐 1808 年出生在意大利，活了 81 岁，比贝尔大了 30 多岁。他在佛罗伦萨读工科，后来移民到古巴，开始搞工程，还建立了一些水利系统等等。之后他 40 多岁时又跑到美国纽约继续工作，那时他年纪也不小了。其实他去纽约以前，在古巴时就获得了一些发明电话的灵感。当时他在用工科技术帮助患者治疗口腔问题。有一次，他把两个金属的簧片放在病人嘴巴里面，簧片连着线圈，这时他临时有事就出去，可能是上个厕所，等他回来再经过线圈时，不知道怎么回事，突然听到那位病人的声音，说话声中掺杂着呻吟与惨叫。此时他突然领悟到，原来声波是可以通过金属片加线圈传导的。后来他就顺着这条思路，逐步开展研究。

就这样，他在美国慢慢做出了一种叫作电话机的东西来。他也知道，这是个好东西，很重要，是具有革命性与划时代意义的，于是他决定要将它推广。他做了几十部雏形的电话机，寄到不同的企业与机构，请他们来使用、鉴定、购买。可是，也不知道为什么，这些人对此都不感兴趣，甚至有的直接遗失了，后来在穆齐的追问评价之下，才说出机器早已弄丢。另外，穆齐也自己做一些小生意，他开了一家小蜡烛厂，但是没多久也破产了。反正他一直过得非常倒霉、潦倒。

他潦倒到什么地步？1871年的时候，他觉得这个电话机可以申请专利，可是他根本没有能力付250美元的专利申请费。真的好惨，我真想隔着时空对他说，我替你付吧，老兄。没有办法，付不起250美元，就不能获得专利，那怎么办？当时有一种规定，就是每年付10美元，然后就可以暂时维持专利特权。10美元他倒是有的，于是就这样一付付了三年，之后，他连10美元都付不出来了，就无法再维持这项专利特权。

在穆齐做电话发明的同时，世界上还有一些人也注意到这项技术。据记载，有位法国人也做了尝试，可惜失败了，没有真的做出来。但是，与这位法国人博修在同一个办公室的另外一个德国科学家赖斯，还真的做出了一个有模有样的电话机，他开始去推广，还卖了几十部给一些美国企业。可能他没有来得及申请专利，他这种技术就落入了眼明手快的爱迪生手中。爱迪生是个发明家，可他也是成功的生意人，他懂得把别人的发明收购过来，或是学习模仿进行改良。爱迪生看中了赖斯的电话机，于是对照着做出了各种方案。当时还有另外一个人叫格雷，也提出了电话机的发明方案。当然，提出方案的还有我们的贝尔先生。贝尔先生是苏格兰人，后来移民到加拿大，他与他的助手华生一起研究电话技术，在已经有些眉目的情况下，他们打算先申请专利。几乎同时，三个人，爱迪生、格雷还有贝尔，都向美国政府申请专利。政府有关部门研究了半天，先否决了爱迪生的方案，觉得方案不完备，技术上好像还有问题。他出局之后，剩下格雷与贝尔，那怎么办？专利局进行了5天紧张的讨论，可是也没有得出最后的结果，由于格雷与贝尔的方案都还不是非常完备，所以专利局决定再给他们二人90天的时间调整方案。90天后再做最后的判决。90天之后，二人法院相见。此时，法院有了判决，我们都知道判决结果，自此，电话发明的专利权判给了贝尔。

一直以来，包括我的小学、中学老师很多人都有个误解，就是认为专利权的拥有者是第一个来申请的，而不一定是第一个发明的。可是，这句话还是有所保留。因为虽然我们当下的理解是申请专利不表示第一个发明，但是在1872年，第一发明者和第一专利者这两个概念是分不开的。当专利局把专利权批给一个人的时候，不仅代表专利拥有者在法律上拥有使用或赢利的权利，还同时承认专利拥有者就是第一发明者。也就是说，1872年和现在的专利权是两种不太一样的概念。也正是因为当时不做区分，所以才会闹出贝尔和穆齐这样的乌龙。所以这么看来，很多我们说是爱迪生发明的科技，其实都不是他发明的，而是他的团队发明的，只不过他作为公司大老板，所有专利权都归于他名下而已。

当时贝尔就拥有了电话这项专利权，从此被大家，包括我，包括我的老师认定，他就是电话的发明人，直到2002年，穆齐之事才被大家广泛了解。然而，一个人的名声不仅仅看他的成就，就算贝尔拿到了专利权，在当时也有一些争议。因为后来据他的法官透露，贝尔平常好赌、酗酒，生活不太正经，也不太检点，欠了很多债，其中一位债主就是代表贝尔去申请专利的律师，这很难不让人怀疑他们之间有利益或是人情的瓜葛。

但无论如何，赢家就是赢家。贝尔拿到了专利权，发财了，同时吸引了大批资金，可以对电话改良，进行大量生产了。到了1877年，他成立了贝尔公司。贝尔蛮有良心的，在贝尔公司成立的时候，和他一起打拼事业的华生也分到不少的股份。与穆齐刚好相反，贝尔真的蛮有福气的。穆齐做生意破产，后来连交专利费都交不起，生活要靠社会福利补助。而贝尔一生富足，他的岳父在财力、人脉关系上给了贝尔很大的帮助。此外他还遇到好的助手华生。在贝尔研究电话以前，也就是研究电报机的时候，华生作为助手，在研究过程中因为意外摸出了机器的两根线并发出了声音，给了贝尔很多启发，也就有了后来电话的发明。贝尔真的一直都很幸运，在申请电话的专利上，爱迪生的方案比他更弱，而与他方案相差无几的格雷先生，却输在了90天的缓冲完善期中，真是天时地利人和，帮助贝尔取得了电话的专利权。当时有一个说法，就是前文提到的德国人赖斯的机器当时其实也蛮完备的，除了里面的电流传送不太稳定。后来贝尔就是在此基础上改良了里面一颗小螺丝的装置，就让声音传送变得顺畅了。这一小小的改动使得两台机器有明显的差别。法院的判决里面也说，赖斯与贝尔的差别，就在于一个坚持，一个没有。赖斯当时匆匆忙忙，就做了几十台并卖出去，却没有坚持把它改良稳当，再进行大规模生产。贝尔坚持改良了一颗小螺丝的位置，就让他享受了名利。当然，我必须说，他真的是很厉害的人，可是再伟大再厉害的人，往往也要运气、福气好才行。

拿到专利权，官司仍然不断，从1878年到1897年，贝尔关于专利一共又打了六百多场官司，其中来打官司的人，就包括穆齐。很奇怪，穆齐没有钱怎么打官司呢？不管了，反正在1889年，贝尔拿到电话的专利权十七年后，穆齐去世了，官司也就没再打下去。后来贝尔成立了公司，发了财。可是，没做几年他就离开了，还是想专心去做自己的研究。他嫌推广、市场等事情太过麻烦，他不擅长也不喜欢。他离开之后去做其他研究，还发明了一种水翼船，改良了留声机。他成就了他自己，也真的创造出对人有帮助、有实际用途的发明。

到1922年，贝尔先生75岁去世的时候，全美国已经有1400万部电话，电话已经在人们生活中慢慢普及起来了。贝尔先生这么坚持的投入，以及他的才能与发明对世界的贡献，都为他获得了荣誉。不论是他生前还是死后，许多国家都给他颁发了很高的荣誉，此外科学界还把噪声叫分贝（DB），就是为了纪念贝尔，向他致敬的。

所以，当2002年美国决议案269号说电话的发明者不是贝尔，而是穆齐时，好多人都深受震撼，有些人还在不同的地方说，原来不是贝尔发明的电话，他是一个骗子。我觉得有时候讲话真的要客气一点，有分寸一点。贝尔本身是位很认真的科学家，绝对不是贼，至于承不承认专利，那是法律的问题，是大环境和商业较量的问题，这并不表示贝尔不伟大。我觉得有时候看网上的评论，会吐血，大家总用最狠毒的话语发表评论，其实往往表达的不是想法，是情绪，是愤怒。为什么大家会有这么多愤怒呢？有时候我真的感到一头雾水，莫名其妙的。

我们要向贝尔先生学习，因为他不是发财成立公司之后，就去做个生意人，他还是知道自己要做什么。而且就像前文说的，赖斯把没有完备的机器拿去卖，而贝尔却坚持做好，他能够坚持，能够有远见，也是我们应该向他学习的地方。所以，是不是第一无所谓，重点是他的确做了事情，而且有很大的贡献。

阅读小彩蛋

当贝尔先生打官司，有人质疑他的时候，他说："没关系，听到这些质问，的确有时候会很烦躁，可是最重要的是我自己知道，我在做什么，也知道我为人类做了什么。"我觉得这种自信，自知之明，才是值得我们学习的。所以，贝尔先生，你还是非常伟大的。

篇章四

天禀·流传

除了上帝除了神,没人能够绑住我。

阿加莎·克里斯蒂：神秘的十一天

介绍这一篇要讲的人物之前，我先说几个金句。比方说这一句："对一个女人来说，最理想的丈夫是考古学家，因为你年纪越大，他会越喜欢你，越爱你。"还有一句："那时候女人不管怎么样爱一个男人，你付出的爱，都绝对不能够比他爱你的多，必须这样子。"这很有意思，就是说女人爱男人更多的话，就会受苦；男人爱女人多一点，才会快乐。这些金句我们都耳熟能详。

王尔德的戏剧一直在伦敦上演，曾经高峰的时期，伦敦三个剧场同时演他的三部戏剧。我们这一篇介绍的大师也是，在英国舞台上面，同时演着她的三四部作品。

这位阿婆，一般翻译为阿加莎·克里斯蒂，我们简称阿婆吧。她就是复仇女神、推理女王，她有很多的名号。因为她一辈子写推理小说，非常出名，也非常受欢迎。据说，她的小说作品卖得非常好，是人类史上最畅销的作家。假如把她写的这些东西的销售量加起来，只有《圣经》和莎士比亚的作品在她之上。假如一个人想读完她的小说，那么每个月读一部的话，要整整读七年才可以读完，这还不算她的戏剧。王尔德只活了 46 岁，但她却很长命，她从

1890 年出生，到 1976 年去世，活了 86 岁。去世之后，还有她的新作品继续发出，因为有些作品她写了还没来得及发布，有些作品是和出版商说好了，要等她死了之后才能发布。

阿婆几乎所有小说都被搬上舞台，搬上荧幕，一再改编。非常出名的有《东方快车谋杀案》《无人生还》等，它们都被改编成不同的版本。

阿婆以前当然不是阿婆，是少女。她出生在英格兰的一个中产家庭中，妈妈和父亲都很懂得教小孩，把她和她的哥哥姐姐都教得很好。她在家里看书、写作、学音乐。她本来姓米勒，是米勒小姐，她到 24 岁与克里斯蒂先生结婚后才改姓的。结婚十多年后，她在 1928 年离婚了，之后单身了一阵子，又嫁给了一位考古学家。后来她跟着老公，去中东到处旅行。所以我们看她的小说和戏剧，很多的谋杀案都发生在中东。她把她在那边的所见所闻、所思所感都化为背景写进了小说里。当然，里面的谋杀案都是她想象的。

因为作品太多了，所以很多人都去研究她。她笔下的波洛神探很出名，还有一位业余女侦探，中文译作马普尔小姐，也为大家所熟知。她去世多年以后，有一位超级粉丝，经过她家人同意，整理出了她留下来的几十本写作笔记。很有意思的是，我们一般说她写的是推理小说，所以总是从神探的角度来看，通过侦探的推理感受他们是如何厉害，可是阿婆在她的自传和回忆录，还有她的创作笔记里都说过：**推理小说的本质是什么？是描写受害者的小说**。有意思吧！她把观点倒过来，重点不放在查案的人，而放在被害人身上。她会思考，人到底是为了什么而死的？是为了种种人类的贪，或是爱和恨等种种心理阴暗的部分而死的。这些才是阿婆真正所看重的。

此外，她更看重的是什么？就是复仇。我们一般说复仇，好像很暴力、很血腥，但是在阿婆的眼中复仇是追求公平、正义的另一种形式。所以阿婆说，推理小说除了是描写受害人的小说，还是伦理小说。读懂这句话对了解阿婆的作品和观点非常关键，说明她最看重的还是人与人的关系，包括这种关系里面所延伸出来的爱、恨、贪的人性。

她的粉丝替她整理出来的资料显示，她每一次创作，都会写下两个重点。一个是诡计。这篇小说里面准备讲什么样的杀人故事，用什么样的杀人方法，这是阿婆非常注重的。通常来说，小说里的杀手都用毒药来杀人，因为阿婆年轻的时候在药房工作，她了解毒药，知道如何用各种药把人杀死。她认为杀人手法是诡计的关键所在。

还有一个要素更重要，那就是故事中人和人的关系，也就是前文所说的伦理关系。她总是在笔记里面，先勾勒小说里有什么样的人物，再是人和人之间的关系是什么，故事会延伸出怎样的恩怨情仇。所以，诡计加上关系是阿婆故事的重中之重。

小说的情节一般是从诡计与关系两条线同时发出的。当有人被害时，就会有人站出来争取公义，也就是复仇。所以对阿婆来说，复仇是正义的。阿婆在《加勒比海之谜》里面谈到，马普尔小姐在中东的一个酒店里喝着下午茶，接着有个男人把一张照片拿给她看，和她讲：我觉得这个人是凶手，他杀过几个人。然后把他杀人的故事讲给马普尔听。马普尔问男人：你知道在希腊神话中有复仇女神这个象征吗？

那个男人说：你想做复仇女神吗？马普尔说：通过你的帮助，是的。所以，这一开场叙述的这个故事，就显示了复仇是故事的重点。

但是故事接下来很精彩，当那个男人与她讲种种谋杀案的时候，突然眼睛瞄了一下马普尔的背后，好像出现了一个人。那个男人很恐惧、很惊慌，马上把照片收了起来。后来，这个男人居然死掉了。马普尔去查案，就是体现的这种求取公义的精神，这对阿婆来说非常重要。

她的名著《无人生还》不就是这样吗？十个人去了一个地方，然后一个接一个死去，每一个人在死前都透露了自己以前做过很不好、非常不正义的事，他们后来被杀了，这不也是一种复仇吗？凶手为了争取正义，以牙还牙，以眼还眼。

从这个角度看，我们可以发现阿婆有一个作品很有意思，就是波洛神探最后的一个案件，中文翻译为帷幕。我们可以理解为是闭幕，因为，她在小说里也写明了这是波洛神探的最后一个案件。这本书出版于1976年，就是阿婆去世那一年。可是，这部作品阿婆早在40年前就已经写好了。多么厉害，她30年代开始写波洛，写到出名的时候，她就提前想好了未来要让波洛神探以怎样的方式退场，可是她就是不发表，一直等到40年后，她个人也即将退出历史舞台的时候才发表，这就是她的深谋远虑。

马普尔小姐同样如此，关于她的最后一部作品也是在阿婆的要求下，一直保留到去世了才出版。阿婆每次写红了一个笔下的人物，她就会预想好死亡的结局，然后提前写好，忍到几十年后才发表。

《帷幕》中波洛神探老了，把他的老朋友 Hastings（黑斯廷斯）找来一起破案。他们最后的破案地点选在了大宅里面，为了不让这个坏蛋继续杀人，波洛神探甚至选择了在他死之前先杀了这个凶手，来阻止对方继续杀人，这等于自我牺牲。

这是什么意思？在阿婆的概念里面，人间和人心是很阴暗的。《帷幕》这本书，我最爱看。她写出了颓败的味道，神探与他朋友都老了，不良于行了。可是最后的重点居然不是说人有多阴暗，而是在面对种种阴暗的时候，人们有没有勇气来挺身反抗，有没有意志去坚持，赶走阴暗，甚至牺牲自己，就像波洛神探一样。

人的价值就在这里。是的，人生有各种的阴暗，各种的贪嗔痴爱恨情仇，可是重点是我们还有一种选择的能力。我们可以选择用勇气，挺身而出，对抗阴暗。也正是人有这种选择，有这种勇气，人才有价值，才能活下去。这和前文一直说的复仇是一致的，都是追求公平。

她的最后一部作品 *Sleeping Murders*（《沉睡谋杀案》）中的马普尔小姐也和波洛神探一样，破完了最后一个案子，与所有人缓缓告别。不过马普尔没有死，有人说因为马普尔小姐的原型是阿婆的一位阿姨，她很敬重这位阿姨，所以，她在小说里面写死了波洛神探，却舍不得写死马普尔，只是让马普尔回到英国家中的花园喝下午茶，颐养天年了。

我们从《帷幕》和《沉睡谋杀案》，看得出阿婆的心计多么厉害。说回阿婆的生平，1926年发生了一件很奇怪的事，她突然失踪了11天。当时她已经结婚了，从米勒小姐变成了克里斯蒂太太，也与她老公生了小孩。可是，到了1926年，发生了两件事情，对她都是很大的打击：一是与她感情很好的母亲去世了；二是她老公出轨了。其实她的老公已经出轨很久了，只是她在那时候才发现。在她的质问之下，她老公也承认与一个小女生出轨谈恋爱。为此她很难受，很伤心。而就在这之后，1926年12月，36岁的阿婆突然失踪了11天。

她当时已经非常有名了，所以媒体对她非常关注。某一天她的车在一个矿坑里被发现，而她本人却完全不见了。她消失的11天，整个英国，甚至整个欧洲，媒体都在争相报道猜测：阿婆去哪里了，会是自杀了吗，还是怎么样？大家有很多阴谋论，公众普遍猜测是她老公谋杀了她。可能是因为出轨被发现了，所以夫妻二人吵架，一怒之下干脆杀死了他老婆。克里斯蒂先生是一位退伍军人，做些生意，很平静地生活。他那一阵子真的很惨，老婆失踪11天，完全找不到，他成了最有嫌疑的人，被大家不断地怀疑，甚至是抨击。后来，事情解决了，克里斯蒂太太离奇地失踪11天后，又离奇地出现在一家酒店里面。

她躲在一家小酒店里面，居然没有人认得她。她还和同住酒店的人吃饭聊天，参加酒店举行的舞会等等，直到11天后才被认出来。我的天，这不是那位侦探女王、复仇女王吗？她不是失踪了吗？怎么会出现在这里？随后就有人报警，把她的行踪透露给媒体。在一片疑惑声中，关于这次的失踪克里斯蒂只是这样轻轻说：我也不知道，对不起，我自己完全不知道我在什么情况下失踪的，也不知道我怎么会出现在这里。可能是因为我发现丈夫有婚外情，加上母亲去世了，我精神崩溃，突然有失忆症了。到后来，中老年时期的克里斯蒂写回忆录，也没仔细谈论这件事情，提到的时候只是轻描淡写，完全没有多加解说。

两年后的1928年，阿婆与她老公正式离婚了。几十年来，阿婆离奇失踪11天这件事情始终都是一个很大的谜。联系前文所说的，阿婆一向是心思细密的人，她可以在 40 年前就已经写定波洛神探的死亡和马普尔小姐如何侦查完最后一个案件退休的故事，所以我觉得可以合理怀疑，她当时失踪 11 天是故意的。她是故意在整她老公，故意让全世界来怀疑并指控，是她老公把她杀掉了。我觉得她活生生用她的行动来向世界表明：生命完全是可以像她的小说里面那样扑朔迷离的，而总要有人在这种扑朔迷离的情况下，承受代价，付出代价。这个付代价的人，在她的生命里面，就是她的老公，后来成为她的前夫。

我觉得这是一个很大的克里斯蒂夫人的阴谋。当然我这个也是阴谋论，没有任何证据。在那个时代，对女人来说，不管事业怎么有成，写小说赚多少钱，多出名，老公出轨，婚姻破灭，对她来说就是整个世界的毁灭，是最大的伤害。不过，与她那么要好的妈妈去世了，也不排除在这种情况下阿婆的确失忆症发作了。

还有一个可能性是，她那 11 天躲起来考虑过自杀，还慎重地思考应该如何来安顿自己的婚姻与生活。可是在她还没做出最后决定的时候，她就被外界发现了。在我心中，我还是觉得克里斯蒂太聪明，她的头脑太缜密了。况且她自己写了太多精彩的推理小说，她极可能会在生活里面落实这种推理的情节，让全世界与她一起来推理，来怀疑她老公，进而给她老公一个教训。

后来这件事情结束了，我不明白为什么她还撑了两年才离婚。

除了小说，她也写过很多的戏剧，有些是全部重新编排的，有些是改编的。她自己的小说一向是自己改编，因为她不满意别人对她的改编，就自己来，自己把小说搬上舞台。她很懂小说的表达方式与舞台是不一样的，所以当她改编的时候，她非常敢改。比如其中一个讲的是女儿替母亲翻案的故事：多年以前妈妈被指控谋杀，很多年后，知道真相的女儿站出来替妈妈翻案。原著小说叫《五只小猪》，改编为舞台剧后改名叫《命案回首》，意思就是重新来看一个命案。在原著里面，女儿找到波洛神探，请求他帮忙搜集证据；而在舞台剧里女儿找的是律师。在原著里，波洛神探要找回当时的一些证人，并记录他们的回忆，读者再通过文件了解那些证人的说法，而为了适应戏剧舞台的效果，阿婆很大胆地用律师取代波洛神探，用律师的眼睛引领着剧场的观众重新来审视这个案件，并把证人全都找出来，而不仅是通过看每个人文件的方式来慢慢说回以前的事情。因为她知道，舞台艺术的欣赏方式，是观看，而不是阅读。从这也看出克里斯蒂不像一般编剧，只是想一两个段子、点子、情节。她是每一个步骤、每一种艺术形式，都能够掌握，能很精准地来描述它。这是何等聪明的女人！

她一直到老了还在写。她自己回忆录里面说：对我来说，我其实不存在于眼前此时此地的现实世界。对我来说，我只活在我创作的小说中的世界。而在这个世界里面，最重要的是公义、正义、公道。我替我笔下的人来争取公道。

我们看阿婆的小说的时候，不要只看剧情。剧情当然重要，阿婆每一部小说都非常精彩，可以吸引着读者一直看下去。可是在剧情背后，更重要的是她追求公道的价值观，以及对人生光明的肯定。除此之外，勇气也是很重要的。拥有勇气去对抗黑暗，才是我们存在真正有意义的地方。

所以，我们看阿婆的推理小说，也是学如何做人，如何安身立命。我能肯定，阿婆的后人肯定很舒服。阿婆的小说畅销排行榜第三位，她的子女只用坐着，收版税就可以收到手软。真是让人羡慕，有这么一位会写作的妈妈。不过要想光收版税就可以轻松生活，当然要写到她那样的地步才行。像我也会写作，但我的小孩就没什么版税收，因为版税早被我花光了。

阅读小彩蛋

　　最后分享一两个克里斯蒂的金句吧，像这个："很多杀人狂，其实都看起来很斯文，不张扬，而且非常讨人喜欢。"还有，她通过马普尔小姐，谈了很多关于爱情的观点，像这一句："爱她，对她的一切都保持永远的好奇心，慢慢来读她。"真像爱情小说的句子。还有很多，比方说这句也是谈爱的，她说："你这样看着我，好像你爱我一样。"很动人。我觉得克里斯蒂其实是一个非常可爱的女人，非常可爱的阿婆，可爱到老，她留下的版税也同样非常可爱。

聂鲁达：机场不准用他的名字

开始先来分享一首诗吧，你可能会以为是歌词，以为是那种爱情歌的歌词，可是那是诗，而且蛮出名的，因为作者也是一位大师。

这首诗叫作《我喜欢你是寂静的》，原文是西班牙文，翻译为中文如下：

我喜欢你是寂静的，仿佛你消失了一样，你从远处聆听我，我的声音却无法触及你，好像你的双眼已经离开了，如同一个吻封住了你的嘴，如同所有的事物，充满了我的灵魂，你从所有的事物中浮现，充满了我的灵魂，你像我的灵魂，一只梦的蝴蝶，你如同忧郁这个词。我喜欢你是寂静的，好像你已经远去，你听起来像在悲叹，一只好像鸽子在悲鸣的蝴蝶，你从远处听见我，我的声音却无法碰到你，让我在你的沉默中安静无声，并且让我借你的沉默与你说话。你的沉默明亮如灯，简单如指环，你就像黑夜，拥有寂寞与群星，你的沉默就是星星的沉默，遥远而明亮。我喜欢你是寂静的，仿佛你消失了一样，遥远而且哀伤，仿佛你已经死了，彼时一个字，一个微笑已经足够，而我会觉得幸福，因为那不是真的而觉得幸福。

这就是《我喜欢你是寂静的》，是很动人的诗。作者喜欢玩弄这种参差对比，通常这种诗，人们就会以为是歌词，可是很可惜我们不懂西班牙语，不然的话我相信除了诗歌的内容很动人以外，作者在语言的使用上面一定也是强调了西班牙语的文学用法。

所有的文学艺术家都是这样，他们的贡献不仅在于他写了什么，因为说到底太阳下面没有新鲜事，重点是他们如何写，如何控制文字语言去描述，去表达，去呈现，倒过来扩大了原先的语言文字系统的边界。将文字表达的边界拓展，才是真的对那一种文学艺术门类有了贡献。我们对于文学或艺术的一个基本态度，就是不要只看作者写什么、内容说什么、选题新不新鲜、自己有没有看懂，那真的很无聊，如果什么都懂那也不需要再学习了。我们读者的重点应该放在文学艺术家能不能拓展他原先的文学系统的边界，来挑战它、调戏它、挑逗它，这个才重要。

稍稍读过文学或诗歌的朋友，都应该猜得到这篇要说的人物就是1971年的诺贝尔文学奖得主——聂鲁达。

聂鲁达出生于1904年，去世于1973年，活了69年，他原名不叫聂鲁达，而叫巴卜阿尔托，是智利那边的姓氏。聂鲁达是他的笔名，因为他爸爸不是很喜欢他写作，怕他惹麻烦，所以聂鲁达开始写作时，不想让父亲知道，也不想让太多的人知道，就用了他喜欢的捷克的诗人杨聂鲁达的姓作为自己的笔名，久而久之，大家认定他就是聂鲁达。聂鲁达小朋友从小就很瘦小，年纪大了变胖了，胖到没有脖子。我经常有偏见，觉得男人没有脖子很难看，可是没关系，他有一支笔，写得出漂亮的文字，我们就忘记了他的丑，爱上他的文字，他的诗。

聂鲁达小时候很瘦，结果就是没有其他男孩子喜欢和他玩。他跑步跟不上，踢球也不行，听起来蛮像我的。小时候没人和我玩，我会怎么办呢？那就阅读吧。读书写作的话就不需要同伴了，因为此时，所有的作家，所有想象中的读者，都是我的朋友。所以聂鲁达小朋友就拼命读了很多的书，后来他也开始尝试写作。

聂鲁达写作的时候，很喜欢用一种绿色的墨水。据他的发小和老铁回忆说，青年时期的聂鲁达就喜欢戴一顶绿色的帽子，为什么呢？因为那一顶绿帽是他父亲戴过的，他想念他父亲，所以格外偏爱绿色。所以我就猜他喜欢用绿色的墨水笔来写作，可能也是与他对父亲这种深深的感情有关系。

他父亲是位铁路工人，他还是蛮鼓励小孩读书的，虽然总怕儿子写文章闯祸。那时候的南美洲，例如智利之类的国家，政局混乱，左翼右翼轮番上台，军人专政且独裁统治，父亲担心聂鲁达的文章一不小心惹怒某类群体，使他引火上身。

聂鲁达是一个缺乏信心的小朋友，他一两岁的时候母亲就去世了，他跟着父亲长大，后来有个继母，感情也蛮好的。10岁那年，聂鲁达碰到一位对他影响深远的老师。在这位老师的不断鼓励下，他变得有信心了，开始进行写作，终于在他13岁的时候公开发表了文章，同时正式改笔名为聂鲁达。他曾经去过中国旅游访问，当他知道他的笔名聂鲁达中的"聂"被翻译为三个耳朵的聂，他很有幽默感地说：三只耳朵，很好，我的确有三只耳朵，一只左耳，一只右耳，还有一只在心里面，用来聆听海洋和大地的声音，真的很文艺腔。

诗人果然是诗人，他一辈子都写诗。他的诗主要分为两类，一类讲爱情，一类谈政治。他特别喜欢歌颂异议者、反对者、抗争者，他替工农兵说话，替苦难老百姓说话，他是智利共产党人，是为人民写诗的左翼分子。

他从小对政治很感兴趣，因为亲眼看到了太多的苦难。那时候整个南美洲的人在四处迁移，都受了很大的苦难。他就思考，一个公平正义的社会国家，到底应该是什么样子？应该追求些什么？他对政治很感兴趣，所以他和政治人物走得很近。他23岁就当官了，还曾代表智利去缅甸等南亚国家旅游考察。他30岁去了西班牙，看到欧洲二次大战之前种种的对抗与冲突矛盾，他发现不管是哪个政府上台，最后还是老百姓受苦。

1945年他加入了智利共产党，并参选议员。可是那时智利政局很动荡，后来在斗争中，右翼政府独裁者上台。为此他参与了公开的反对运动，由于他是共产党，所以受到了格外的压迫。当时很多的共产党人都被抓了起来，枪毙的枪毙，坐牢的坐牢，他也没少受苦，躲躲藏藏，后来干脆离开了智利，亡命天涯。1949年他途经墨西哥，又去欧洲流亡了几年。据说当时很多智利右翼政府的特工还在海外追杀这些共产党员，全球大搜捕，对他们下达白色通缉令。聂鲁达在外面躲躲藏藏了几年，虽然生命始终受到威胁，可是他没有放下手中的笔，一直保持写作，继续为他眼中的革命事业创作，不断写诗、写评论。幸好也没有逃亡几年，大概到了1952年，国内形势较为稳定，他就回智利了，一路也比较顺畅。回国后他继续参与政治斗争，那时候左右政权斗来斗去，他始终很坚定地站在左翼这一边。到了1970年，那时候他65岁，还曾经被智利共产党推选出来，让他竞选总统，所以那时我们差点就看到一位诗人总统的诞生。他是诗人、文学家，政治家们会向诗人、文学家鞠躬；可是若他与政治家们争权，那就不行了。其他党派，包括左翼政权里也有很多人出来与他斗争夺权。他为了和谐，就退了下来，不再参与竞选。后来他支持的阿连德当选总统了，他也被分派到他想做的职位，他还当了法国大使，到处访问。又过两年他获得了诺贝尔奖，因此变得赫赫有名。

可是好景不长，又过一阵子，右翼大独裁者皮诺切尔上台独裁掌政，没过多久，聂鲁达老兄就得白血病死了，当时他69岁，年纪也不轻了。关于他的死亡，有不同的说法，直到十多年前还有人鼓吹大家去化验聂鲁达的尸体，说有证据会证明他的死是非正常死亡，可能就是被右翼政府大独裁者派特工去下毒杀害的。当时虽然皮诺切尔掌了权，但还是看左翼的一些政治人物不爽，认为他们还是危险的，其中就包括聂鲁达。1973年，他的死因被归为是白血病，结果过了30多年，才还他一个真相。虽然没有百分之百的证据，可是目前来看非常有被毒杀的可能性。虽然他因为文学扬名立万，但他其实是政治受难者，最后因为政治的理由而死亡。

他流亡后回到智利后开始在国际上变得很有名，一时间很风光。他还被邀请在足球比赛开场前，站在球场中间对着几万的观众朗读自己的诗。你能想象那个动人的场面吗？我们曾经有过吗？应该不多吧，我有空要查一下资料，看有哪一位作家，特别是诗人被邀请在这么多人的公众场合，但并不是文学演讲会或书展活动，而是在这种运动的场合或是音乐会的场合，在开场以前，站起来朗读自己的作品，站在大家眼前来接受热烈的鼓掌、喝彩、肯定和表扬。可见拉丁美洲还是蛮有意思的，政治乱归乱，可是它对文学艺术是有一种很独特的肯定方式的。

聂鲁达一辈子写了那么多情诗，当然也有很多爱情的经验。可是公道地说，作为一位诗人，特别是在那样的年代成长过来的人，他的爱情经验也不算太丰富吧，除非他还有很多无人知晓的秘密感情。有一些女人只是与他在精神上有浅浅的交往，而精神上交往较深的主要有三位。1930 年，聂鲁达 20 多岁的时候，他作为外交官到处考察，在荷兰的时候，他与一位女子结婚了，还生了个女儿，不过后来女儿去世了。因为对女儿照顾较少，聂鲁达曾被很多人批评，说他好像蛮薄情的。他与这一位荷兰女子 1930 年结婚，1939 年离婚。几年后，1943 年他与另外一位女性又结婚了，这位太太应该是个画家。这段婚姻维持了十多年，到了 1966 年，他再次结婚了，第三位太太是智利的歌唱家。聂鲁达有件很重要也很出名的作品叫《100 首爱情十四行诗》，据说就是献给第三位太太的。但是这件事还有争议，很多不同的女人都出来争夺这首爱情诗的主权。没有这么多深厚爱情经验的作家，是不太容易写出这么动人的诗的。他的诗不难懂，整体来看，很多时候就是把一般诗人玩来玩去的那些意象，例如云、玫瑰、星星、月亮、大海等等，重新组合出新的意象，或是说呈现一种新的联想的角度，来感动读者。聂鲁达的风格有点像华人作家郑愁予，很多诗都和他的有一点像，特别是讲到海洋、水手的时候，二人的诗会让人产生同样的共鸣。我们读聂鲁达的诗，有时候难免会联想到郑愁予的诗。比方说聂鲁达有一首诗叫《我的灵魂》，有几句说，"我的灵魂是黄昏里面空荡荡的回旋木马"。黄昏，空荡荡，旋转木马，三个词都很简单，可是他用一句话把三个东西组合起来，就很有感觉。还有一首《泪眼告别》，这是他年轻时候的作品，诗里这样说，"为了不让任何东西让我们牵挂，就不要让任何东西将我们结合,我喜欢船员们的爱情,亲吻后就告别,一个夜晚与死亡共眠,睡在大海的床上。"是不是很像郑愁予的诗?郑愁予有一首诗的开头是这样,"我从海上来,带回航海的二十二颗心,你问我航海的事儿,我仰天笑了……如雾起时……"他们讲的都是航海时的浪漫事情,果然诗人的爱情往往就是这样有很多共通的地方,具有一定的普遍性。

聂鲁达去世之后,很多人写文章来纪念他。其中有一篇是诺贝尔奖得主马尔克斯写的,我觉得最动人。可能因为他们是老友,在聂鲁达拿到诺贝尔奖的时候,他不断和组委会的人和记者说,明年一定要把诺贝尔奖颁给马尔克斯。很有意思,英雄总是惺惺相惜。马尔克斯写文章谈到过他和聂鲁达交往的一些细节,他向公众透露,聂鲁达是位美食家。聂鲁达自己在回忆录中也表达过他对美食的热爱,可是从他朋友的角度来看,聂鲁达显得特别有亲切感。马尔克斯说聂鲁达对于吃是何等讲究,经常对着食物想到一些诗句,曹植七步成诗,聂鲁达能七口成诗,吃一口食物写一句诗,吃完之后就可以把诗读给朋友听。

当聂鲁达拿到诺贝尔奖的时候,领奖前他曾和马尔克斯吃饭,他就像故意表演一样,吃到半途说:**哎呀,糟糕了,过两天颁奖礼的领奖词我还没写呢**。然后当场就掏出他惯用的绿色墨水笔,在餐桌上面,把他那优美而充满诗意的——这是马尔克斯的说法——诺贝尔文学奖的演说词写了出来。马尔克斯也说聂鲁达这个人很开朗幽默,他这辈子只看过聂鲁达两次用比较严肃的表情讲话,一次就是与自己谈到政治的问题时,阐述他对于苏联政府,对于右翼政府的一些看法,这时他和马尔克斯有不同意见,所以讲话比较严肃;

另外一次是谈文学的事，竟然是为了马尔克斯。当时苏联把马尔克斯的《百年孤独》翻译得很不好，胡乱翻译，还删减了很多重要的片段，聂鲁达很不满，他替老朋友觉得很不值得，这就是所谓英雄重英雄。

马尔克斯在整篇悼念文章的最后说：**当我知道聂鲁达得了很严重的病，基本上没得救的时候，他在我心中已经去世了，所以当我听到聂鲁达去世的消息，我已经慢慢适应了，心里接受了他不在的这个事实。可是我也明白，并且很有勇气地说，假如他早一点去世，可能会更好。**为什么这么说呢？因为身为左翼分子的聂鲁达，他是看着右翼政府大独裁者皮诺切特上台之后才去世的，这一切让他是多么痛苦。因为智利的左翼社会主义运动、社会主义道路是聂鲁达一生的理想，他居然在社会主义政府在智利被推翻12天之后去世了，这样很悲哀。马尔克斯说：**我知道聂鲁达不是死于幻想的破灭，可是他在社会主义政府被推翻之后去世了，难免带着深深的失望，假如他能早一点去世，他的感受会好一点。**

聂鲁达赫赫有名，喜欢文学和诗歌的人都喜欢他。其实在2010年，智利政府建议把圣地亚哥机场改名为聂鲁达机场，可是受到了反对。其中很重要的反对者，就是女性主义者。因为聂鲁达在自己写的回忆录里面忏悔过，他以前驻外当大使的时候曾经不太检点，强暴了他家的女佣。女性主义者说，我们怎么可以把我们国家那么重要的飞机场改成一个强暴者的名字呢？这不是等于在表扬一个强奸犯吗？不管他在文学上多么有成就，可是他对女性做出的恶行是无法抹去的。这件事情一直争议了很多年，到2018年年底，智利的文化委员会通过了改名决议，就等议会正式来确认。但由于女性主义者仍在继续反对，所以此事还在争议之中。到目前为止，圣地亚哥机场还是叫作贝尼特斯国际机场。贝尼特斯也很厉害，他是一位军人，是智利空军的建立者。

　　人若是在几十年前做错一件事，如果没有报应可能只是时候未到。做过的事总是会刻在生命中，报应会用某一种方式来找到做错事的人，这也是另外一个领悟吧。

阅读小彩蛋

　　最后分享一句聂鲁达在领诺贝尔奖的时候的致辞吧，很简单：诗歌绝对不会徒劳无功。这是什么意思呢？就是只要真的用心，用感情，用爱，写出来的诗歌，就不会徒劳无功，不会被读者忽略，也不会产生不了作用，一定能对人的精神、灵魂、理想产生鼓励的作用。如同中国的胡适所说，功不唐捐。他喜欢引用佛家的话，唐捐就是泡汤了，这句话就是说付出过的努力不会泡汤，不会浪费。只要用心，一定有所收获，希望如此吧。

达·芬奇：比天才更天才

15世纪以来文艺复兴运动兴起，在欧洲，重新去看人在地球、人在宇宙里的价值。文艺复兴时代的人不是说不相信神，只是不相信人在神面前是完全被动的。他们认为人是有价值的，人的看法、人的思想感情，一方面有神的意志，另一方面人有能动性、主动性，有追求真善美的能量。怎么样才能确定真善美呢？就靠理性，人有推理思维的理性，理性是被真善美这种追求的意愿来引导的。这种全新的看待人在地球中的位置、在宇宙中的位置的方式，由此引申，在艺术方面、在科学研究方面、在哲学讨论方面都打开了全新的领域。

在艺术方面，当时有文艺复兴三杰，达·芬奇，全名列奥纳多·达·芬奇，还有米开朗琪罗和拉斐尔。

弗洛伊德说达·芬奇是天才中的天才，高手中的高手，爱因斯坦也说难以想象能有这样的头脑。连爱因斯坦都说根本难以想象达·芬奇是怎么样的一个人，可见达·芬奇的了不起。

关于达·芬奇的成长经历，通过他的艺术作品、一万多页的手稿、他的画和设计草图，我们可以知道很多，大概了解他在想什么、追求什么，他有什么样的创意、创见。可是另外一方面，人们对他的生平其实所知不多，就连写很厚的达·芬奇传的人也说，这些都是当时口耳相传的、欧洲的一些传说而已。

达·芬奇出生在1452年的意大利佛罗伦萨附近的文西镇，他的名字是列奥纳多。他活了67岁，1519年去世。其实他没有受过太多正规教育，他那么博学、那么天才，主要是因为：第一个是天才有天才的头脑，可惜他不像爱因斯坦，留下大脑能够给人们研究一下他大脑的生理结构；另一个就是他的好奇心非常强烈，对自然充满了好奇，充满了探索精神，所以他能够弄出那么多的想法、设计、发明、研究等。

其实还应该看第三方面，他如何安顿自己？一个人或是说人类，任何一个人跟自然的关系，我们能够做什么？我们能够做到什么地步？能够改变什么？改变多少？有什么是我们能够控制的？控制不是为了发财，不是为了名成利就，是为了改善生活，突破我们身体的界限、头脑的界限、美感的界限，我们从这个角度来了解、来想象达·芬奇他面对世界、面对自然的时候所怀抱的心情，才能明白为什么他花了那么多的精神、心血去做这些事情。什么事情呢？我们都知道达·芬奇是个全面的艺术家，他是画家，也是科学家、发明家，甚至是医学家、天文气象研究者、军事武器发明家。

他没受过太多的正式教育，完全是自学的。他父亲是个法律工作者，不一定是律师，是个法律的公证人员，结过几次婚，但达·芬奇是私生子，有一个当时的同代人记录的故事，有人请他父亲在一个城堡的外面画一个盾牌，结果他就交给儿子来画，达·芬奇那时候才十岁出头，就在盾牌上面花了好多时间，画了一个怪兽，有点像女妖，头发全部是蛇，还吐着冒火的舌头，据说盾牌画好之后一挂出来，请他父亲、出钱的老板去看，一看大家吓得大叫一声、转身就跑，可见如何栩栩如生。画有这样的惊吓作用，一定是已经运用了达·芬奇的立体画法，他后来的《最后的晚餐》《蒙娜丽莎的微笑》经常用3D透视法。看起来好像是随便画，《最后的晚餐》在耶稣和左右两边有一个科学的三角几何的关系，让我们通过他们相对的位置，感受到他们各种情绪的张力、权力的高低。甚至他们身体歪的斜度、眼睛眼神、脸的角度，仰角还是低着头，都是经过科学计算来表达出他们的情绪，让我们一眼就感受到。《蒙娜丽莎的微笑》也是，你站在任何角度都能看到她对着你笑，那种有点挑逗、暧昧的笑，是如何做到的呢？为什么笑呢？甚至蒙娜丽莎是谁呢？真的是出钱请他画的人呢？还是他自己呢？这些有不同的说法、不同研究，一直是一个谜。

达·芬奇从他第一张有记录的那幅盾牌，就看得出他是文艺复兴人，他把科学分析放进他的画作、创作里面，后来慢慢地，达·芬奇在画画方面闯出了成就，接了不同的工作，不只是画画，还有其他，那时候他已经开了十项全能的工作室，接不同的设计，一些水利工程程序的改善、城堡既气派又实用的楼梯……他所有创建科学的头脑都在他工作上面，他的工作对他来说不是工作，是解谜，找寻答案，找寻什么问题的答案呢？人在大自然里面，面对大自然到底能做什么能够超越自己肉身的局限、精神的局限，也只有真的怀抱这种想法、这种问题，才能造就全能的达·芬奇。比方说医学，他那一万多字的草图里有好多跟人体有关的，他到处去找人的尸体、其他动物的尸体来解剖，画图非常仔细，有人说达·芬奇眼睛的结构跟别人不一样，他看到的东西跟我们看到的不一样，甚至说他可能是天生的全视感，他能看到每一种光线的差别，等于眼睛天生是一对一万倍的放大镜，所以他画解剖，能画出小孩在子宫里面的形态，而且画的不是一个大概的样子，里面的器官、手指的角度完全就像拍照，甚至可以说是比拍照更精密的记录，有人猜必然是达·芬奇眼睛的视觉能力跟普通人不一样。达·芬奇画一个人在一个圆也在一个正方形里面，展现人身体的比例的意义、人的行动的意义。那个年代很多事并非只有达·芬奇做得最好，是几乎只有他能做。

他是发明家，他画了很多草图，发明了坦克车，发明了机关枪。以前的炮很简单，所谓的机关枪就是机关炮，战争中只能打完一发等再发一发，他发明连续三排不同的炮口，发完一排的炮口，连续七发之后，拉一个把手就转到了另外一排，让原先那一排就能冷却下来，新的一排也是七管炮口。他利用他的科学知识来帮助他的城市赢得战争。有记录说，达·芬奇留下很多草图和文字，有些可解，有些不可解。在可解的里面，他表达过非常厌恶自己的发明被用来杀人。有能够升起来、能够走路的机器人的草图，据说当时也被真的做过，还有直升机的原理，他留下很多草图，看鸟画得非常仔细，每一根羽毛怎么样跟空气接触，产生力量，人用什么方法、用什么工具能够飞起来？他除了观察鸟类，还观察水流，其中的阻力怎么运行？怎么样把阻力转化成承托力？另外有天文学，他比哥白尼早了几百年提出，地球不是宇宙的中心，太阳是不动的，甚至月亮的光不是本身的，是反射的。此外还有城市规划，他在佛罗伦萨长大，后来去了米兰，1485年左右米兰有瘟疫，死了三分之一的人，达·芬奇替米兰做了一个城市重建的计划,各种的水利、卫生工程,甚至利用地底的空间,整个草图都出来了,可是后来没有采用,据说因为太贵了。掌权的人说,"要把你这个美好理想的草图、规划图落实了,我们首先要全部搬走,搬走几年,要把米兰这个城市重新来做,那不行啊,我们不是从零开始,没有办法这样做",只是用了他的一些草图、一些想法,特别是在水利、河还有桥重新建造,洪水疏通方面。他真的是十项全能。

这一万多页的草图有很有意思的两点,一点是说很多文字记录是他用镜像原理写出来的,别人不可取,要拿个镜子反着来才大概看到,可是看到也不表示能够读懂,因为它除了用镜像原理外,还用密码,里面写了很多奇奇怪怪的符号、暗号,好像只有他自己能够懂。对此有不同的说法,有人说,那是他以防别人偷看了他的草图,甚至偷走他的笔迹,偷了他的发明,假如用他发明的机关枪来杀人就不好了。当然也有人说,其实达·芬奇曾经遇过外星人,他这些十项全能的发明都是外星人教他的、留下的记录。甚至有人从他的画作《蒙娜丽莎的微笑》《最后的晚餐》《岩间圣母》等里面找寻,看里面的一个符号,草丛之间多了一只手,画里面那个人的眼睛到底在看什么,从这些蛛丝马迹来找寻他接触外星人的证据。他的手稿留下了这些悬念和想象的空间。另外一点在于,为什么他那些手稿当时没有公开发表呢?一直不清楚收在哪个教堂的封闭密室里面,后来又流落在谁的手中,总是一百年、两百年、三百年后,甚至五百年后才突然在这里出现一堆,那里出现一堆,达·芬奇为什么不发表呢?到底里面隐藏着什么秘密呢?所以后来有达·芬奇密码,有各种关于他的传说。天才就是这样的,越是天才越留给大家想象的空间。

大家对达·芬奇的生平也是非常好奇，这么多年来，很多欧洲国家都发行以他的手稿图为图像的邮票，或举行各种的纪念仪式、活动、学术研讨会等。2019年已经陆陆续续预告有几本达·芬奇的新的传记即将问世，大家都想对达·芬奇探索多一点，多了解这个大型天才，其中一个想了解的就是他的爱情生活、性取向，其实一直以来的材料，就算不多，也清楚。那个时代，男人喜欢男人没有太不寻常，蒙娜丽莎好像是中性的，他的画作艺术品里面的很多人物都是中性的，不男不女，可男可女，是男也是女，因为达·芬奇本身非常俊朗，而且他一直以来的学生、助手都是小鲜肉，跟在他旁边，甚至他做解剖记录的时候，不停地赞美年轻的肉体。他一辈子没结婚，也没有后代，手稿的记录是说工作太忙了，他觉得婚姻隐含着性，是很可笑的事情，浪费时间，"**我不想浪费我的生命，我的时间要用来做更有意义的事情，就是研究还有创作**"。他除了歌颂小鲜肉，也对女人的美感有过表达，通过他的画作可以看出掌握得非常好，可是他笔下的人物总是男中有女，女中有男，可男可女。达·芬奇晚年受到法国国王法兰西斯一世的邀请，去了法国，给他规划一个城市，还规划了一个城堡，留下了不少这方面的草图，比如城堡的门应该怎么做，要怎么样把城堡变成立体的。他67岁就去世了，葬在法国昂布里斯城堡的小教堂。

2018年是达·芬奇诞辰500年，关于他的故事、他的视频陆陆续续出来了。时间对每个人都公平，一天都是24小时，可是为什么一个人有那么大的能量，能对天文、地理、艺术无所不懂、无所不精，走在我们前面几百年呢？所以当我们无法知晓答案的话，想象外星人来过本身就非常有趣,这让我们更能够觉得达·芬奇是超脱了肉身,超脱了我们一般所理解的"人"这个层面的一个天才,我们必须创造一个比天才更天才的词才能形容达·芬奇。可是再怎么天才,有记录说到最后达·芬奇还是回到宗教里反省,有他的谦卑。

阅读小彩蛋

临终时感慨，他问身边的人："请你们告诉我究竟在这世界上我做过了什么，我有做过有益于这个世界、对这个世界的人的生命有帮助的事情吗？"他的意思是说，他觉得自己没有，甚至达·芬奇说："我是个罪孽深重的人，我没有资格说我自己好好侍奉伟大的神，我自己没有在艺术上面尽到我应该尽的力量，所以让神还有全人类都对我有所愤怒不满。"太谦卑了。其实他这些感慨，与其说他对自然好奇，不如说他对于人面对自然，不管是身体还是世界宇宙的局限，他做什么能够打破这个局限。这些感慨反映了他这种焦虑的心情，太谦卑了。假如我在达·芬奇旁边，听到他跟我讲这些话，我真的不晓得怎么回答他，他已经是比天才更天才的人了，我该无地自容了。

米开朗琪罗：他很丑，但他很伟大

"文艺复兴三杰"除了达·芬奇、拉斐尔以外，还有米开朗琪罗，你一定知道他的大卫像，高14英尺，很英俊、全身赤裸的男人，露出有些人觉得不该露出的身体部分。还有梵蒂冈西斯廷大教堂的壁画——《创世纪》《最后的审判》，创作者也是米开朗琪罗。

米开朗琪罗跟达·芬奇是同一年代的人。达·芬奇出生于1452年，米开朗琪罗比他年轻23岁，1475年出生，1564年去世，活了79岁。他跟达·芬奇一样伟大，可是有一点不一样——他长得难看多了。所有记录都说达·芬奇英俊俊朗，就像希腊罗马神话里英俊的男人；米开朗琪罗相反，长得很瘦，眼睛小小的，整个人看起来非常凶，也不笑，看起来怪怪的。少年时代的米开朗琪罗还跟人家打架，严格来说他是被打、被欺负，鼻子被打伤，整个鼻子有点塌，他的自画像里能看出来，是不讨好的样貌。相由心生，他脾气非常不好，当然他有脾气不好的本钱，伟大的艺术家不能受人家指指点点。除此之外，他还非常记仇，而且懂得报仇。

他画了壁画《最后的审判》，上面一堆人没穿衣服。有一天教皇保罗三世去看壁画，随口问身边的人对壁画有什么意见，那人很大声地说："很好，可是都没穿裤子，都是裸体，露出生殖器官，这样的画应该拿去洗澡房、浴室或者旅馆摆放比较合适。"这些话被米开朗琪罗听到了，他没有回话，只是一言不发地把壁画中一个地狱使者画成批评他画的那个人的样子，而且他脚下面全部是毒蛇。有时候艺术家会滥用他的艺术特权，比如把现实生活中的敌人、仇人的姓名或隐私安排进自己的作品里，严格来说不太道德，违反了伦理。但更大的可能是，当你是小作家、小天才，你就违反伦理；当你是大艺术家、大天才，不会有人怪你的，反而成为好的故事。那个被他画成地狱使者的人很生气，跑去跟保罗三世抱怨、吐槽，教皇笑着说，"我也没办法，假如他把你抓起来关进牢房里，我还可以下令把你放出来，可是米开朗琪罗把你画到地狱里我就没办法了，你就只好在地狱里面忍受一下吧。"米开朗琪罗是有仇必报的人，可能正因为这种热心，对于自己艺术创作及主权的看重，才会花工夫去创作，留下这么多的永垂不朽的艺术品。

米开朗琪罗出生在意大利佛罗伦萨附近的小镇，后来很小的时候全家搬到佛罗伦萨，在那里长大，父亲有些资本，弄了个银行，可是没做好。很不幸，米开朗琪罗6岁时，妈妈就去世了，他被放到一个家庭寄养。这个寄养家庭是开大理石工厂的，他接触到石头，学会了如何好好地使用雕刻刀，后来成了雕刻艺术家。

文艺复兴时期的人似乎什么都懂，他没上学，可是学了其他很多科学、哲学、文学的知识，当然也会画画。可是，他一辈子最看重的是自己雕刻家的身份。他父亲不喜欢他画画，觉得没出息。可能受父亲感染，他也更看重自己雕刻方面的才能。后来他在外游历，写信回家或写给朋友，很多时候署名都是写"米开朗琪罗，在罗马的雕刻家"或是"雕刻家在罗马"——他大部分时间住在罗马——他以雕刻家的身份为荣。

少年时代他去了很重要的一个学院,学到了各种文学艺术、人文科学、画画的知识,这个学院是由欧洲重要的美第奇家族建立的。文艺复兴时期,美第奇家族做金融、财务、商业、羊毛生意,富可敌国,而且很爱艺术,收藏艺术品去供养艺术家,花很多钱成立学校来培养创作者。米开朗琪罗在这个学院里读书,也开始在不同的工作室里工作、画画、雕刻。

他在佛罗伦萨住了一阵子,后来也慢慢闯出了一点名堂,23岁时创作了一个非常有名、非常动人的作品——《哀悼基督》。他用一块6尺乘6尺的大理石,花了一年多时间雕刻出圣母抱着垂死的基督的形象,整体是哀伤的,而整个身体的构造、肌肉纹理都掌握得很到位,圣母本身也有点像男生的肌肉,表达他们眼神的哀伤。为什么圣母也像男生呢?这跟他在学校读书以及在工作室工作时的经历有关。作为艺术家,经常要观察人体,一个好的观察的地方是墓园。墓园有停尸房,他经常跑去观察。达·芬奇解剖人体,画出种种手稿、图画来看人的生理结构。米开朗琪罗也是这样,他没有从医学、人体生理学的角度来看,他是从艺术的角度来看,掌握人的肌肉纹理、皮肤、毛发,它的形态、颜色、亮度,他把这些全部体现在他雕刻的艺术作品里。

他的雕刻作品除了《哀悼基督》,还有《大卫像》,花了三年多时间,高17尺。大卫仿佛是活生生的,让人从石头看到活的力量。在那个年代,一般人不管是画还是雕刻大卫像,基本上都是呈现他胜利以后,把敌人头颅踏在脚下的那种威武、光荣。可米开朗琪罗雕刻的大卫像，他眼睛看着前方，手拿着石头，正要去迎战。战斗快要开始了，不一定赢，也不一定输，是一个巨大的挑战，但那挑战好像跟人无关，而跟命运有关，你就是要去挑战自己的命运。那种昂扬的力量和意志力，除了肌肉已经准备好以外，还有那股强大的意志力——我要去，我一定要去，就算打败我也要去。所以每次看到大卫像——我也跑去意大利看了好几遍——感觉就像充了电一样，看完后力量满满。米开朗琪罗也知道自己想表现什么，一个伟大的艺术家除了用作品表现出来，还考虑到作品要放在什么地方来展现，换言之，看的人要站在什么样的处境下看，才能很准确地感受那一股力量。所以他要求一定要让大卫像放在公众的地方，让阳光晒着它，才能百分之百、千分之千展现那种活的力量、巨大的意志。

　　米开朗琪罗一辈子基本就在罗马，虽然也在佛罗伦萨生活过，但主要还是在罗马开展创作。1505年，他跟教皇尤里乌斯二世有恩，也有怨。这位教皇找米开朗琪罗去罗马替自己修陵墓，他想做一个很伟大的陵墓，大家相谈甚欢，米开朗琪罗就去找了石头做准备功夫，花了半年到七八个月，可最后这个陵墓没有做成，为什么呢？那个教皇变心了，改了想法，因为旁边很多人嫉妒，就跟教皇说，人还活着就要修陵墓，好像有点不太吉利，甚至有人打小报告说米开朗琪罗其实不是真的为了你的心愿，而是为了完成自己的艺术作品。教皇就改变心意了，说不修陵墓了，要改修一个圣彼得大教堂，更展示出我这一任教皇的气魄。

　　这个决定把米开朗琪罗气得半死，离开了罗马。因为为了准备这个工程，他自己花了很多钱，写给家里的信就说：我花光了身上的钱，一个铜板都没有。这些材料主要是从罗曼·罗兰，也就是1915年诺贝尔文学奖得主、法国作家写就的《米开朗琪罗传》得知。到1508年，他被叫去替西斯廷大教堂画壁画。这是一个超高难度的壁画，位置在天花板上，要求用湿的土来画，稍稍有不妥当的地方，就要全部擦掉重来。而且他拒绝别人帮忙，完全由自己来，甚至不准别人来偷看。画了四五年时间，在500多平方米的空间上面画出了343人，最后完成了他的《创世纪》。

当然，这个画对他的健康影响甚大，因为长期在高台上工作，眼睛、骨骼受到严重的伤害。1527年时他回到故乡佛罗伦萨，当时佛罗伦萨在城邦战争中战败，他很哀伤，并在这一时期完成了最重要的作品《阿波罗》。这个作品里的太阳神还是威武的，因为太阳神代表光明、战斗，但除了威武以外，表达了另一重哀伤，哀伤里面有愤怒、有挫败——怎么我有那么伟大的意志，那么大的能力，居然落到今天这困顿的地步？艺术家借助作品来表达他的心情。

到1535年，他已经60岁，被召回西斯廷教堂继续工作，把20多年前的工程继续完善，他加了《最后的审判》。

我们多番谈文艺复兴，因为文艺复兴精神就是重新评估、重新发现、重新肯定人的价值。在《最后的审判》里，我们看到的神也是人的形态、人的眼神、人的情绪。面对创造人、审判人的全能者，人在他面前没有很卑微，还是有不同的表情，有恐慌、有期待，让你觉得人还是独立的个体。假如他画了一个神，审判人是该下地狱还是上天堂，那表达重点在于全能者。可是，他画的最后审判是没有完成的，好多人在等待神审判，这就提高了人的位置。不知道神要做什么，是不是会听他们说话，甚至那些人有可能不服从神的审判,这里面是留下了悬念的。通过未完成的审判,米开朗琪罗甚至想表达"神是不是真的有这种能力或者说权力来作为审判者?这审判公道吗?"

这些怀疑可能跟他年轻时候在学院里学习各种文学、艺术、哲学有关,也可能跟听很多人讲了关于宗教、教会的阴暗有关。他在美第奇学院的时候,大家聚在一起讲八卦,讲神父甚至教皇的阴暗面,这些让他隐隐怀疑神的全能。《最后的审判》是非常伟大的作品,欣赏这个作品时,一方面感到人的卑微,另外一方面也感受到人的力量。

米开朗琪罗活到 79 岁,很有钱,买了很多房产,据说家里还有很多金币,可这些对他来说都没有太大意义。因为他日子还是照常过,而且过得蛮节省。他也老去了,"老去"对他来说,就是身体、青春的消逝,甚至难以再跟其他人接触了。他一辈子跟男性接触,雕刻女人的时候模特也找男的,他一辈子通过他的诗歌颂男人。他有一个贵族好朋友卡瓦契尼,米开朗琪罗给他写了很多诗,看起来有点肉麻,比如"**你是我不能失去的食物,我用你来维生;世界上再美好的事情都比不上我跟你两个人灵魂碰撞的时候的感觉**"。这个贵族跟他长期在一起,对他不离不弃,米开朗琪罗去世以前他们一直是好朋友,米开朗琪罗最后死在他的工作室里。

我们刚提到罗曼·罗兰写的《米开朗琪罗传》,里面感慨说米开朗琪罗其实没有一天快乐过,也没有一天好好享受生活,而且他自己认为所有作品都是还没完成的作品,替他感慨万分。我倒是不太同意前面两个论断,就是"没有一天快乐过,没有一天享受生活",每一个创作到了心中觉得可以接受的美满的状态,那一刻他总是快乐的吧？不然他不会停手的。他创作西斯廷大教堂壁画的时候，慢慢做，教皇来看的时候问，"好了没？什么时候才弄好？"他回答得很干脆利落——"当我做好的时候就是做好了"，假如他没觉得过了心中那个点，他是不会停的吧？所以当到了那个点、过了那个点的时候，他总是会快乐的。

　　曾经也有人批评过大卫像，有个有权有势的人在大卫像快完成前说，"大卫的鼻子好像有点厚，有点高，有点大。"米开朗琪罗马上拿着刀爬上去，假装把鼻子弄得稍稍小一点，其实什么都没做。那个有权有势的批评者以为他真的听自己的建议，就说"好多了，现在变得比较活了"，米开朗琪罗心里一定在哈哈大笑。重点在于，他对于自己的作品有坚持，所以我觉得他总有快乐过、享受过的时刻。至于罗曼·罗兰说在米开朗琪罗心中没有一件作品是已经完成的，这个当然是对的，所有的电影导演、小说家、画家、舞蹈家、音乐家，总是觉得假如条件、时间、机会许可，创作出来的东西一定还可以更好。所以从这个意义上看，当然是还没完成的。

阅读小彩蛋

米开朗琪罗临终说:"悲剧的历史终于快要结束了。"可能他那时候已经病了,想到自杀的问题,他说:"当一个人心中充满着大志,可是又好像活得像奴隶一样……"他说的奴隶不一定是没有钱,不一定是被控制自由,而是被身体的衰老、疾病控制,所以活得像奴隶一样,可是心中仍然充满大志,"在这个时候,这个人应该是被容许多样的权利的"。

拉斐尔：短命的画圣

本篇讲文艺复兴三杰之一——拉斐尔。拉斐尔的名声还不错，有人称他为"画圣"，画画的圣人。这个画圣不一定是说他最好，俗话说，"文无第一，武无第二。"论文化艺术是没有第一名的，各有各的贡献、风格、格调；武就是武功、功夫，是一定要分出高下的，没有第二。艺术也好，绘画、建筑也好，特别是文艺复兴年代的人，天文地理无所不通，就是没有第一。所以这一位"画圣"的"圣"，主要是讲他的绘画特别充满宗教的圣灵，而且是圣灵中那种慈悲、慈爱的伟大力量。

拉斐尔1483年出生，1520年去世，是很可怜的短命才子。文艺复兴"三杰"中，拉斐尔最年轻，他比米开朗琪罗年轻8岁，比达·芬奇年轻31岁。可是拉斐尔也最短命，其他人都活到七八十岁，他只活到37岁。**拉斐尔跟他们活在同一个年代，达·芬奇对他影响最深，他有些画作，特别是有一张圣母像，整个构图、造型、表情都很像达·芬奇的《蒙娜丽莎的微笑》。他自己也说从达·芬奇那里学了不少的本事。他跟米开朗琪罗最不对盘，而且也最不一样。米开朗琪罗五官长得蛮猥琐的，是个猥琐大叔，瘦瘦的，鼻子塌下去，眼睛小小的，三角眼，一看就很凶，是个很难相处的人，脾气也暴躁。拉斐尔就刚好相反，长得很秀气，皮肤很白，眼睛很明亮，鼻子尖尖挺挺的，是典型的意大利美男子。他有一张自画像，戴着一顶黑帽子，穿着一件黑衣服，右边的侧脸还真有点像女生，很秀气，跟他的画一样。假如真的论五官，我觉得拉斐尔还是比不上达·芬奇，达·芬奇没有他那么秀气。你会用清秀来形容拉斐尔，可是你会用俊朗、英俊来形容达·芬奇，而且他身材比例很好，这三杰各有特点。

拉斐尔跟米开朗琪罗还有一点不一样。后者脾气暴躁，前者更温文尔雅。米开朗琪罗在梵蒂冈西斯廷教廷画《创世纪》的巨著时，把人赶走，不准别人看。有一次，拉斐尔跟他朋友鬼鬼祟祟地从旁边跑进去偷看，不晓得是好奇还是真的想偷师，结果就被脾气暴躁的米开朗琪罗看到，追出来用了很脏的意大利脏话来痛骂他，米开朗琪罗对他非常不爽，还对别人说：拉斐尔所谓的艺术创作，都是从我这边学来的。他们互相不爽的除了都是艺术家，文人相轻，另外还有一个怨仇：米开朗琪罗曾被教皇找去修建他的陵墓，准备了大半年，结果停工不做了，为什么呢？原来是教皇旁边的人不断说米开朗琪罗坏话，还游说教皇说，你还活着，修建陵墓不吉利，别弄了，最后就停下来了，把米开朗琪罗气得爆炸。这个打他小报告，捅他刀子的人，刚好就是拉斐尔的好朋友，敌人的朋友就是我的敌人，所以米开朗琪罗就很不爽拉斐尔，这种种怨仇就结下了梁子。

米开朗琪罗说拉斐尔所有艺术功力都是跟他学的，当然不尽然。因为拉斐尔从小在家里就有很好的文化养成。达·芬奇、米开朗琪罗、拉斐尔他们三个有一个共同点：除了是文艺复兴时期的大艺术家以外，他们的妈妈都很早就去世了。拉斐尔出生在意大利东北部的小镇——乌尔比诺，父亲也是艺术家，是宫廷的画师。他妈妈在他小时候就去世了，11岁时父亲也死了，他变成了孤儿，去叔叔那边住，并开始学画。小时候父亲也教过他画画，那时候他接掌了父亲的工作室接生意来做，后来跟着一个师父，也是蛮著名的艺术家佩鲁吉诺学画。学了几年之后，这个师父就觉得把他栽培好了，叫他去佛罗伦萨。他就跑去佛罗伦萨开始了他的创作生涯，接了一些案子来做。

1504年，拉斐尔21岁左右时，定居在佛罗伦萨，他的运气来了。人是很好玩的，到了某一点突然运气就来了。我们经常强调这些大师总有一个运，可能十年，可能五年，在那个运势里点石成金，好像做什么都成功、出名、被肯定。他21岁起运，被叫去教廷，画一个圣母的婚礼。他把圣母画得非常慈悲、慈爱，而且用的背景光也好，圣母的脸光也好。更重要的是构图绝佳，婚礼里面的人物所站的位置，用当时文艺复兴开始冒起的透视法，把一个慈悲的圣母画得栩栩如生，而且很有感染力。一路下来，拉斐尔跟圣母结下了不解之缘，他很多著名的作品都跟圣母有关，草地上的圣母，安息的圣母，椅子上的圣母，河边的圣母，佛帝诺的圣母，花园里的圣母，都被他画得非常慈悲。

其中，还有很重要的在西斯廷教堂里的《西斯廷圣母》。当时西斯廷教堂大规模整修，除了找米开朗琪罗来画壁画以外，也找了拉斐尔去画西斯廷圣母。假如你上网找来看，就会看到圣母、圣徒还有小天使，那三角形的构图好像一个立体的人跳了出来一样。就算你不信教，就算你是佛教徒，一看到也会被感染，觉得这个世界上

看到希望的森林

真的有圣母这样一个人，用那种慈悲的眼神看着小孩，或是看着画外的你，好像你犯了什么过错。但是没有关系，你跟他忏悔，甚至你不说话，她也懂得你、包容你、爱护你。

他的画特别要看原作，你看到原作那种质感、感染力，圣母的眼睛、嘴角浅浅的微笑，非常纯洁，充满神圣，她用很庄严的表情看着你，让你整个人都融化了。我在欧洲看他作品的时候，心里面就想到圣经《新约》里的一句话："*你一开口说话，我的心就痊愈了。*"我不管有多少病痛都好了，只有这个感觉。她甚至不开口说话，画是没有声音的，可是她的眼神跟微笑就好像对我说话，我的心就痊愈了。后来，研究艺术史的人找各种材料，说可能就是因为母亲去世早，他有一些恋母情结，对于母亲的思悟、追忆等等都放在画里面了。

他画了很多圣母像，但也不是只画圣母。像他很著名的作品是在1508年，大概25岁左右被梵蒂冈教廷找去，在那边的签字厅里画了后来很著名的壁画，分为四组主题。那个签字厅本来就是当时教皇的图书馆，他画了四组题材，分别代表了神学、哲学、诗学还有法学。拉斐尔对于法的尊崇以及这几个领域的人的精神活动，通过这几组壁画里的题材、人物传达出来。他画的是人，可是你感受到的是人背后的精神状况：代表神学的那一幅壁画是《圣礼的争辩》；代表哲学的也特别出名，叫《雅典学院》；代表诗歌的那幅壁画叫《他拉苏斯山》；代表法学的壁画是《三德像》。里面几组壁画把基督教文化、古希腊罗马文化、异教徒的文化结合在一起。

《雅典学院》最有意思，画面中心有两个人，好像站在一个大厅里面，也好像有动作慢慢走出来，所谓栩栩如生就是这样吧，站着不动，你就偏偏感觉他在动。这两个人是谁呢？一个应该是柏拉图，另外一个是亚里士多德。画面上面左边，就是柏拉图，他夹着一本书，右手指着天空。拉斐尔很有意思，他还把柏拉图这个形象画得看上去像达·芬奇，也算向他的偶像达·芬奇致敬。跟柏拉图讨论事情的人是亚里士多德，一只手也是拿着一本伦理学，另外一只手指着前面，两人一个指着天，一个指着前方。这个构图很简单，展现了古希腊时期唯心、唯物种种不同的想法和意念的对话。柏拉图、亚里士多德旁边还有一堆人，一看就是知识分子和学者，都穿着长袍，大家好像也在讨论。还有个光头老头拿着一本厚厚的书，好像在记录事情一样，也是一看起来就猜得到，是哲学家毕达哥拉斯；还有一位年轻人拿着一个木牌，牌子上面写着乐律的原理。还有其他人，好像在跟柏拉图、亚里士多德辩论。《雅典学院》这幅代表哲学领域的壁画很有震撼力，站在那边，你感觉以前曾经有一个对真理、对真善美那么执着的精神世界，我们面对这样的世界理所当然应该感觉谦卑，感觉惭愧，感到自己有所不足。我们要把短暂的生命整天用于那些芝麻绿豆的无聊八卦吗？所以，我们看画除了欣赏艺术美学美感以外，其实也是感受一个伟大艺术作品的震撼力，在对比之下，人会觉得谦卑。人谦卑了，自己就知道有所不足，就会改善、提升了。

拉斐尔的画就跟他的人一样，我们前文说他很清秀、秀美，就像他画一些比较激烈的动作，例如恶龙大战，就是《圣佐治大战恶龙》，也是画得非常平和的，你不会感受到恐怖的气氛，而是爱跟救赎。它要展现的不是恐怖、恐惧，而是要引导大家去思考为什么会有这种邪恶，为什么会有这种混乱，以及如何把邪恶和混乱踢走，来追求和平。看拉斐尔的画会让你整个心沉静下来，这才是他画作中的艺术的重点。

拉斐尔 37 岁时去世，生病发高烧之后十多天就死了。死的时候留下了还没完成的一幅跟基督有关的作品，叫《基督变容》，展现基督的圣容。基督突然出现，身边的人有些惊喜，有些恐惧，可是都在期待基督的宽恕、救赎，画面是充满了慈爱的。

2018 年，在西斯廷教堂那边的一个房间——那房间也叫作拉斐尔的房间，因为那时候他在那边工作，也留下了他的画——意外地发现了两幅被掩盖了几百年的他的作品，现在要花好几年时间把它修复起来。不晓得为什么，他这两个作品被盖在其他人的壁画下，可能几百年间，有人在上面画其他的壁画。后来无意之中，因为要处理最前面的壁画时，发现后面好像有些东西，就翻出来慢慢找，而且利用新的 X 光技术，透射进来，然后发现原来有两个壁画。通过光线、笔感、笔触，以及秀丽的风格，慈爱的主题，人们确认这是拉斐尔的画。若再过几年再去意大利旅行，就应该可以欣赏到这两个拉斐尔的作品了。

大家对他的死有不同的说法：一个说法是过劳死，他工作很忙很忙，整天画画，画到吐血，是命薄的短命才子。我们常说红颜薄命，却不知清秀的男人也多薄命。另外一个说法是说他跟女人的性爱过多致死。他有个爱得死去活来的女朋友，叫玛格丽特，两人整天缠绵。拉斐尔长得清秀，难免容易引起这种飞短流长。

这就是这个画圣短命的一生，他跟达·芬奇、米开朗琪罗并称文艺复兴三杰。他的一生其实还没过完就结束了，但是艺术家永垂不朽。

阅读小彩蛋

　　我没看到他有什么名言,他死后葬在万神殿里面,有个大理石墓碑,不如就分享一下上面的墓志铭。墓志铭是用拉丁语写的——大概是说:"拉斐尔在这里安睡,他生前,大自然就感到了败北的恐惧。"

　　就是说,好像大自然对他的艺术都有深深的敬畏、恐惧和惭愧。而当拉斐尔去世后,大自然又唯恐他死去。一个天才让鬼神哭号、害怕,可是天才去世了,鬼神又舍不得你。

李斯特：音乐就是我的生命

○

在全世界，特别是亚洲，每一个学钢琴的小孩心中都有两个名字，或者说是两个梦，他们就是肖邦和李斯特。肖邦跟李斯特各有千秋，两个人的生命当然也有交集。他们是好朋友，互相支持，也互相较量，彼此也有过互相崇拜和嫉妒。可是两个人不管是风格还是年龄都相差较大。肖邦比较短命，39岁就去世了（1810—1849）；而只比肖邦小一岁的李斯特，活了75岁（1811—1886）。所以谈起肖邦的时候，不免总有一些哀伤的感觉。

我们熟知的音乐家郎朗曾经在一次采访里谈到过肖邦跟李斯特。他说：肖邦是偶像，李斯特是英雄。的确，在当时的欧洲，尤其在匈牙利，李斯特非常受欢迎，产生了很大的影响力。李斯特的父亲是匈牙利人，母亲是奥地利人，其实他有两个名字，一个是匈牙利的写法，一个是德文的写法。就像郎朗说的，肖邦对于钢琴音乐艺术的高超造诣就像神一样，在我们一般粉丝的心中，偶像是神，是无法学习的，他远远地站在那边，像可以仰望的北斗星；而英雄是通过他的行动、勇气，还有他跟环境的不断互动走向成熟。

当然，这并不表示李斯特的音乐造诣比肖邦差。只是就整个生命和个人风格来说，李斯特确实有英雄的感觉，仿佛你愿意追随，也追随得到。甚至在某些时刻我们会感觉到，相对于偶像，英雄是可以亲近的。

我是音乐的门外汉，只会用文学的比喻来表达对两人的感受，这个不一定全部对。感觉上，肖邦写的好像是诗，诗里每一个字、每一个词都那么精练，这对我来说很遥远。我觉得诗是才华的最高表现，当你下笔时，每一个字都是你的才华投出来的炸弹，没办法学习，你有就是有，没有就是没有。而小说就比较接近李斯特，小说是可以去经营的，去铺排、锻炼、修订，小说在整个结构上我们姑且可以用"复杂"这个词来形容，因为它要铺排一个叙事的世界，要说一个故事。小说跟诗歌都是文学上很重要的门类，根据作者的个人风格、性情等会表现出一定的差异。

被形容是英雄的李斯特，到底是什么样呢？我们可以回看一些李斯特的演奏现场，就像现在那些明星一样，令听众和观众们如痴如醉。有人写过不少报道，比方说有人描述李斯特的演奏风采，说看到李斯特的脸上呈现着巨大的痛苦，可是痛苦里好像又夹杂着一丝快乐的微笑。这种表情从来没有在其他人的脸上看见过，听起来就像《食神》刚开始那一段描述周星驰是魔鬼与天使的合体，英国人描述说这种表情在几个画家笔下的救世主耶稣脸上出现过，相当于把他视为神了。这个人还说："李斯特的手在琴键上面奔腾，飞来飞去，他每动一下，我的影子还有地板都好像在震动。而且，眼前这个艺术家好像随时都会情绪失控，我还看到过他晕倒过去，实在太可怕了，他当时情绪太投入了，我们手忙脚乱地把他抬了出去，大家都吓了一跳。幸好后来有人宣布，让大家放心，李斯特已经醒过来了，恢复得很好。"你看，演出到晕倒过去！这让我们想起了作为棋圣的吴清源，他下围棋下到流鼻血、晕倒之类的，都发生过。

李斯特长得很帅，一头长发，瘦瘦的，整个人在现代媒体时代看来就像个大明星。每次演奏的听众有男有女，男的感到地板震动，女的被他的音乐打动到晕倒。好多回都有女听众在音乐会现场晕倒，还要大叫，把花丢到台上，甚至为他打架、抢他抽过的烟蒂。曾有传说讲两个欧洲的女性贵族为了抢他吸过的鼻烟盒而大打出手，互不相让，最后打得稀里哗啦。一个人不管作为英雄还是明星偶像，名气越大传说就会越多。也有一些说法，说李斯特或他身边负责搞行政的人花钱买了粉丝，就像今天的一些电视节目或比赛一样，很多观众都是请来的，在那边表演尖叫、晕倒、哭等等。

可是我个人觉得这种说法是经不起推敲的。因为假如永远就只有这样的尖叫、哭、晕倒那就算了，但我们还看到很多报道都是写现场的整个气氛好像着魔了，这种状况就不是找几个人假装晕倒能够做到的了。李斯特的演奏，特别是他早期的演奏现场，表演成分是非常大的，就像明星一样。这是他的一个风格。任何一位艺术家都要用作品来论英雄。李斯特的作品就不用说了，《匈牙利狂想曲》《但丁交响曲》等等都是影响深远的名曲。李斯特有一套属于自己的钢琴音乐系统，关于怎么安顿每一个音乐符号，他开了一个门派。可以说，作为一个艺术门类，李斯特创造了交响诗，打开了这个领域。

跟绝大部分音乐大师一样，李斯特也是从小学习音乐，主要是他父亲教他。他八九岁开始学习写曲，11岁时，随家人移居巴黎，之后就在维也纳和其他欧洲城市到处演出。当然，他不是石头里蹦出来的一个神童，他经过自己的摸索，也遇到过很好的老师，有一位叫车尔尼的老师，就给了他很好的指导。

民间传说李斯特12岁进行钢琴演奏的时候，车尔尼找了贝多芬来听，贝多芬听完之后，走近这个小孩，弯下腰亲吻了李斯特的额头。这是多么大的荣誉跟肯定！当时具体说了什么人们不知道，可光是这一吻，不仅给了这个小孩极大的肯定，还会给他很大的鼓励和信心，一个人的成长除了需要指导以外，更重要的是有人给你鼓励，而不是被人打击说这儿不行，那儿也不行。坦白讲，每一个人，不管是小孩还是什么年纪，你做过什么事情，身上总有不足的地方吧。对于小孩，假如我们只强调他的不足，即使我们的用心是好的，希望他把不足的地方补充完善，但小孩毕竟是小孩，相对还是比较玻璃心的，很容易把他的壮志摧毁掉，所以我觉得鼓励之吻对李斯特后来追寻艺术成就的内在推动作用还是很大的。

可能也是这一吻让李斯特在做人风格上表现出了一个很大的特点，就是喜欢提拔别人，无论后辈还是同辈，他都愿意帮助对方。我们都知道这样一个很著名的故事，就是李斯特曾推了肖邦一把。肖邦比他大一岁，可是成名比他晚，当19岁的肖邦来到巴黎，跟李斯特相遇的时候，还是以教音乐为生，开始有一点小名气。李斯特也是英雄惜英雄，英雄重英雄，看出这个同辈绝非池中物，就不断地把肖邦介绍给不同的机构参加演出，来呈现他在音乐上的才华。甚至有一个故事说，大家都慕名去听李斯特演奏，李斯特为了让肖邦更快地成名，要求晚上演出时关掉所有灯光，让大家用耳朵感受音乐，李斯特演奏中途就换了肖邦出来演奏，当最后打开灯光的时候，大家才发现演奏者是一个陌生人，但竟然这么好听，甚至有些地方更有风格！他就这样把肖邦推到了前面。李斯特除了支持肖邦之外，还帮助了很多人，像他的女婿瓦格纳也得到了很多帮助。李斯特帮瓦格纳建立人脉，把他的作品推荐出去，李斯特还帮很多年轻人办音乐会，在一些社交场合给他们露脸的机会。这是非常重要的，年轻人成长出道的过程中自己行不行是一回事，别人有没有给你机会又是另外一回事，像肖邦和其他人碰到这样的朋友或者前辈是很大的福气。

当然，当你功成名就后，也必须懂得感恩，因为有时候有些人青出于蓝后会瞧不起曾经给他启发或帮助过他的前辈、同辈，这是非常凉薄的。肖邦有没有这种凉薄的情况呢？我理解的是没有，他跟李斯特之间是英雄惜英雄，英雄重英雄，有时候也会轻英雄。当然，我们现在看到的很多文字材料也因为缺乏语境，有可能会扭曲原意，例如有的信里面朋友间小小开个玩笑，当我们脱离了那个语境后，就可能觉得很严重。

我为什么这么说呢？因为肖邦在给朋友的信里面曾经批评过李斯特，他说："李斯特很厉害，很有魅力，很有热情，我真希望我能够像他一样来演出，但我没办法，我平常也不喜欢交朋友，甚至我根本不喜欢去表演，我就喜欢创作，投入自己的音乐，而不像李斯特。"他还说："李斯特假如去搞政治的话，可以成为一个政治家，甚至成为一个国王，可是他的作品将会湮灭，被人们忘记。"这样的信会让我们觉得他好像瞧不起李斯特，也可能肖邦的意思是：相对李斯特的狂热和他的音乐，狂热很容易导致人们低估他的音乐成就。这是我一个正面的、善意的解读，就像我强调的，脱离了当时的语境，我们可能对这些信本身产生误解。根据文字记录，李斯特也曾跟朋友说过一些关于肖邦的不好听的话,例如说肖邦会雕琢钢琴的演奏技巧,但缺少了一点跟听众互动的热情。可是这些都不作准,在肖邦去世之后,李斯特还写了一本书来谈肖邦,对他给予了毫无保留的高度肯定,说肖邦的灵魂就是音乐的灵魂,我们看到这样一个灵魂,除了欣赏膜拜之外,是没办法学习的,我们可以去分析、讨论他怎么在浪漫主义的时代氛围下创作以及演奏他的钢琴乐曲,可是真正动人的是肖邦的灵魂啊!

李斯特广结善缘的另外一个著名故事,是他在维也纳的时候看到一张海报上面写着:"本人是著名钢琴演奏家李斯特的学生,明天晚上在剧场举行个人演奏会,大家来光临吧!"李斯特看得一头雾水,不知道自己什么时候收过这样一个学生,后来回到酒店,一个年轻女孩找上门来,说:"对不起,我说自己是您的学生,冒用了您的大名。其实我是个孤儿,小时候跟着邻居学弹钢琴,18岁才去读音乐学院,可是又付不起那么贵的学费,被迫退学了,找工作也不顺利,因为我没有名师指导,也没有名师推荐。我现在要谋生,所以才大着胆子说自己是您的学生,希望借助您的大名让大家来买票支持我。可是真不凑巧,或者说真凑巧,我在报纸上看到您也来维也纳了,所以我良心有愧,特地来跟您请罪。"女孩边说边哭,眼泪打动了心地本来就善良的李斯特,李斯特说那看看我们能做些什么吧,然后李斯特要求女孩把她要演奏的曲子弹给他听,李斯特一边听一边给她点拨,结束后李斯特很幽默地跟女孩说:"好了,问题解决了,你现在就是我的学生了,可以名正言顺地公开说李斯特是你的老师了。"李斯特还告诉女孩:"你今天晚上演奏的时候可以宣布加一个彩蛋,就是你的老师李斯特会来助阵。"就这样,李斯特不仅免费教学，还免费出场支持，就像我们现在去听某某的演唱会的时候，突然来了一位特别嘉宾王菲，那对听众是很震撼的。李斯特如约参加了这位女孩的演出，最后一首曲子就是李斯特亲自演奏的。

  李斯特一生交过很多女性朋友，风流史也不少。他先结婚又离婚，之后娶了一个波兰贵族，两个人住在俄罗斯，十二年后又离婚了。中晚年后的李斯特把生命投入了宗教，他信仰天主教，推动了很多宗教音乐的创作演奏。同时，他也带学生，把他的绝技传授给学生们，并将很多关于音乐创作和演奏的笔记完全分享给了他们，直到75岁时去世，这就是李斯特的故事。

阅读小彩蛋

　　李斯特去世以前跟自己的亲人和学生说:"我不怕死，不怕我的生命逝去，因为音乐就是我的生命！"这是李斯特的自我肯定，他对永恒有自我的看法:艺术就是永恒，音乐艺术就是李斯特的永恒。这也是我非常相信的一点，生命的一切都是空的，到最后什么都会离你而去，你也会离所有事物而去，只有留下的艺术可以让一代又一代的人来欣赏、感动、启发。

莫奈：印象派的诞生

先说一下我中学时的故事。上美术课时有一位老师姓肖，戴着一副很厚的眼镜，身高有 180cm，是一位 30 岁左右的女老师。那时候在我看来，她就像阿凡达一样高。她教美术课，还教音乐和雕刻，好像十八般武艺都懂。因为是个小学校，一个老师需要教授很多门课。肖老师经常调侃学生，我们画的画，有些画得好，有些不好。所谓"不好"，就是画得乱七八糟，不像。画的苹果像香蕉，画的香蕉像西瓜。有的同学画得不好，可基本上也看得懂，或者有一点感觉，这种时候她就表扬同学是印象派画家。假如学生的画 90% 看不懂，剩下 10% 需要去猜到底是什么，她就说："嗯，同学你画的是抽象派，你是抽象派画家。"假如是 100% 看不懂，那肖老师会说："同学，你这张画很有风格，是野兽派。"其实她想的可能是野兽把人咬得血肉模糊后，根本看不出是什么东西，那就是野兽派。她很喜欢这样，好像在嘉许，也好像在调侃我们。她会稍作解释：印象派英文是 impressionist，画出人、物件、风景在你心中的印象，而不是像写实主义一样，把东西像拍照一样画出来。抽象派就不一样，主要利用几何的图形，比如直线、圆形和色彩的组合，来画出心中所想。

几何的美感，英文叫 abstractionism，翻译过来是抽象表现主义。野兽派（beast），像野兽一样狂妄。她是很有意思的老师，我很怀念她，那时候我十四五岁，她 30 岁左右，现在有可能在世，也有可能不在了，生命无常。

这篇要谈的是印象派。他是印象派的大师，甚至可以说是印象派的起源者，他是法国的画家莫奈（Monet）。

为什么说莫奈是印象主义的源头？我们先来说说 1874 年发生的事。那时候莫奈 34 岁，住在巴黎近郊，画画，从事艺术创作，过着苦哈哈的穷日子。在这之前的几年，他结交了一些艺术家朋友，大家画画有一个共同的特点：第一是喜欢在室外画画，不是真的想画那些景观的样子，而是画出景物在他们心中的感觉，特别是在他们眼中呈现的光影效果。

这跟当时的主流画家很不一样，主流画家画风景，重点不在于风景，而是以风景为背景来呈现宏大的历史、神话以及那些伟大的人物和权贵，或是凸显可歌可泣的传统故事。主流画家中的沙龙派，常常聚集沙龙聊天、举行画展，掌控了当时的艺术话语权。此外还有学院派，很讲究写实方面的技法。而莫奈跟他的朋友们看重的是风景本身，虽然里面可能也有人物（莫奈常常把太太和小孩画在里面）。他们主要画人跟风景、自然的融合，表现融合过程中呈现出的光、颜色、影子及其变化。

1874 年莫奈跟他的朋友们组了一个会，叫无名艺术家画家雕塑家和版画家协会。"无名"即不见经传，我们并非主流，但我们要另起炉灶，鼓吹我们的艺术主张。他们在 1874 年举行了一次独立展览，莫奈挑了五张自己的作品，其中一张画的是他的故乡。他出生在巴黎，5岁左右跟家人移居到乐菲尔，之后在乐菲尔长大，这幅画画的就是他的故乡乐菲尔日落的景观。画展出前，他朋友和朋友的弟弟来帮忙策划，朋友很喜欢莫奈这幅画，因为画面里主要画的是雾、港口、日出，他就取了一个很闷的名字，叫《港口的印象》(*a view of village*)。莫奈觉得这名字太闷了，说越简单越好，就叫《印象日出》(*impression*)，作为画家"我"印象中的故乡的日出。

画展出后，引来很多人的讽刺，"怎么好像是根本就没有完成的作品，不像一个完整的作品，像是一张草稿。"甚至有位很重要的评论家写文章加以讽刺，就用画的名字"印象（impression）"来讽刺，"*真的只是一堆印象，好像一堆草稿，连我们一般人家里那种墙纸的草稿好像都比这个海景来得完整。*"批评者认为这根本不是画作，只是随手涂鸦。莫奈跟他的朋友情商蛮高的：既然你这样讽刺我，那我们就自称为"印象派"(impression to listen)，印象派就这样诞生了。

评论家似乎很有话语权和影响力，可是真正留下来的是创作者，是画家，是作品。我对此特别有感触。以编辑和作者作比，我以前当过编辑，是编辑报社的副总编辑，可是我后来为什么不编了呢？我看到前辈的一句提醒，"*为什么要以一流作家之身来伺候五流作者之文呢？*"你本身是一流作家，与其去编辑、伺候那些五流六流七流作家的文章，不如当作者，最终留下来的还是作家。这样说可能对编辑有点不公道了，对评论人也不公道。可是，艺术的世界里真的有一个三角形，在顶峰的就是创造者、艺术家，然后是评论家、策展人、画商、赞助者各安其位，都有贡献。可是说到底，艺术是以创作作品为王的。

1874年抽象派诞生，莫奈被视作印象派的"老大哥"。所谓"老大哥"是有特别含意的，他真的是老，而且活得比其他画家都老。很多艺术家特别是画家，六七十岁就去世了，可莫奈活到了86岁，画了好多作品。中老年后，他得了白内障，所以他画的睡莲、莲花有两种，一种是没做白内障手术前，有点灰灰蒙蒙的、怪怪的，可是也有自己的格调。另一种是他做了手术，白内障好了很多，睡莲就多了一些颜色、光线，重新感受到色彩的美丽。所以艺术家，特别是画家，随着年龄增长，眼睛对于光线颜色的感受力不同，他的作品风格至少颜色方面会有明显的差别。

1840年出生的莫奈从小就喜欢画画，很有天赋，十一二岁开始自己画插画、炭笔画，之后慢慢发展到油画。他读书时，认识了一个很有名的画家，叫布丹。曾经有人很夸张地说，"**没有布丹就没有莫奈**"。布丹给他两方面的提醒：一是走到外面去，真正用眼睛看大自然、看光线；二是带他到外面去，提醒他看光线的时候不仅是看光线本身，还要看光线的变化，最动人的美学力量就在变化之中。莫奈认识布丹之后，认定了画画是他一辈子要做的事情。

后来，莫奈的母亲去世，他就没有再读书，而是跟着其他阿姨一起生活。搬去巴黎后，莫奈生活穷困，20岁去了阿尔及利亚当兵，本来签了七年合约，可他只做了一年就受不了了。他在军队里没时间画，画的画还被长官抢走、撕掉。长官不仅说他不务正业，还说类似"我们是拿枪的，不是拿笔的"的话来羞辱他。莫奈以生病为由要求退伍，继续回巴黎画画闯荡。后来他认识了女朋友卡米尔，卡米尔怀孕后，他们离开了巴黎，到近郊生活。

二人结婚后，莫奈跟他太太过了一段穷日子，要跑去其他地方讨生活、卖画。他在英国和欧洲其他地方游历，卖了不少他早期的作品。后来他去了伦敦，1870 年普法战争爆发后又去了荷兰。他在荷兰待了一年就回来了，在巴黎外围的阿让特伊住了六年。那六年是最美好的生活了，莫奈和卡米尔、孩子住在一起。莫奈很喜欢孩子，他的很多作品都有妻子、孩子在大自然中共存的美感。1879 年，莫奈 39 岁时，太太不幸去世。

但日子总要过下去，幸好这时候，他找到一位很喜欢他的画的艺术商人奥斯蒂。奥斯蒂支持他、替他卖画，在与奥斯蒂一家人交往中，莫奈跟奥斯蒂的妻子互生情愫。后来，奥斯蒂破产，丢下妻子、孩子跑去比利时。莫奈和奥斯蒂的妻子两家人住在一起，相濡以沫。到 1883 年，他们搬到吉维尼继续卖画。后来莫奈成名了，他的生活改善了很多，慢慢从小房子换成中房子，又从中房子换成有很大花园的大房子。他那些很动人的以莲花为主题的作品，就是在那里完成的。直到 1891 年，莫奈 51 岁时，奥斯蒂去世，莫奈与阿勒斯结婚。那时候经纪人努埃尔替他卖了很多画，他有钱了，就重返欧洲大陆四处游走，教画画、交流、演讲，成为一代宗师。

莫奈是一个用情很深的人，他对太太家人还有第二任太太很好。可是很不幸，第二任太太死后，他的儿子也死了，自己又得了白内障。虽然有钱了，心情却非常困顿。有人研究他的画发现，在他第二任太太去世后，他的很多画里有很忧郁的颜色。除了注重光线和变化外，不管是题材方面还是表达出来的感觉，都多了阴影和黑暗。从现在的角度看，那时候的莫奈，抑郁症已经很严重了。1926 年，莫奈因肺病去世了。

今天很多艺术馆、美术馆都收藏了他的画，特别是莫奈的睡莲作品。莲花在中国传统文化中有特别的意思，莲花出淤泥而不染，有其尊严和风格。每当我看到莲花的时候，首先想到的不是中国画家画的莲花，而是莫奈笔下的睡莲。看多了，喜欢甚至爱了。以后看到真的莲花，眼中也不是真的莲花。马家辉看到莫奈眼中的莲花，这就是艺术的力量，就是另外一种艺术意义上的真实。这是莫奈的一生。

阅读小彩蛋

我来说两句我蛮喜欢的莫奈的话，一句是，"画一幅画的立体感或说真实感来自什么地方呢？来自他的阴影，而人也是如此。"这句话很动人，就是说，人平平无奇也好，光明也好，时时不够看，真的是你有阴影，有变化，有对比，有层次。推而观之，人的品德、素养、言谈的层次都很重要，有层次感，你才动人，才有魅力。还有一句话据说是莫奈讲的，我不确定。他说："我们选择不拆穿爱情里面的谎言，是因为我们害怕失去爱情。"莫奈真的很懂爱情，大师真的了不起，什么都懂。

莫扎特：天才的抉择

我年轻时看过一部电影——《莫扎特传》，现在重看，一边看还一边想流眼泪。流眼泪有三个理由：第一，被莫扎特一生的故事感动。第二，为了自己已经不在的青春。上回看是二十多年前，一眨眼仿佛昨日，二十多年的时间去了哪里呢？照一下镜子，我几乎不认得镜子里的自己了，岁月真的像一把杀猪刀、杀马刀，真可怕。第三个想哭的理由，是为了电影里被指控毒死莫扎特的那个同事。其实这只是一个民间传说，可信度不高。可是这个人当时已经被种种传说指控害死了音乐天才，他百口莫辩，最后精神失常，晚年过得很惨。我为了他而悲哀，实在太冤枉。我这辈子就受不了冤枉，受不了自己的冤枉，也受不了别人的冤枉。

说回莫扎特的故事。电影归电影，就像很多民间传说一样，都是不真实的。可是越不真实，越表示他是传奇。我们对于他，已经不能用"崇拜"这种简单的字眼，而是非常敬畏这位短命的音乐天才。

莫扎特1756年出生在当时属于罗马帝国的萨尔斯堡，只活了35岁，1791年就去世了。他的一辈子因为太厉害，民间流传着各种关于他的传奇故事。他几岁时，整个萨尔斯堡，甚至神圣的罗马帝国，就开始谈论这个小孩。11 岁就写出很动人的歌剧的小孩，到底是谁呢？怎么会有这种成就呢？他的成就可以高到什么地步呢？人们都在谈他，可能被谈得太多，也可能是才气太大，他 35 岁就去世了。我们中国人常说"天妒英才"，这四个字用在他身上是合适的。当然，从当时基督教或天主教的角度看，就不一样了——这是神的意志，一切有主的安排。

我们不谈宗教，谈回历史。莫扎特有很多传奇，今天假如去欧洲的德国、奥地利，都会看到莫扎特的海报、铜像，样子大同小异，看起来蛮气派，很英明神武。现实中的莫扎特其实不一样。他个子很小，大概只有一米五，鼻子超级大，眼睛很突，皮蛮皱，怪怪的。他的身体结构，让他显得奇怪，可是也是他的基因，让他具有天才禀赋。到今天，他只有一张藏在波隆那市音乐博物馆里的画像，完成于 1777 年。当时的莫扎特只有 21 岁，但看起来像一个 50 岁的老头。

当然，现在围绕"莫扎特"，已经形成了一个产业。据说他爱吃的巧克力，以他名字命名的钢琴品牌、音乐等全球的"莫扎特"产业，每年产值大概达到 800 亿美元。这样规模的产业都依靠于主人翁的传奇，也就难怪要把他塑造得英明神武了。一个未老先衰的人怎么可以呢？！

诸位有空可以看一下 1777 年完成的被称为《波隆那的莫扎特》的肖像画，一睹莫扎特的尊容。莫扎特的父亲也写信给朋友说，这张画从艺术角度看没什么，可是从跟本人相似的角度看，确实是完美的。所以很可悲，莫扎特就是这么丑。

丑没有关系啊，他是天才啊！我觉得就是基因。莫扎特的父亲是当时教廷的交响乐团的乐师、作曲家，母亲也懂得唱歌，这种音乐基因遗传给了他，而且扩大了一百倍。莫扎特的种种传奇里提到，他在三四岁时已经很懂音乐，拥有完美的音乐感，听到的每一个音符都能记得并重现，而且想象力强。莫扎特留下的一些书信里这样讲：别人可能是听到音乐，我却是看到音乐。他看到音乐的具体形象，高低起落，喜怒哀乐，在他眼前出现。音乐到底是怎样的形象呢？我不晓得。和莫扎特刚好相反，我是个音盲。我们只能想象，音乐在莫扎特眼前跳舞。

莫扎特五六岁已经开始写曲了，11岁写了歌剧，音乐方面的天赋非常让大家震惊。父亲好好培养他，带他游历四方。这样的神童，大家当然抢着要"抓"他。莫扎特十来岁已经被**教堂抓去当首席乐师，写各种宗教音乐**。因为受当地大主教雇用，莫扎特这一时期写的音乐绝大部分是宗教主题，为了膜拜上帝而写。莫扎特交了功课，但内心很痛苦，他在书信里跟他朋友说，"每次我都很努力，来满足教堂的要求和期待，写宗教的音乐，可是他们可能不知道，我里面夹藏的，不管是从形式，还是从内容上，调戏的成分，有对于宗教的一点猜疑不信任。"他还在写给海顿的信里说，"他们应该不会知道的，因为以他们的才智、他们的音乐能力，远远比不上我和你的第一步，所以被调戏了、被嘲弄了，他们不知道，以为我完全、百分百替他们来歌颂神，歌颂上帝。"莫扎特有着天才的叛逆，还有调皮的部分。

莫扎特终于还是受不了这种规范，在24岁时离开了萨尔斯堡，跟母亲去了慕尼黑。他也开始谈恋爱，爱不同的女人。他跟母亲关系很好，后来母亲不幸去世，他为母亲写了不同的曲来悼念，哀伤里也有愤怒。我特别喜欢他音乐里愤怒的部分，好像突然狂怒，在神面前，在命运面前，在谁面前都不服输，至少要骂回去。我喜欢大气魄的艺术创作，不管是音乐、文字、电影。母亲去世后，他回到乡下，在他爸的安排下，教堂重新聘用了他。可是太天才的人都不愿意听别人的，他后来还是不干了，去了维也纳、布拉格，替不同城市、剧院写歌剧、曲子，写《唐璜》《魔笛》等作品。有些只叫好不叫座，有些既叫好又叫座。当时欧洲贵族流行通过赞助养着音乐家们，当他们跟朋友开沙龙、晚餐聚会时，就请这些音乐家来家里演奏。莫扎特一向不喜欢规范，相比之下，贵族赞助比写规范重重的宗教音乐好多了！对他来说，只要轻轻动一下手指头，就能满足贵族们对于音乐的期待了。

莫扎特闯出了他的一片天地，整个欧洲都在谈论他。可是很不幸，35 岁他就去世了。1791 年 7 月，一个贵族找他写《安魂曲》。这是他一生中非常重要的一部作品，可是莫扎特没有完成它就去世了。后来是他的学生根据老师的风格，和他留下的一点点笔记，把它完成的。在创作作品的时候，莫扎特已经生病了，皮肤烂，整个人发烧，身体肿胀，很痛苦。据莫扎特的太太说，感觉是不行了。有一天两个人出去散步，坐在公园池塘旁边，莫扎特牵着他太太的手就哭了，跟她说："在创作《安魂曲》的过程里，我好像看到死神，看到自己被死神带走了。"他感觉自己命不久矣。莫扎特说，"我真的活不了多久了，我觉得《安魂曲》不是为贵族而写的，而是为自己写的。"我们可以推断，《安魂曲》在莫扎特创作的过程当中——创作的时候，总要有个想象的对象——可能把对自己的悲剧想象写进里面，才写出这么让人心痛的《安魂曲》。

关于莫扎特的死亡，有很多不同的故事，哪部分真，哪部分假，无从分辨了。有人描述，在他去世的前一天，莫扎特请人把《安魂曲》的乐稿拿到他的前面，他自己唱了其中的部分，亲人、朋友也在旁边唱。他感觉这个曲子其实是为自己写的，他死前想唱给自己听，也听别人为他唱。唱到《落泪之日》这一小节的时候，莫扎特开始痛哭。十多个小时后，1791年12月5日凌晨一点，莫扎特就离开人间了。离开前，他也跟太太说："我没骗你，这部《安魂曲》是为我自己而写的。"他太太提到，莫扎特从开始生很严重的病的时候，就不断跟自己说对不起，说："我一辈子，所谓一辈子，30来岁，只有音乐，对于太太、小孩照顾得不够，不管是精神方面，还是经济能力方面。在经济能力上，偏偏在我能够供养你和孩子的时候，我就离开了，留下无所依靠的你了。"

关于他的死，当时有传说是萨列尼，也就是他的对手、同事，因为嫉妒他的天才，下毒毒死了他。不过后来又有很多不同的研究和说法，但没有任何证据支持下毒。十几二十年前有人找到他的一块骨头，很多病理学家去研究得出了不同的结论，有的说是肝病，有的说是感染，让他整个内分泌完全坏了。还有研究说因为缺乏维生素D，让莫扎特病情恶化严重。在1994年神经学的期刊上，有人说莫扎特死于头部外伤。外伤是不是被打或被谋杀的？马上有人跟进研究，说骨头是左边骨折，而且有腐蚀的特征，有血肿，所以莫扎特可能不是被打，而是在去世一两年前，因为突然晕倒，头撞到桌子或地上导致血肿，后来去世。还有研究说，当时因为头疼，采用了放血手术，没有处理好。又有另外一种说法，说其实是医生失德，没替他治好。2000 年有一篇文章，两个外科医生、一个音乐家组成小组，对历史考证，对骨头再检查，得出结论，说莫扎特死于风湿热。2009 年，英国、荷兰的研究团队研究他的死因，结论是非常可能死于链球菌感染导致的急性肾炎综合征。这种病在奥地利被称为"浮肿症"，莫扎特的儿子和老婆也记录过，说莫扎特死前几个礼拜，的确全身浮肿，手指几乎不能动，更别说弹钢琴了。

所以，可以得出个定律：越天才，传说越多；天才死得越早，时间隔得越远，传说越多。

传说莫扎特能够一稿成书。写音乐，坐下来就写，而且从来不改。但大家研究莫扎特留下的乐谱手稿，发现不是这样。他一改再改，甚至有些地方剪剪贴贴，把以前某个作品某一个章节放进去，看看行不行。虽然莫扎特很天才，可是也还是人，还是要用心去处理艺术创作。

话说回来，很不幸的是，他太天才了，老天嫉妒。他有七个兄弟姐妹，五个都很早去世。莫扎特年轻的时候已经有风湿、肾病，整个身体硬件很脆弱。反过来看，能撑到 35 岁，留下二十多部歌剧、四十一部交响乐、五十多部协奏曲、二十多首钢琴奏鸣曲，这些伟大的艺术作品，已经是莫扎特对我们的恩典，对人类音乐艺术的恩典了。

莫扎特给我们的启示，天才方面没得学，有一点倒是可以领悟，就是用自己的天才，吃自己的饭。假如他志向比较小，一辈子安定，替教廷写宗教音乐，就不会留下那么丰富又非常创新、破格的音乐作品。无论人怎么天才，还是要做一个选择。正因为认定自己是天才，所以我不要受眼前所谓"安逸""安定"的捆绑。不管我们是不是天才——必须承认，我们都不是——莫扎特这种不甘于安逸且有勇气的选择，倒是我们能够用上的。大家要好好记住，尤其年轻人，不要被眼前的安乐、舒服绑住，即使不是天才，也可以有做大事的机会。

阅读小彩蛋

莫扎特胸有大志。他写信告诉朋友："我的音乐创作里，除了上帝除了神，没人能够绑住我。"换一个角度看，当他告诉朋友这句话的时候，他把自己视为神了，当然稍稍逊于神。他有大志，也有谦卑——神跟上帝可以绑住我，可是你们人类想绑住我吗？想也别想。我现在去重听他的《安魂曲》了。

凡·高：成功的失败者

这一节我们来谈谈大师凡·高。不管对艺术有没有兴趣，提起凡·高，人人都会在脑海中浮现出一些形象或关键字，甚至是一些事件。因为他太有名了，在全世界各个地方的咖啡店、酒店的大堂墙壁上，可能都会出现凡·高的画，比如《星夜》(*The Starry Night*)，或是最有名的《向日葵》。可能是受每隔几年都会出现的凡·高的电影、书的影响，许多人提到凡·高，想到的关键词会是"疯子"：一个疯子乱画了很多非常漂亮又非常震撼的画，甚至疯到把自己的耳朵割掉，最后开枪自杀。不管是在动画还是真人电影中，凡·高的形象总是瘦瘦的，满脸胡须，这来自他一张非常著名的自画像。这幅自画像画于1889年，那一年凡·高36岁。画完自画像的第二年，他就开枪自杀了。

荷兰阿姆斯特丹有凡·高美术馆，馆里到处都是他的作品。我在美术馆里闲逛，从三楼逛到地库，看到各种画杂七杂八地丢在地上，都是他的画。他一辈子真的画了好多画，平均下来，可能两三天就画一张。这些散乱堆放的画，每一张拿出来拍卖都非常值钱。在美术馆里我想到了六个字，感觉完全可以概括凡·高的一生——

"成功的失败者"。作为艺术史上一位璀璨的传奇，凡·高是成功的，但是他也走了一辈子霉运，好像做什么都失败，包括卖画。我们知道他生前几乎没卖出过画，很多时候是他弟弟为了增加他的自信心，掏钱请别人来买的。他这辈子唯一不失败的地方，就是有一个好弟弟西奥。

我记得爱因斯坦好像说过："**只要你不放弃尝试，就永远不会失败。**"也就是说，只要你尝试新的东西，就一定有失败的机会。这句话说得好，凡·高也是在各种狂热的兴趣驱动下去做，然后失败了，可是凡·高的失败能够让他死后成功，其实也因为他除了尝试还有坚持。当然，也有人说因为他发疯，假如没有发疯，可能也画不出这些画。所以作为一个成功者，不管是生前还是死后，你要尝试，要坚持。假如你是个艺术家，最好也偶尔发疯一下，也可能增加你成功的机会。

凡·高很短命，1853年出生，37岁就去世了。他的作品风格被称为后印象派。印象主义前期的代表人物有莫奈，后印象主义的代表人物就是凡·高。后印象主义跟另外一个流派的运动非常接近，叫作表现主义。印象主义是impressionism，表现主义是expressionism，两者的区别是什么呢？我们谈印象主义会说注重光影，捕捉光影的变化。比如莫奈的莲花，不同的莲花有不同光影的变化效果。但表现主义则不管这些，而只管心中的感觉变化，所以他们表现出来的作品形象可以是扭曲的，可以是颠倒的，可以是一团你不太明白的东西，但看过的人大概能有个感觉。因为虽然你不是一个疯子，你看不到这个影像，可是艺术家眼中和心中的感受，你能够感受到。比如凡·高画的《星夜》，你能看到扭曲的天空、星星,甚至感受到类似恐怖片的感觉,这其实就是凡·高情绪低潮时星空给他的感觉。在你看这个作品的时候,你就是那个画家,你就是凡·高——因为你通过他的眼睛在看景色,与画家的感觉合二为一。

凡·高本来一开始也在艺术的行当里打转,但不是创作,而是以艺术贸易商的身份做买卖。他父亲是荷兰一个教会的神职人员,妈妈是一个出身富贵家族的大家闺秀,同时也是一个牧师,在荷兰很著名的莱顿大学拿过神学学位。两人结婚后,都很重视家庭的艺术教育和宗教教育。凡·高的叔叔伯伯,都是艺术品贸易商,经常在家里谈艺术品,妈妈也教他画画,他带着与生俱来的天分在这样的环境里长大。等他十来岁时,长辈们就让他在艺术品交易公司实习。他非常投入这份工作,因为他自己懂得很多,其他人也觉得孺子可教,愿意倾囊相授,他的弟弟妹妹都说这可能是凡·高一生最快乐的时光。可是凡·高是不善言语的,他瞪着一双眼睛看着你,却表达不出来;兴奋的时候,也会用非常高亢的声音来表达情绪。可是因为讲太快,而且没有逻辑,大多时候都没人能听懂他说的内容,所以他在人际关系上是不太顺利的。

他的爱情也很不如意。他爱上了房东太太的女儿,跟她表白,但还没等到女孩的父母亲反对,女孩自己就明确地拒绝了。女孩不仅咒骂凡·高,还马上跟另外一位房客订了婚。这是凡·高第一次失恋,他开始产生幻觉。据传记里说,表白被拒绝后,他回到家躺在床上,觉得整个夜晚的天空是压下来的一张被子,把他压得呼吸不了,他整个人从床上跳起来只想大哭,觉得心中好像有一头野兽在呐喊。可能就因为情绪不稳定,他对艺术交易公司的工作也慢慢没了兴趣，转而对宗教产生浓厚的兴趣，甚至到了狂热的程度。每天起床就拿起宗教书籍研读，想象自己以后要跟他父亲一样成为一个神职人员。后来他的长辈们把他调到了巴黎，希望他能在这个行业有长足的发展，可是他越做越不好，最终被辞退。后来因为语言能力很好，欧洲的几种语言都会，凡·高就到学校里当老师，教艺术、教语言。可是他依然没把老师的工作做好。

做艺术贸易商失败，初恋失败，当老师又失败了，凡·高只好回老家阿姆斯特丹跟着叔叔。叔叔替他找了出路，支持他考神学系，目标是神学最好的阿姆斯特丹大学。可是凡·高没考上，又失败了。山不转路转，路不转人转，凡·高就去其他的小学校读了传教士培训课程（有点像补习班），可惜又读得不好。好在因为父亲本身是一个专业的传教者，有人脉，给他安排去了比利时的某个小地方传教。于是他在那边租了房子传教，怎么传呢？跟着工人去矿区，给工人和矿区街头的流浪汉传教。为了跟那些人打成一片，他让自己从装扮到生活都更贴近他们，穿的衣服也破破烂烂、邋邋遢遢的。他传教时也不按普通的方法来，除了讲正统的教义，还讲很多自己创作的宗教故事，这时他已经表现出一些幻想症的症状。他家里人认为他精神出现了一些问题，甚至想把他送去精神病医院，可是他拒绝，只能回到老家，到处游走。

他弟弟反而是蛮长进的，当然是传统意义上的长进。赚了一点钱就支持凡·高去布鲁塞尔皇家美术学院，学习基本的画画技法，慢慢摸索就真的走上了艺术之途。但是凡·高又一次次恋爱，一次次失恋。

他好像碰到谁都很容易爱上对方，甚至爱上比他大七八岁的表姐。表姐结过婚还有小孩，但是他向她求婚依然未果。根据《凡·高传》的记载，那位表姐其实刚开始还觉得这个年轻人蛮有艺术气息的，画出来的作品很动人，产生过一点兴趣，可是跟凡·高相处了几天之后，就觉得完全无法理解他，认为这个未来的艺术家脑子出了问题，所以她就说："不，永远办不到，永远办不到！"一句话就像一根棒子打在头上，让凡·高崩溃，他只能坚持创作，因为艺术创作能让他的精神稳定下来。

凡·高一辈子只恋爱成功过一次，对方是一个妓女，而且是酗酒的妓女。妓女跟凡·高相处的时候怀着孕，凡·高一直以为小孩是自己的，后来证明不是，反而从这个妓女身上感染了性病。最后女孩跳河自杀了，凡·高只能继续搞他的艺术工作。

过一段时间凡·高又交往了一个女生。女生很爱凡·高，可是女生家长反对，他们也一样看到了无法正常交流的凡·高，也认为画画不是一份正经工作，所以邀请凡·高到家里吃过饭后就反对两人交往。

一次又一次的打击让凡·高的精神问题越来越严重。可是很有趣，好像有人统计过，每一次凡·高的创作数量激增，或者最重要作品的出现，都是在他失恋之后。而且在他精神出状况的时候，作品也是最精彩丰富的。像这一次失恋之后的两三年内，他画了两三百张画，包括很著名的《草帽与烟斗》《吃马铃薯的人》等，这些都是在他情绪低潮时创作的。但这些画当时卖不出去，很多时候都是靠弟弟暗中找人买下来，给他支持。他那时给不同的人写信，语句常常逻辑不通，且晦涩难懂。可是慢慢阅览、解读，你就能直观地感觉到凡·高的生活是如何困顿：他没钱，也没饭吃，偶尔去别人家，会给他一些酒和面包，他还再一次患上了梅毒……他的生活就是所谓的"成功的失败者"。

失败也有不同的等级，他是超五颗星的失败，什么倒霉的事情都发生了。后来他继续画画，开始受到一些尊重，甚至跟著名的画家高更往来。两人一起到巴黎，相处了一阵子，高更甚至还跟他交换画作，好像还觉得不错，这个是他欣赏的艺术家，甚至是他的对手。可是两人最后也闹翻了，也为了又一次的失恋一再崩溃，凡·高的情绪病一发不可收。之后，他又因为财务问题割了自己的耳朵。当然，割耳朵的事是一个悬案，有人说是因为失恋，有人说是因为和高更吵架——高更认为凡·高伙同弟弟一起骗自己的画，两人吵得不可开交，凡·高就割耳朵以明志，最后还把耳朵打包送给了当地一个妓女。很奇怪，凡·高每一次的淋病和梅毒，应该都是从妓女身上感染的，可见他对妓女真的有一些情结，这些病后来也从来没有真正康复过。

后来凡·高经常进出精神病院，情绪时好时坏，他在家画画时经常因为一些怪异的言行被附近的村民联名举报，要求警察把他抓到精神病院强制治疗。终于到了1890年的某一天，37岁的凡·高拿着一把左轮手枪自杀了。可是他自杀后并没有马上死，子弹穿过他的胸膛，打中肋骨，没有立刻致死。凡·高自己走回了小客栈，然后找医生来看，但医生没办法取出子弹，直接走了。伟大的超大师凡·高就一个人抽着烟，带着子弹待在房间里。第二天弟弟来看他，他才终于去世。

对他弟弟来说，凡·高又是一个什么样的存在呢？我觉得假如凡·高真的是一个成功的失败者，这个成功的最大的关键就是他弟弟的信心和信任，他弟弟说过："我哥哥不是一个疯子，从他在生的时候一直画画，我就知道他绝对不是一个疯子，他只不过是我们都不了解的天才，假如真的有人发疯，那个人绝对不是凡·高。"他表达得很好，他也没有说我们才是疯子，这样就太白、太俗、太浅了，他说的是"假如真的有人发疯，那个人绝对不是凡·高"。这是只有他弟弟才有的信心，凡·高后来很多作品能够保存下来都是靠着这份信任。

当然，关于凡·高的死亡是有很多争议的。美国一些传记记者查了很多档案，写了很厚的书，认为他不是自杀而是被两个青年枪杀的，其中一个年轻人当时十五六岁，长大后还接受过媒体访问。不过他坚定地否认了，解释说："那把枪虽然是我们找回来的，可是被凡·高借走了，所以不是不小心开枪把他打死的。真的是他自杀。"可是其他美国记者就补充说他们也没有第一手的证据，只是提出了各种疑问，比如凡·高被子弹打中的地方、那把手枪的来源等等。在他们看来，凡·高是被误杀而不是被谋杀的可能性很高。这把手枪近几年流出来被拍卖，卖到蛮高的价格，不过也没办法证明那把左轮手枪真的是他用来自杀的，只是说很有可能是他用来自杀的那一把。

这就是"成功的失败者"凡·高的故事。以后当你看到向日葵，看到星空，请你记住这六个字：成功的失败者。假如你现在觉得自己是个失败者，也不要绝望，不要太悲观，因为你死了之后可能就成功了。我常常用凡·高的故事来勉励自己，以后我死了，你们才明白我的成功，你们才会怀念我。可是对于当时的凡·高来说，感觉是很不一样的。

阅读小彩蛋

我们分享一句由他弟弟西奥传达的凡·高遗言,翻译为普通话,就是——"痛苦永远存在不去"。或者可以简化为四个字"痛苦长传"或"痛苦永传"。这真是一句让人非常沮丧的遗言。

狄更斯：通过作品不断成长

大家对美国家传户晓的作家马克·吐温一定不陌生，他是19世纪美国第一位真正的本土作家。马克·吐温在美国大地走红的时候，在英国有一个人跟他旗鼓相当，这件事很有意思，在两个地方都出现一位大大走红的作家，他们写的小说、故事非常受欢迎，很好读也很好懂。因为他很多著名的经典小说都是在周刊、月刊、季刊上面连载，大家都追着买来读。这个大作家就是查尔斯·狄更斯（Charles Dickens），他比马克·吐温年长一些，1812年出生，可是他比老马短命，1870年就去世了，只活了58年。

他被称为维多利亚时代伟大的英国作家，主要风格通俗好懂、感人幽默，还有一个很明显的特征，有人称之为 critical realism，即批判现实主义。狄更斯所处的维多利亚时代，是第一个大英帝国的高峰，没有什么法规，没有对于环境的保护、对于工人的保护、对于弱小女性的保护，贫富悬殊，且穷者越穷，富者越富，他本身的成长经历也非常坎坷，所以狄更斯就把自己见识过的维多利亚时代的人物，加上自己的想象，写成很动人的故事，对于现况非常地批判，也融入了高度的写实风格，所以就称为批判写实主义。

他的作品你应该都读过，没读过也至少听过，这些作品到现在还不断有人提起，而且被改编为电视剧、舞台剧、电影。比如《双城记》，记得开头那句名言吗？"这是一个最好的时代，这是一个最坏的时代，这是一个智慧的时代，这是一个愚蠢的时代"，小说主要描写伦敦跟巴黎这两个城市的人，表现了权贵的虚伪、老百姓的悲惨。还有 *Oliver Twist*，翻译为《雾都孤儿》，也有直译的，叫作《奥利弗·崔斯特》；也有 *A Christmas Carol*，翻译为《圣诞颂歌》，也有的直译为《小气财神》，讲的是一个老财主，怕捐钱怕送礼物，不出门待在家，结果见到鬼，把他吓了一跳，后来他对于人跟人的关系、对于财富的看法完全改变了；还有 *David Copperfield*，直译为《大卫·科波菲尔》也有人翻译为《块肉余生记》，我觉得翻译得很好，讲孤儿怎么成长、挣扎、变成成功的人，多么悲惨，而且自己的黑暗面也被引发了；还有《伟大前程》(*Great Expectations*)。这些书家喻户晓，里面有一个概念就是"成长"。你越是碰到不好的环境、不好的人，越是要争气，自强不息。他的小说有个写作模式，通常受苦的人都是小孩，小孩成长过程中会遇到一些很差很差的恶棍、坏蛋，也会碰到一些愿意自我牺牲的女性，有时候主动有时候被动，还会碰到一些善良的人，也愿意去付出来帮助这个小孩，当然更重要的是这个小孩自己争气、努力，最后成功而且大大教训了这个坏蛋、恶棍，因为是描述小孩的成长，所以有人称为"成长小说"。他的小说把英国当时的状况都展现了，他有很好的白描功夫，尤其是把伦敦有钱人虚伪的嘴脸，那种伪君子的想法、装腔作势的谈吐描写得非常精彩，还描写了伦敦的环境，泰晤士河边脏乱臭，不断建工厂、不断建高楼大厦，可是贫民窟里的每个地方都像老鼠窝，人就像老鼠一样活着，活得那么卑微可怜。他就是用这些功力写出了伟大的小说，这些来源于悲惨的童年，曾经有一个美国作家说，"作家要写好的小说、动人的小说，最好有一个悲惨的童年"，狄更斯就是这样。

狄更斯出生在朴次茅斯，10岁时全家搬到伦敦，为什么说悲惨呢？他老爸做生意失败，欠了一屁股债，被抓了。抓去哪里了？牢房，老婆也要连坐，也要坐牢，小孩就惨了，十一二岁的狄更斯就被送进了一家做皮鞋的工厂当童工，还要做皮鞋，还要做鞋油，他每个礼拜工作六天，每天至少十个钟头，挣非常非常少的钱，工作环境脏乱不堪，很悲惨。狄更斯回忆那一段生活，说最可怕的是完全被人家瞧不起，生活完全无望，自卑感很重。直到成年之后，成名了、有钱了，还跟他们朋友说："我从来没有勇气回到过去，回到去替别人做牛做马的破地方。"当然，他也把这种可怕的、悲惨的经历写进了小说里，那些人也一样，所以他的小说中经常出现牢房、工厂、脏乱的泰晤士河畔，还有那些坏蛋。曾经有一个坏蛋对号入座，告他，说，你写的这个很坏的工厂老板不就是我吗？你不是毁谤吗？幸好没有告成功。

后来他的运气开始变好了，有一个远房亲戚很悲惨地去世，可是很奇妙地留下了一笔遗产给狄更斯的家人，他们的生活就改善了。狄更斯没有受过什么正规的、系统的教育，生活改善之后他就当了记者。在那个年代好像十个作家有八个当过记者，还有另外两个是想当记者没有成功。他当记者，专门跑国会新闻，也要到不同的议员的选区，因为要报道议员的状况，开会、行政的状况，所以草根出身的他就到处走。他把这些掌握权力的尊贵议员的生活，还有背后的故事，写成一篇一篇的报道文章，总成一本让他开始走红的书，即用笔名写的《博兹特写集》。1836年他第一本真正受欢迎的小说出版了，中文译作《匹克威克外传》，主要讲一个英国老绅士跟各种各样的几个朋友去旅行，途中大家使诈，受到种种的意外挑战，彼此出卖、背叛，最终老绅士用他真诚的、有道德观念的哲学让大家改过，当然也有受惩罚的。这本书第一年卖了几百本，第二年不知为何突然走红了，人的运气就是这样，假如不是他亲戚死掉，不是有遗产，狄更斯能不能成为狄更斯，就很难说。这本书第一年卖得不多，第二年突然被一些议员、同行的记者讨论，就开始红了，被广为阅读。他手上有了钱，更重要的是有了自信心他就开始很专心地写作了。他最缺的就是自信心，小的时候很自卑，做苦工、童工。他一直写，在不同的杂志、报纸上写连载小说，大家就像二十世纪五六十年代的人读金庸小说一样追着来读。1850年狄更斯还创办了自己的周刊《家常话》，刊登自己的小说，也刊登别人的小说，不过都是通俗小说。他还出了一本叫《一年四季》的季刊，也出版连载小说，赚版税。赚的钱多了，他就可以做他年轻的时候就喜欢做的事，去表演、朗读，即Public Reading，主要朗读自己的作品，读等于再一次创作，读的同时加加减减、添油加醋，他把故事人物大概讲出来，临场发挥，加了很多东西，很受欢迎。所以他不仅在英国每个城市到处跑，还跑去美国表演朗读，收入场费。我觉得收入比不上他的版税，因为狄更斯的小说人手一册，可是朗读表演除了赚钱外，也是他的爱好，他有很强的说话能力，就像马克·吐温一样，讲话非常精彩。

不问便知，狄更斯等人，他们的作品也好，书信也好，留下很多金句。像狄更斯《双城记》的开篇："这是一个最好的时代，这是一个最坏的时代，这是一个智慧的时代，这是一个愚蠢的时代；这是一个信仰的时代，这是一个怀疑的时代，这是希望的春天，也是失望的冬天；大家正踏上天堂的路，大家正走向地狱的路。"把两个对比的词放在一起，让你马上好想知道到底什么事情、什么东西、什么人，怎么会纠缠在这样两极化的处境里。他还说："对世界而言，你是一个人，但是对某个人来说，你是他的整个世界。"哇，多么厉害，多么动人啊。还有很励志的句子："我有个原则，想到要做一件事就一定要做到，而且要做得彻底，否则我不是对不起别人，我是觉得我对不起自己。"他还劝别人："你呀，不要那么急，不是心急，不是焦急，是不要那么急过来，世界这么大，它容纳得了我，也能够容纳你。"还有一段，我好喜欢："I love her against reason, against promise, against peace, against hope, against happiness, against all discouragement that could be, Once for all."意思是：我爱她，我知道是违背理性、妨碍前途、让我心灵不安的，而且是破灭梦想、断送幸福、注定要让我受尽折磨的，可是没有办法，我爱上她之后，就再也不能不爱了。多动人啊。前面讲我知道、我明白这不好，不应该爱，有千百个理由，我不应该爱她，可是没有办法，我爱她，爱上了就再也不能不爱她。还有一句话是："最开始我胆子太小了，明知道我不该做的事却不敢不做；后来同样是胆子太小了，明知道该做的事却不敢去做。"意思是怪自己很懦弱，像一个胆小鬼，不该做的我都做了，该做的我一件都没有做。

狄更斯自己也有很多事情被人议论。比方说他的感情生活，他18岁的时候有个初恋，一个银行家的女儿，家庭很富裕也喜欢他，可是她爸妈不喜欢他，觉得门不当户不对，反对他们在一起，觉得他是穷小孩出身，后来条件稍好一点，也不过是个记者，这让他很难过。幸好他又交往了一个女朋友，名叫 Catherine，他 24 岁时两人结了婚，还生了两个儿子，可是相处并没有持续很长时间，狄更斯很快移情别恋。据说他老婆也知道，原来狄更斯爱上了他老婆的妹妹，16 岁的玛丽。后来玛丽不幸去世，狄更斯很难过。他写文章说，很长一段时间，每天晚上都梦见他和玛丽相处得很好，很甜蜜。

玛丽去世后，他又跟老婆的另一个妹妹暧昧起来，后来她还陪着他终老，这在当时是一件很轰动的事。有人认为他是渣男、抛妻弃子，可是从另一个角度看，他很有勇气，他是个作家，在维多利亚时代的上流社会，拿笔的文人做这种事备受争议。发生这件事情的时候他 46 岁，跟老婆分居了，在分居前一年，他就跟一个 18 岁的女演员 Allen（艾伦）谈恋爱，他们是怎么认识的呢？有点像导演和演员那样，当时朗读表演需要演员来配合，他招到了 Allen，他们爱上后在一起好几年。狄更斯是 1870 年死的，1865 年 6 月 9 日，他跟 Allen 和 Allen 的妈妈坐火车，出了车祸，前后车厢都死了很多人，只有他那一节车厢没事。可是就在五年后的同一天，他因脑中风去世了，才 58 岁。他应该也没想到，五年前逃过大难，可五年后的同一天，却没逃掉。

那个年代除了马克·吐温、狄更斯，在欧洲还有安徒生，我们都知道安徒生童话。当时很好玩，安徒生去英国，本来跟狄更斯关系很好，后来闹翻了，为什么呢？安徒生去狄更斯家里借住，前一两天称兄道弟，喝酒聊天，相处得很好，可是他居然不识相，一住就住了五个礼拜。这就像你在外面读书工作，放假回家，爸妈前一个礼拜对你非常亲切,亲生骨肉很疼爱,再过一个礼拜还不走,他们脸色就不好看了。更何况是朋友?安徒生住了五个礼拜,俩人就翻脸了。据说是狄更斯嫌弃安徒生,觉得他娇生惯养,早上没有仆人替他刮胡子,他都不自在,都要哭的,嫌弃这个嫌弃那个,于是招待不周,好朋友就闹翻了。

1870年6月9号,狄更斯突然去世,幸好他去世前早立了遗嘱,遗产分配处理得很好。他很慷慨,前妻也分到了一大笔钱,儿子、老友、工人都有份,情人更不在话下,而且他让人简单处理丧事,不要铺张,把他安葬在教堂旁边。但是他太有影响力了,太出名了,连英女王也喜欢看他的小说,下旨把他移葬在英国伦敦西敏市一个很重要的地方——对历史、时代有贡献的人安葬的地方,觉得这样才配得起他的身份。

也有人说狄更斯歧视女性,特别是对老婆不好。的确在那个年代,不管怎么批判现实,他自己的两性观念还是很奇怪的。他后来资助成立了妇孺之家保护妇女,可是里面教女生煮饭、熨衣服、守规矩,还是免不了把女人看成次等动物。我想起一个女性主义者朋友,她爱好文学,可是不免经常崩溃——原来我喜欢的作家都是渣男,以后不要再读他的书。而且她还非常懊恼自己以前那么喜欢他们的书,比如马克·吐温、狄更斯等,我觉得作家和作品也是可以分开来看的。

这是狄更斯的故事。

阅读小彩蛋

我讲一下狄更斯的遗嘱,我觉得对一个写作的人来说很动人。他说什么呢?"记得,我死了以后,在我墓碑上只刻我名字就够了,不要加先生,不要加阁下这些尊称,也不要开追悼会来怀念我,为什么呢?因为我的书已经足够让别人记得我了。"这是一个作家自豪的地方,我的书已经足够让别人来记得我。

我非常喜欢这一段话。我认为还要加一个永远,"已经足够让大家永远记得我了"。

狄更斯,你厉害!

大仲马：破产的基度山伯爵

19世纪初期到中期，印刷产业繁盛，出版产业发展，大量廉价书刊出现，小小的书本、报纸、杂志，有点像过去十年互联网时代突然出现很多不同的平台，视频、音频综合的平台。当然，写严肃的文学是另一回事，选择躲在家里用三年五年写一部20万字的小说，那是你的选择。可是假如你选择写得很快、很通俗、很动人——这件事情请注意，流行文化不表示就没有深度、没有意思，你可以创作得很快，也可以很受欢迎，同时也可以很有深度，这三者并不冲突。比如马克·吐温、狄更斯，还有大仲马，都是写得快且流行得广，有很多的作品也很有深度。在美国、欧洲大陆，都出现过这样的说故事的高手，他们都非常精于讲故事，通过当时普及的印刷媒体平台成为一方之霸。

大仲马写了很多小说，用"大仲马"笔名出版的小说有150多部，还写了很多戏剧，有90多部，文集更是多达200卷，真正的著作等身。可是其中很多不是他写的，只不过用他的名字来发表，版税进了他的口袋。在华文语境里面叫他"大仲马"，以区别于他的儿子小仲马，他的法文名叫Alexandre Dumas，严格来说应该翻译为"亚历山大·仲马"，比较接近法国的发音。清末的人翻译他的小说，不晓得找人来读一读、名字讲一讲，而且翻译者是福建人，就用福建的音来翻译，把法文用英文拼起来了，它没有了英文的 s，可是又把英文的 d 这个音翻出来，为了区别于另外的同样是作家的、同样叫 Alexandre Dumas 的儿子，所以是大仲马和小仲马。

老爸大仲马写的小说，就算大家没看过原著或是翻译本，也看了改编的电视剧，甚至金庸也说，其实他是读了大仲马的《基度山伯爵》，或是说《基度山恩仇记》，受到启发的，发现原来可以这样写小说的，写得那么曲折，好像也写了历史，可是历史是背景，加了很多的想象，一个人在历史环境里面怎么样因为他的选择，他要报仇，连累无辜的人，也由此改变了历史。金庸说他看得非常着迷，一看再看，看了不下 100 遍，完全启发了他如何写武侠小说；还有大仲马的《三剑侠》，或译为《三个火枪手》，就是讲一个人跟三个剑侠交往的故事，人人为我，我为人人，真是很懂得说故事的高手。

大仲马出生于 1802 年，去世于 1870 年，活了 68 岁。他祖父是军人，后来从法国到今天的海地发展，跟一个黑奴发生关系后有了小孩，大仲马的"仲马"其实就是这个黑奴的姓，这个孩子就是大仲马的父亲，有二分之一的黑人的血统。后来大仲马的父亲回到法国，生下了大仲马，因此大仲马有四分之一的黑人血统。他从小跟父亲缘分不深，跟着妈妈一起生活，与狄更斯、马克·吐温际遇相似，没怎么受过完整正规的教育。他跟妈妈相依为命，自己喜欢看书。

大仲马小时候看什么书呢？《鲁滨孙漂流记》对大仲马的影响颇为深远，他从这本书中，懂得了天马行空地说故事。长大后，自己看书，平时喜欢玩，赌个小钱，后来赢了几十个法郎就去巴黎，通过长辈的提拔和推荐，去政府里面当个小公务员，是个书记员，这对他影响很大。书记员是很刻板的工作，但可以勤练他的笔，每天就写写写写，虽然写的是很无聊的公文、档案、会议记录、审判记录，可是笔耕不辍，培养了手跟笔的关系，保持对文字语言的敏感度，这是很重要的；更重要的是，当书记员牵涉到很多的档案整理、审判和更早的记录，他看了很多材料，特别着迷于看案件记录以及如何审判，后来他把那些写成小故事。

当时很多媒体出现，他通过投稿也赚点稿费，一篇一篇地发表，后来就出书了，有些不能完全说是他写的，他把一些档案编在一起集结成《著名罪案》，这本书讲的是欧洲著名的恐怖杀人故事，内容包括犯罪、侦查、逮捕过程，大仲马把那些人和故事写下来。他什么都想干，包括搞政治，当过法国国家炮兵团的副连长，可是并不受重用，可能因为他本身太文艺了。还有一点，当时法国非常混乱，经历了法国革命又复辟，大仲马非常反对复辟，拥护共和，所以得罪了当权派，被通缉后，只有跑路躲起来，幸好当时没有天眼，躲一阵子，风头过了没事了又出来继续写作。

真正让他家喻户晓的是一本书，从1944年开始连载的、影响了金庸小说写作的《基度山伯爵》，我比较喜欢译作《基度山恩仇记》，这本书出版的时候他已经42岁了，可是这本让他大红了，因为这个故事真是精彩。这个故事主要是讲1815—1838年期间的事情，并不完全是天马行空想象出来的，而是和他当书记员的经历有关。《基度山伯爵》就是讲犯罪、欺骗、陷害、报仇等问题，很多内容里的枝节都是他当书记员时整理档案得来的材料跟灵感。在他写这本书前，有一个法国警察的档案保管人写过一本故事集,也是写了好多真真假假的犯罪、报仇事件,很多元素都被聪明的大仲马写进《基度山伯爵》里了,这些内容绝对不是他坐在书桌前面乱编的。

《基度山伯爵》很精彩,后来也被改编成香港的电视剧,由郑少秋主演。故事主要讲一个主人翁唐泰斯少年得志,本来跑船当水手,在商船上被人看中提拔为船长。可是被他的朋友们嫉妒、陷害、诬陷他犯罪,把他抓来审判,在孤岛监狱里面关了14年。可是这个人很上进,也很幸运,他在坐牢的时候认识了一个老囚犯,是个神父。神父很博学,什么语言都懂,什么技术都懂,一直教导他。有点像武侠小说的小人物,突然在山洞里面遇到一个武功高强的人,收他为徒,把生平绝学全部传授给他。更重要的是,神父还告诉他,有一个地方叫基度山,是一个小岛,自己把一笔很大的财富放在那边,那是一笔文艺复兴时代失落的财宝,告诉他怎样去找。后来神父死了,唐泰斯假装成神父,把自己弄成这个人的尸体,鱼目混珠地逃出了这个监牢。再后来,他被一条船救起来,他的复仇故事就这样辗转开展。他去了基度山,拿到财宝后就开始复仇了,把以前害过他的人一个一个找出来。当然他也报恩,以前帮过他的人,现在濒临破产或者已经破产的,他自称基度山伯爵,替对方还债,从此完成了做好人的阶段。唐泰斯这辈子心中只有两个字:报仇。因为决意不会再做好人,他讲了几句报仇宣言,他说:"永别了慈悲、人道,还有感恩,永别了,这一切这么高贵的、高尚的情意,我已经报答了帮过我的人了,所以我对得住、对得起老天,现在复仇之神就开始把权力给我,我要遵从复仇之神的命令去惩罚坏蛋。"

没有这几句话就不好看,这句话好像跟自己的过去恩断义绝。

不管以前多么善良、纯真、理想主义，现在都不一样了，就是要报仇。很多人死了，不再顾虑自己无论伤害了多少人，甚至连累了仇人的姐妹，基度山伯爵变成很堕落的人。所以不管是小说还是电影、电视剧都是非常曲折的好故事，故事连载了两年，在那个只有报纸、没有视频、没有影视的年代，你可以想象每一天人们追得如痴如醉，算得上最精彩的故事。

成名后的大仲马继续写其他小说，好多小说里写的都是复仇。有人说这跟他身上有四分之一的黑人血统有关，因为不是纯正的欧洲人，从小就吃亏、被歧视，受了很多不公平的对待，他心中有恨。除了报仇这个关键词，还有另外的关键词也很重要，就是坚持。报仇不那么容易，有时候会挫败，诡计行不通时，可能受到再一次的伤害。可是当你坚持，有毅力，要坚持下去，跟自己决裂，要狠下心，其实大仲马一直在激励大家要懂得运用自己的毅力。

大仲马怎么可以写出这么多小说呢？很简单，很多不是他写的，他的小说已经成为一个文化产业了，对他来说有点像收购的工厂，**找了一群人写写写，写完他自己看一看、改一改就用他的名字来出版、收版税**；或者说连载收稿费之后再出书，收版税。有时候甚至荒唐到他根本没改，甚至也没看。可是对他来说有稿费最重要，因为他需要钱。当然，也有另一个说法是他和另一些人合作写出来的。所以也不知哪个是真，哪个是假。

他有很强烈的基度山伯爵情结，他自称为基度山，甚至也真的在一个地方盖了一个城堡，称那个城堡为基度山城堡，整天请客吃饭，生活非常堕落，有数之不尽的女性，也有数之不尽的私生子女。《茶花女》的作者小仲马，就是他众多的私生子中的一个，大仲马不认也不理他们，后来小仲马七八岁的时候，大仲马突然发现这小孩蛮有天赋的，特别是对于文字的敏感度，才开始带着他、照顾他，甚至栽培他。最后他挥霍无度，死在私生子小仲马的家。

据说他有好多情人，其中一个很重要的情妇——一位美国的女演员，在她去世后老仲马很难过，给她安排了丧礼后，去小仲马家就说："儿子，我现在来你家等死。"结果真的死在他儿子眼前，也死在他另外一个女儿 Mary 的怀里。他的遗体本来葬在附近一个小教堂的墓园，可是后来因为他的著作影响太大了，慢慢辗转运回了巴黎，2002 年把他移放进巴黎的先贤祠里，法国时任总统和总理都出席替他举行了仪式。

这就是大仲马的故事。他晚年挥霍无度直至破产，据说去世后，财产只整理出六七十个法郎，就像当年他赌钱赢回来的六七十个法郎，去巴黎打天下。他的起点口袋里有 70 个法郎，到终点死去的时候，也只剩下 70 个法郎，似乎也印证着生命完整，有始有终。

阅读小彩蛋

在这里分享一句个人非常喜欢的他的名言。老仲马把历史编进他的小说里,他也批判历史的现实、虚伪等,可是也会进行改编,比如当时英国人为什么打法国?因为英国的统治者喜欢法国某一个贵族的女人,要去见她一面,是为了爱。这跟金庸小说里面很多历史改编的、想象的原理是一样的,有人当然就问他,你好像改写了历史,大仲马是这样回答的,他说:"什么是历史?历史只不过是给我要来挂着小说的钉子而已。"墙壁上有挂衣的钉子,历史就是那颗钉子,供我把小说挂在上面,小说才是最重要的宝物、最重要的东西,历史就是为我所用的,多霸气。就像我写《龙头凤尾》一样,非常感谢大仲马这句话,以后如果有人问我关于我的小说如何处理历史,我也借用大仲马的说法来回答吧。

马奈：只能专注一件事情

在艺术界有一个广为流传的笑话，好多人搞不清楚莫奈和马奈。如何区别他们两个呢？记住两点就行了，莫奈是画家，他主要是画莲花，特别是"睡着"的莲花。而马奈最初引起广泛讨论的作品不是莲花，而是女人。一位画花一位画女人，在画作的内容上，他们有很大的区别。

两者还有什么别的区别呢？莫奈结过婚，太太去世后，他再娶的是已逝朋友的妻子。马奈娶的则是他父亲的情人，也是他自己的钢琴老师。

还有一点，莫奈跟马奈也有很大的不同。莫奈因肺病去世，马奈则是因为梅毒，他在接受梅毒手术11天后就去世了。莫奈很长寿，1840年出生，活到86岁。马奈比他大8岁，1832年出生，1883年时他50岁出头就去世了。

同样是法国的非常重要的画家，同被称为印象派的大师，莫奈是百分之百的印象派。而马奈是印象派的早期，他有部分作品被称为印象派风格，他把欧洲艺术（主要是法国的绘画艺术），从写实派、历史派、学院派过渡到印象派，被称为印象主义的奠基人。

1832年,马奈出生于巴黎。他有一个很喜欢艺术的舅舅,舅舅带着小马奈,从七八岁到十一二岁,到处去看画,欣赏艺术展览,特别是去卢浮宫,更培养了马奈对艺术的兴趣,使得马奈从小就喜欢艺术。但马奈的父亲是个法官,希望儿子从事军队、政府相关工作,一直强迫喜欢艺术的马奈去当海军,父命难违,马奈考了两次海军,都名落孙山,不晓得是天意还是他有意为之。父亲说:"好吧,顺从小孩的兴趣吧。"也可能是因为绝望而放弃,觉得马奈不是当海军的料,也不是做大事的料,干脆不管了,反正家境富裕,就让他去学艺术了。自此,马奈踏上艺术的路途,开始学习艺术课程。

　　当时法国的画作风格,主要由宫廷派、历史派、学院派、写实派来主导。即使是普通人的肖像画,也要画出很沉重的威严感和历史感。模特的状态、背景中的每一个细节,都好像拍照一样,一个定格有一种光线。画作的内容主要就是人物肖像,往往跟历史或神话等主旋律挂钩,展现历史中的厚重感,这就是当时的风格。

　　马奈踏上艺术之路后,到处游历、观摩,看欧洲其他国家的艺术作品,走遍了意大利、荷兰、西班牙等国家。游历几年之后回来就不一样了。特别是在西班牙时,了解到已经去世的17世纪画家维拉斯奎兹,这让马奈耳目一新,他对朋友说自己要调整创作的方向。这位西班牙画家打开了他的眼界,他觉得可以从历史宫廷这类主旋律的大题材里挣脱出来,把艺术家的视角放在日常生活里面。维拉斯奎兹画人也画神,可是维拉斯奎兹笔下的神,眼神充满了挣扎、痛苦、惊恐,马奈看到他笔下的人除了有一部分是历史英雄,也有很多老百姓,并非全是贵族。于是回到法国后,马奈的画中就出现了各路的人马,包括在路上卖艺的吉卜赛人、讨饭的乞丐、咖啡馆的人，有沮丧、落寞、孤独的老头，也有在路上的演唱家、卖艺者，还有斗牛勇士。

他慢慢找出自己的风格，笔下的光线都别具一格。不再局限于定格的光线，而是开始注重光线的变化。这是印象派很重要的特点，即没有那么注重细节，主要突出光线变化里面的人物以及人物表情所引起的联想。马奈把自己的所看所想画了出来。简单来说，假如你眼前是家中的客厅，你能够看到电话、电视屏幕、小书架、茶几、小猫咪，它们各有自己的位置，这是肉眼生理上看到的。可是在精神层面，你的印象和意义集中在几个地方，可能集中在小猫咪身上，它在桌子周围跑来跑去，或者蹲在那边瞪着一双可爱的眼睛来看着你，这就是你的印象，在这个基础上，整个客厅的其他细节就隐退了。生理上你看到的，可是精神上其实你看不到，只有印象集中在你有感觉的地方，印象派的取舍，主要就在这个地方。

马奈就往这方面发挥他的艺术天赋，画了一张又一张，可是，当时印象主义整个气候还没成。直到1874年，莫奈和他的朋友们办了展览，展出他的作品《印象·日出》，才真的成气候。马奈走在气候先前一点点，当时他的很多画难免是不被主流接受的。在当时的主流下，如果要成名被认可，就必须要参加一些平台的展览，其中很重要的一个平台就是巴黎沙龙展览。入选作品被展出后，就等于被认定为重要的画家。可是马奈的作品一次又一次落选，关键在于落选的不仅是他还有很多人，巴黎沙龙很严格，符合宫廷派、历史派、学院派的风格才被选进去，无法入选的人怎么办呢？他们写信抗议，在路上贴海报，认为那些很封闭的小圈子把这些有艺术天分的人排除在外，这件事还一度闹到拿破仑三世那里。因为舆论压力，拿破仑三世说："好，别吵。给你们办。"就在宫殿的一个小房间里，给这些落选的人办了一个沙龙。这个沙龙很有趣，名字就叫作"落选者沙龙"，1863年正式举办。落选者沙龙也并不是所有都选，还是有一定的规则，从落选的人里筛选出一群人的画作展览，一周一次。

1863年的展览展出了马奈很重要的作品，对艺术稍有兴趣或去欧洲逛过博物馆的人，一定看过《草地上的午餐》。这幅画引起很大争议，原先叫《浴》，内容是森林里有一群人席地而坐，有两位男士和两位女士。最前面的女士没穿衣服而且身体扭曲，这两男一女背后又有另外一个女士衣着单薄，两个穿西装的男人评头品足。森林里经常有卖淫活动，马奈就把妓女作为主角。这幅画还有个很有意思的地方在于，旁边是黑黑的森林，很多细节都没有画完，如果从写实主义沙龙派的角度来看，这是没有完成的作品，没有近身也没有阴影，好像一个草图，地上有一些野餐，可是细节是没有的，这个也是印象派的一个特征，主要是这个画家眼中看到的这一幕，大家无所敬畏地对女人评头品足，女人脸上没有委屈，眼中反而带着一点自豪的微笑。这样的一幅画，可以想象为什么没有被选入巴黎沙龙，却在落选者沙龙里出了风头，备受讨论了。

后来马奈又创作了其他的作品，也是引起一些争议，比如《奥林匹克》，这幅画其实是模仿另外一张名画《乌比诺的维纳斯》，那张名画也是画女人，画中维纳斯很神圣庄严地在沙发上侧躺着，高雅圣洁。构图差不多，马奈却在《奥林匹克》中把她画成一个妓女，也是裸体，颈上面还绑着一圈小小的黑色蕾丝，给人感觉非常诱惑，人们可能会猜测，到底是准备等待客人来呢还是已经接完客了？旁边还有只很神秘的黑猫，后面还有一位黑人女仆，故事感扑面而来。

跟提香画的《乌比诺的维纳斯》很不一样，《乌比诺的维纳斯》中画的是一只小狗，马奈把那个神圣的意象转化成一个很诱惑的猫咪，画面变得很悬疑，好像有什么事情快要发生了，这在当时引起很大的轰动。

1859年，那时落选者沙龙尚未诞生，马奈就画了《喝苦艾酒的人》，画中一个男人醉意蒙眬。有评论者瞄了一眼就说看到这幅画的感觉，其实是画画的人自己喝醉了。这幅画在当时不被肯定。

十年之后，整个印象派的风格成了气候后就不一样了，不管马奈画的是喝醉酒的人还是他笔下的女人，都备受肯定，因为这个时候马奈把光线的变化呈现得淋漓尽致，呈现的完全是印象派风格。有意思的是，马奈也认识印象派那些人，他拒绝让自己的作品在印象派里的那些哥们儿的展览里面来展出，他们交往归交往，但展览是另外一码事。在艺术上，马奈不想跟他们沾边，觉得自己才是独一无二的，也不管派别。正如马奈讲的名言："最重要的是画出你想画的东西，不要管别人称你为什么。"

马奈与印象派这些人交往主要是通过女艺术家毕沙罗，她举办的沙龙相当于把朋友圈中的同道中人聚在一起，大家辩论讨论，当然也不排除吃喝玩乐，她逐渐形成自己的派系。当时很多沙龙都有女性交集，人们坐在一起讨论女性，特别是女艺术家包括女音乐家，她们的地位在当时是被打压、不被认可的，被认为比不上男性艺术家，甚至有人创作音乐、画画、写作都要用男人的笔名。但毕沙罗特立独行，画画和创办沙龙都用自己名字，她把印象派的画全部串联起来。后来毕沙罗嫁给了马奈的弟弟，变成马奈的弟媳妇。马奈人缘蛮好的，他也跟作家交往，虽然马奈刚开始不被认可，可是后来越来越出名，其中除了因为他的作品愈加成熟，也因为得到了一些权威作家的肯定。严格来说，作家也不是单一的一群人，他们有的写诗，有的写小说，他们的发言有分量，掌握着话语权。马奈的一些作品出来，作家们就写文章称赞。在这些人的加持下，马奈继续创作他的一张又一张名画。

假如你问马奈一辈子画这么多画，最喜欢哪一张，我相信马奈会告诉你，他最喜欢的是1866年创作完成的《吹笛子的少年》，画中的小男生十来岁，吹着一支笛子，穿着一条红裤子，脸圆圆的很可爱，背景是黑色的，没有细节可言。但看整个构图，人物身体的比例、眼神与笛子的颜色的配合，以及生命力在光影中的变化，让人感觉好像真的听到这个吹笛子的少年吹的音乐一样，少年眼神里所流露出的那股生命力非常动人。难怪马奈说那是他最喜欢的作品，每次去巴黎奥塞博物馆，看到这幅作品，我都会驻足好久，感到那股生命力穿透出来，好像这个吹笛子的少年活了下来，一直活了100多年。这就是艺术的力量。

前文提到，马奈的太太是他自己的钢琴老师，传说是他父亲的情人。一路走下来，他的婚姻并不幸福，1883年得了梅毒，导致手脚残废，动了手术后不到两个礼拜就去世了。很可惜，去世时才51岁。就作品数量而言，远远比不上莫奈，这是他的不幸。可是我们看作品，如果有几张打动你，流传五十年甚至几百年，那就是不朽的大师。

这是马奈的故事。

阅读小彩蛋

马奈说过一句很有趣的话:"如果你还经常关心绘画以外的其他事情的话,很抱歉,你就注定当不成画家。"这句话道出了专注的重要,不管有多大的才能,人只有那么多寿命,只有那些精力,专注在最感兴趣、最有热情的地方。假如你想成为画家,就想着画画,这是马奈的说法。

我觉得必须记住马奈的这个提醒,就像我喜欢写作,基本上除了吃饭、工作的事情以外,我不会让任何事情来妨碍我写作。